W0004747

François Lelord

Hector und die Suche nach dem Paradies

François Lelord

Hector und die Suche nach dem Paradies

Roman

Hectors erste Reise

Aus dem Französischen
von Ralf Pannowitsch

PIPER
München Berlin Zürich

Mehr über unsere Autoren und Bücher:
www.piper.de

Von François Lelord liegen im Piper Verlag vor:

Hectors Reise oder die Suche nach dem Glück
Hector und die Geheimnisse der Liebe
Hector und die Entdeckung der Zeit
Hector & Hector und die Geheimnisse des Lebens
Hector und das Wunder der Freundschaft
Hector fängt ein neues Leben an
Hector und die Suche nach dem Paradies
Das Geheimnis der Cellistin
Im Durcheinanderland der Liebe
Die Macht der Emotionen (mit Christophe André)
Die kleine Souvenirverkäuferin

MIX
Papier aus verantwortungsvollen Quellen
FSC® C083411

ISBN 978-3-492-05627-4

Gesetzt aus der Palatino
Satz: Satz für Satz, Wangen im Allgäu
Druck und Bindung: CPI books GmbH, Leck
Printed in Germany

Als Hector, noch ganz außer Atem, die höchsten Gipfel des Himalaja vor sich erblickte, überkam ihn ein Lächeln. In seiner Kindheit hatte er immer davon geträumt, die gleichen Reisen wie Tim und Struppi zu machen. Vor einem Monat noch war er ein braver junger Arzt gewesen, der kürzlich seine erste Stelle im Krankenhaus angetreten hatte. Und jetzt war er hier, mitten im größten Gebirge der Welt, auf der Suche nach Abenteuern!

Die Gipfel ragten aus einem Meer aus Wolken hervor; sie ähnelten riesigen, von der Sonne vergoldeten Eisbergen. Überhaupt hatte er das Gefühl, dass diese gewaltigen Berge ihm etwas sagen wollten.

Und plötzlich war ihm, als wüsste er nun die Antwort auf Fragen, die ihn seit Jahren beschäftigten – Fragen nach der Existenz Gottes oder einem Leben nach dem Tode.

In diesen Höhen schien endlich alles klar! Die Bewohner dieser Weltgegend hatten recht. Das Universum und das Göttliche waren zusammen das große Eine. Gott war in den Felsen dieses Gebirges, im Nebel der Wolken, im Wehen des Windes und in den Strahlen der Sonne, Gott war in den Gesetzen, die dies alles lenkten!

An diesem mystischen Überschwang wollte Hector auch die junge Frau teilhaben lassen, die einige Schritte weiter stehen geblieben war und wie er in stille Andacht versunken schien. Sie war zwar in Oxford ausgebildet, aber auf der anderen Seite dieses Gebirges geboren worden; sie würde ihn gewiss verstehen.

»Tara«, begann er, »das hier ist es, jetzt habe ich es begriffen, alles ist nur eins! … Ähm … ich meine, dass Buddha … oder auch Spinoza, wenn man so will …«

Seine Worte wurden von einem ziemlich lauten Krachen unterbrochen – einem Geräusch, wie Hector es noch nie gehört hatte.

»Ach du große Güte«, sagte Tara. Sie zeigte auf eine riesige Bergflanke zu ihrer Linken, und Hector konnte dort etwas ausmachen, das wie eine große Welle aussah, die sich, aus der Ferne betrachtet, lässig und schweigend den Berg hinabbewegte. Es war eine Lawine, noch ziemlich weit weg, aber sie rollte auf Hector und Tara zu. Tara genügte ein Blick, um den einzigen Punkt auszumachen, der ihnen Schutz bieten konnte: einen Felsvorsprung, hundert Meter von ihnen, ein wenig bergauf. Sie rannten los.

Jetzt konnte man schon das Grollen der Lawine hören, und es wurde immer lauter. Sie würde sie einholen, ehe Hector und Tara den schützenden Felsvorsprung erreicht hatten; man konnte es sich an den Fingern abzählen.

Hector sah zu Tara, wie sie da vor ihm rannte, und bewunderte ein letztes Mal ihren außergewöhnlichen Charakter, all ihre Anmut, die nun einfach verschwinden sollte. Und es brach ihm das Herz, dass er – nach jenem ersten Mal letzte Nacht in einer einsamen Hütte tief in diesen Bergen – niemals wieder Liebe mit ihr machen würde.

Das Donnern wurde immer lauter; es war, als stürmten hundert Pferde im Galopp auf sie zu. Als Hector hochschaute, sah er die riesige Sturzwelle aus Schnee, die schon ganz nahe war.

Seltsamerweise hatte er keine Angst. *Jetzt werde ich es endlich erfahren!*, sagte er sich plötzlich. Doch statt dass er sein ganzes Leben an sich vorüberziehen sah, wie es manchen Menschen kurz vor ihrem Tod widerfährt, gingen Hector all die Fragen, die ihn seit Jahren umtrieben, noch einmal durch den Kopf.

Würde er in wenigen Sekunden zu einem gütigen Gott heimkehren und irgendwann im Paradies den Menschen wiederbegegnen, die er geliebt hatte?

Oder würde er sich in einem anderen Wesen neu verkörpern, in einem Tier, einer Pflanze oder in einem Menschen, der besser oder schlechter war als er? Oder warum nicht in sich selbst, mit einem Leben, das ganz von vorn begann?

Würde er mit dem All verschmelzen, würde er in das Eine eingehen, in den Atem dieser Berge? Oder würde er sich im Nichts auflösen, würde seine Seele im selben Moment verschwinden wie sein Körper, eine erlöschende Flamme? Endlich würde er es erfahren!

Aber in dem Augenblick, als er in seinem Nacken den eisigen Hauch des Schnees spürte, wurde ihm klar, dass selbst dies nicht gewiss war: Wenn ihn eine Reinkarnation erwartete, würde er womöglich keine Erinnerung an sein früheres Leben bewahren!

Mein Gott, dachte er mit aller Kraft, wenn es dich gibt, dann hol mich hier raus!

Ein paar Monate zuvor hatte Hector angefangen, als Assistenzarzt in der Psychiatrie zu arbeiten. Nach sechs Jahren Medizinstudium hatte er eine schwierige Auswahlprüfung gemacht und bestanden; jetzt lagen vier Jahre Assistenzzeit im Krankenhaus vor ihm. Dabei konnte er sich für den Bereich entscheiden, in dem er später seinen Facharzt machen wollte.

Psychiater wollte er eigentlich nicht werden (wir sehen gleich noch, warum); er hatte sich nur gesagt, dass eine Assistenzzeit in der Psychiatrie für seine ärztliche Ausbildung in jedem Fall von Nutzen wäre. Die Psychiatrie befasst sich mit dem Denken der Menschen, und Hector hoffte, dass ihm das helfen würde, seine zukünftigen Patienten besser zu verstehen.

Eines Tages – es war zufällig sein vierundzwanzigster Geburtstag – hörte Hector in einem der kleinen Büros, in denen die Assistenzärzte ihre Sprechstunden abhielten, einem Patienten namens Roger zu.

»Doktor«, sagte Roger mit finsterer Miene, »Sie machen sich Sorgen um mich, dabei sollten Sie sich um sich selber sorgen!« Roger war ein Koloss, und mit seinen buschigen Augenbrauen und seinen leicht auseinanderstehenden Zähnen ähnelte er ein bisschen dem Menschenfresser aus den Märchenbüchern.

»Meinen Sie? Aber warum sollte ich mich sorgen?«

»Weil schon bald der Tag anbricht, an dem die Zeit endet und die Ewigkeit beginnt!«, sagte Roger mit einem Donnerhall, der jeden erschreckt hätte, der seine Art noch nicht kannte. »Hier wird kein Stein auf dem anderen bleiben … Und aus dem Meere steigen wird ein Tier mit sieben Köpfen und zehn Hörnern!«

Hm, fragte sich Hector, ob Roger wohl vergessen hatte, seine Medikamente zu nehmen? Nach drei Monaten in der Psychiatrie war Hector nun schon seltsame Reden gewohnt, und bei Roger waren die sowieso nicht erstaunlich, denn er war das, was man einen Patienten mit Wahnvorstellungen nennt. Bevor Hector ihn zum ersten Mal in seiner Sprechstunde empfangen hatte, hatte er sich mit seiner Krankenakte befasst.

Obgleich Roger gerade mal Anfang dreißig war, hatten sich schon eine Menge Psychiater aus dieser Klinik um ihn gekümmert und einen dicken Ordner mit ihren – leider oft beinahe unleserlichen – Bemerkungen gefüllt. Seine Kollegen hatten sogar versucht, präzisere Angaben zu Rogers Wahn zu machen – »paranoisch«, »paranoid«, »halluzinatorisch« und was sie sonst noch alles vermutet hatten. Nun standen in seiner Krankenakte ganz unterschiedliche Meinungen nebeneinander, denn mit Roger war es wie mit dem Wetter: Sein Wahn fiel je nach Tag oder Monat ganz verschieden aus. Von seiner Stimmung konnte man das nicht behaupten, denn die war immer ziemlich düster – stark bewölkt mit Gewitterneigung –, und auch heute war es nicht anders.

»Der Erzengel Michael und seine Scharen kämpfen gegen den Drachen, und sie werden ihn auf die Erde schmettern!«, rief Roger mit grollender Stimme, wie um Hector zu überzeugen, dass diese gewaltige Schlacht unmittelbar bevorstand.

Das stand sicher in der Bibel, irgendwo im Neuen Testament, aber wo genau? Roger wusste es bestimmt, er war bestens beschlagen in der Heiligen Schrift. Hector hatte in der Krankenakte gelesen, dass Roger seine Eltern kaum gekannt hatte; er war in einem katholischen Waisenhaus aufgezogen worden. Nach seiner heutigen Statur zu urteilen, mussten die Nonnen ihn gut gefüttert haben. Unter allen Menschen mit Wahnvorstellungen laufen besonders die Kolosse Gefahr, in die Psychiatrie eingewiesen zu werden. Roger war das schon oft passiert. Und es lag an diesen wiederholten Einweisungen, dass so viele Psychiater Gelegenheit gehabt hatten, zu seinem Zustand neue Blätter der Krankenakte mit ihrem Krickelkrakel zu füllen. Hier und dort tauchten die Namen von Medikamenten auf, mit Dosierungen, die in Rogers Fall immer sehr hoch waren.

Angesichts dieses neuen Wahns war die Sprechstunde für Hector eine echte Herausforderung; es ging um mehr als nur darum, mit Roger ein kleines besänftigendes Gespräch zu führen. Man musste entscheiden, ob er ausgeglichen genug war, um wieder in die freie Wildbahn entlassen zu werden, oder ob man ihn lieber überredete, einmal mehr sein vertrautes Zimmer im geschlossenen Teil der Klinik zu beziehen. Andererseits sah Hector, dass sich Roger in seinem normalen Zustand befand: Er hatte zwar seine üblichen Wahnvorstellungen, aber nicht stärker als sonst. Er vergaß beispielsweise nicht, wo er war und wem er gegenübersaß: Roger wusste, er war in der Sprechstunde bei Hector, dem neuen Assistenzarzt in der Psychiatrie. Es war der richtigen Dosierung seiner Medikamente zu verdanken, dass Roger vor einigen Jahren aufgehört hatte, die Leute davon überzeugen zu wollen, dass Gott ihn auserwählt habe, Jerusalem zu befreien (und manchmal, wenn er schon dabei war, gleich noch Konstantinopel einzunehmen). Inzwischen war Roger weise genug, über solche Ideen nur noch mit dem behandelnden Psychiater zu sprechen (an diesem Tag also mit Hector), sonst höchstens noch mit den Krankenschwestern, die ihm jede Woche seine Tabletten aushändigten, oder mit dem Pfarrer seiner Gemeinde, der ihn gut kannte. Doch wenn man sich auf die Krankenakte verlassen konnte – Hector war aufgefallen, dass einige Seiten verloren gegangen sein mussten –, verkündete Roger heute zum ersten Mal, dass die Welt bald untergehen werde, das Jüngste Gericht vor der Tür stehe und alle guten Menschen sich in Kürze im Paradies wiederfinden würden.

»Das Paradies!«, sagte Roger und klang plötzlich ganz sanft. »Ich sehe es, ich kann es spüren ... Die Wölfe werden bei den Lämmern wohnen und die Panther bei den Böcken liegen ...«

Hector fragte sich, ob man Roger nicht »höher einstellen«

musste. Seit er hier Assistenzarzt war, fiel ihm auf, dass dies unter Psychiatern der Standardreflex war; wenn sie bei einem Patienten ihre Zweifel hatten, wurde er »höher eingestellt« – das hieß, die Dosierung seiner Medikamente wurde heraufgesetzt.

»Glauben Sie an Gott?«, fragte Roger plötzlich im Tonfall eines Inquisitors und blickte Hector dabei fest in die Augen.

Hector war perplex. Noch nie hatte ihm ein Patient eine derart persönliche Frage gestellt.

Wenn Sie Psychiater sind, sollen Sie Ihren Patienten normalerweise keine persönlichen Informationen preisgeben, damit man Sie weiterhin als höheres Wesen betrachtet, als Spender von Weisheit, und nicht etwa als normalen Menschen, der sich mit Allerweltsproblemen herumschlägt. Hector wusste, welche Antwort die Lehrbücher empfehlen, wenn man solche Fragen gestellt bekommt wie die von Roger.

Ich fände es besser, wenn wir in dieser Sprechstunde über Sie reden würden.

Womöglich lag es ja daran, dass Hector ein Anfänger war und seine Rolle als Psychiater noch nicht ganz angenommen hatte – jedenfalls antwortete er mit reflexartiger Aufrichtigkeit: »Ich bin getauft.«

Das beantwortete, werden Sie sagen, die Frage vielleicht nicht so richtig, aber Roger schien diese Antwort passend zu finden.

»Gott segne Sie!«, rief er aus. »Sie sind ein Teil der Kirche, Sie werden errettet sein! Morgen wird das Lamm Gottes Sie zu den lebendigen Wasserbrunnen leiten …«

Morgen schon?, sagte sich Hector. Ganz so bald hoffentlich nicht … Zugleich war er überrascht, dass Roger ihm ausgerechnet die Frage gestellt hatte, die ihn neuerdings sehr beschäftigte: Glaubte er an Gott?

Was Hector Roger gesagt hatte, stimmte – er war getauft. Als Kind war er zum Religionsunterricht gegangen, und jeden Sonntag hatte er seinen Vater zur Messe begleitet. Seine

Mutter war solange lieber zu Hause geblieben und hatte gelesen. Eines Tages, er war noch ein kleiner Junge, hatte er ihr erklärt: »Papa sagt, dass Gott uns lieb hat.«

Seine Mutter hatte ihn angeschaut und dann erwidert: »Dein Papa hat sicher recht.«

Aber als Hector größer wurde, fühlte er sich allmählich immer weniger gläubig und stellte sich dafür immer häufiger Fragen nach dem Sinn des Lebens. (Das eine ist sicher die natürliche Folge aus dem anderen.)

Er hatte große Hoffnungen in den Philosophieunterricht des letzten Gymnasialjahrs gesetzt. Dort würde er endlich Antworten bekommen! Aber dann war er enttäuscht worden. Nicht nur, dass selbst so intelligente Leute wie die Philosophen sich im Lauf der Jahrhunderte nicht auf den Sinn des Lebens hatten einigen können – wenn es um die Existenz Gottes ging, bezogen sie die unterschiedlichsten Positionen. Manche waren absolut sicher, dass es ihn gab, andere waren überzeugt, es gebe ihn nicht, und ein jeder rechtfertigte seine Haltung mit ziemlich subtilen Gedankengängen.

In den Naturwissenschaften lief es anders: Da einigte man sich nach ein paar Kontroversen auf die beste Theorie, bis sie durch eine neue vom Thron gestoßen wurde.

Hector hatte übrigens auch gelernt, dass Wittgenstein – ein Philosoph, der recht schwer zu lesen und noch schwerer zu verstehen war – die Frage nach der Existenz Gottes in die Kategorie der »unsinnigen Fragen« eingeordnet hatte.

Laut Wittgenstein gab es auf diese Frage, wenn man sich auf die Erfahrung (wie sie uns wissenschaftliche Experimente liefern) und auf logische Ableitungen stützte, keine Antwort. Diese beiden Werkzeuge waren aber für Wittgenstein die einzig gültigen, wenn man das Wissen vergrößern wollte: Sie hatten bewiesen, dass sie die Wissenschaft voranbringen konnten – und natürlich auch die Medizin.

Aber auch wenn Hector sich nicht mehr so richtig als gläubiger Christ fühlte, war er deshalb noch lange kein Atheist. Einige seiner marxistischen Kommilitonen waren zwar sicher, dass es keinen Gott gab, aber es schien Hector, dass diese Überzeugung ebenso schwer zu beweisen war wie der Glaube an die Existenz des Herrn.

Manchmal beneidete er die Kommilitonen, die so einer Doktrin gläubig folgten, hatten sie doch wenigstens klare Vorstellungen vom Leben und dem Sinn, den es haben konnte.

Sein erstes Praktikum hatte Hector in der Kinderklinik gemacht. Dort war er eines Tages in das Zimmer eines kleinen, noch nicht mal einjährigen Jungen gekommen, von dem alle Ärzte und Schwestern der Klinik wussten, dass er nicht mehr sehr lange auf dieser Welt bleiben würde, denn er hatte eine Form von Leukämie, bei der sich alle Therapien als wirkungslos erwiesen hatten.

Die Mutter des Jungen war bei ihm, eine junge Frau mit reinen Gesichtszügen. Sie hielt ihr makellos weißes Baby in den Armen, und es schaute seiner Mama ins Gesicht und streckte seine kleine Hand nach ihrem Mund aus. Im bläulichen Licht des Sauerstoffzelts schienen Mutter und Kind in einer Art Seifenblase des Friedens und der Liebe vereint zu sein, und Hector hatte plötzlich den Eindruck, vor einem Bild zu stehen, das direkt vom Himmel gekommen war. Aber gleichzeitig spürte er, wie ihm Tränen in die Augen stiegen, und er ging schnell wieder hinaus, als hätte er etwas vergessen. Er wollte lieber erst zurückkommen, wenn er sich wieder imstande fühlte, die Rolle des aufmerksamen und kompetenten Arztes zu spielen.

Dieses Bild sah er oft vor sich – genau wie einige andere unvergessliche Erinnerungen aus den ersten Jahren des Medizinstudiums.

Hector wusste, dass die Frage, die er sich stellte, nicht neu war. Es gab sie beinahe seit Urzeiten: Wenn es, wie seine Eltern glaubten (oder zumindest sein Vater), einen Gott der Liebe gab, wie konnte er dann kleine Kinder sterben lassen?

Und natürlich gab es noch eine andere Frage, die sich dann ganz von selbst einstellte: War dieses Leben das einzige?

Denn wenn man eine zweite Chance hatte und dabei entweder im ewigen Leben Gott begegnete oder in anderer Gestalt wieder lebendig wurde, wie es die Anhänger einiger Religionen des Ostens glaubten, verlieh das dem Leben, dem Leiden und dem Verlust geliebter Menschen durchaus einen anderen Sinn.

Hector versuchte gelegentlich, das Thema anzuschneiden, wenn er mit den anderen Assistenzärzten zusammen war. Sie alle hatten eine Erfahrung gemein: Seit sie im Krankenhaus arbeiteten, hatten sie mehr Menschen sterben sehen, als das für Leute ihres Alters normal ist. Und so sagte sich Hector, dass diese Fragen nach dem Sinn des Lebens und dem Leben nach dem Tode auch für sie interessant sein müssten.

Es gab unter den Kollegen natürlich gläubige Menschen, die ihm mehr oder weniger erklärten, dieses Leben sei nur eine Durchgangsstation. Sie glaubten an das ewige Leben, und das Schlimme auf der Welt sei ein Mysterium, das der menschliche Verstand nicht durchdringen könnte. Es lief auf die Formel »Die Wege des Herrn sind unergründlich« hinaus, die Hector bereits aus der Kirche kannte.

Manchmal hätte Hector auch gerne so einen festen Glauben besessen. Dann hatte man klare Vorstellungen vom Sinn des Lebens. Entscheidend war dann nur, die Gebote der Religion zu befolgen und auf das ewige Leben in einer anderen Welt zu hoffen. Über alle anderen Fragen, zum Beispiel, ob man das Seelenheil durch gute Werke erlangt oder durch göttliche Gnade, konnte man später reden. Alle Gläubigen jedoch stellten sich einen Gott vor, der uns liebt.

Hector hatte psychiatrische Fachaufsätze gelesen, in denen stand, dass gläubige und ihre Religion praktizierende Menschen im Durchschnitt gesünder waren als andere, dass sie weniger Beruhigungsmittel und Schlaftabletten schluckten und überhaupt glücklicher waren im Leben. Hector verstand auch, warum.

Obwohl er im katholischen Glauben erzogen worden war, hatte er nun einmal seit einigen Jahren das Gefühl, dass er nicht mehr an Gott glaubte. Und die Messe besuchte er schon länger nur noch zu Hochzeiten und Begräbnissen.

Also hatte Hector sich an jene Kollegen gewandt, die von

sich sagten, sie seien nicht gläubig oder jedenfalls nicht sehr. Er hatte auf interessante Antworten gehofft, aber letztendlich hatten die ihn auch nicht weitergebracht. Er merkte bald, dass sie nicht gern über die Existenz eines Lebens nach dem Tod sprachen oder über die Existenz des Bösen; sie bevorzugten andere Themen, zum Beispiel die richtige Dosierung von Gerinnungshemmern, um einer Venenentzündung vorzubeugen, oder die ersten verschwommenen Ultraschallbilder, die damals eine große Neuerung waren und den Chirurgen, bevor sie einen Patienten aufschnitten, schon eine vage Ahnung davon eingaben, was sie in seinem Inneren finden würden.

Manchmal fragte sich Hector, ob diese Kollegen den Arztberuf womöglich gewählt hatten, um so sehr damit beschäftigt zu sein, andere Menschen zu behandeln oder gar zu retten, dass ihnen gar keine Zeit blieb, an ihr eigenes Ende zu denken. Das sagte er ihnen aber nicht, denn er wollte sie nicht in Verlegenheit bringen.

Hector hatte sich ein kleines Heft gekauft, in dem er manchmal nachts, wenn er nicht schlafen konnte, seine Fragen und Überlegungen zu diesem Thema notierte.

Aus Hectors Notizbuch

Stellen wir uns vor, Gott existiert.

Wenn er unendlich gut, allmächtig und allwissend ist, wie kann er es dann zulassen, dass Babys sterben?

Aber wenn er nun weder gut noch allmächtig wäre?

Hypothese Nr. 1: Gott ist unendlich gut, aber nicht allmächtig.

Das hieße, dass es böse Mächte gibt, die manchmal den Sieg davontragen und Schlechtes und Leid in die Welt bringen.

(Falls es jene bösen Mächte denn wirklich gab, hoffte Hector, dass er ihre Aufmerksamkeit nicht auf sich lenkte, wenn er sie in seinem Notizbüchlein erwähnte.)

Hypothese Nr. 2: Gott ist allmächtig, aber nicht unendlich gut.

Ein Gott, der vielleicht unser Schöpfer ist, sich danach aber nicht mehr groß um uns gekümmert hat – ein bisschen wie Eltern, die ihre Kinder vernachlässigen –, oder der vielleicht sogar für länger verreist ist? So ist es in der Ilias, wo Achill seine Mutter Thetis anfleht, bei Zeus ein gutes Wort für ihn einzulegen. Sie entgegnet ihm, dass der König der Götter gerade zu den Äthiopiern gereist sei, und dass man ihn erst in zwölf Tagen erreichen könne, wenn er wieder auf den Olymp zurückgekehrt sei …

Nach der Sprechstunde bei Hector war Roger mit nicht mehr ganz so finsterer Miene abgezogen. Vielleicht hatte er gespürt, dass Hector daran gedacht hatte, ihn in der Klinik zu behalten, es sich dann aber anders überlegt hatte.

»Doktor«, sagte er und drückte Hector wohlwollend die Hand, »ich glaube, Sie sind der beste Psychiater, den ich je hatte!«

Eigentlich hatte Hector überhaupt nicht die Absicht, Facharzt in Psychiatrie zu werden, aber um Roger nicht zu enttäuschen, sagte er ihm das nicht.

Warum wollte Hector eigentlich kein Psychiater werden? Zunächst einmal hatte er bemerkt, dass psychische Erkrankungen meistens chronisch waren und dass Psychiater kaum Gelegenheit hatten, Leben zu retten. Dabei war die Lebensrettung einer der Gründe gewesen, die Hector zum Medizinstudium veranlasst hatten. (Später sollte Hector begreifen, dass man auch in der Psychiatrie Menschen retten kann – nicht unbedingt gleich vor dem Tod, aber vor einem Leben voller Fehlschläge und Leiden.)

Und noch etwas kam hinzu: In der Zeit, in der diese Geschichte spielt, also Ende der 1970er-Jahre, kam nicht nur ihm die Psychiatrie ein bisschen wie ein nebulöses Fachgebiet vor; es gab viele unbewiesene Theorien und nicht so viele Medikamente. Die jungen Ärzte, die sich dafür entschieden, ihre vier Assistenzjahre ganz in der Psychiatrie abzuleisten, um danach Psychiater zu werden, hatten keinen guten Ruf bei denen, die ihre Assistenzzeit in einem allgemeinen Krankenhaus oder in der Chirurgie verbrachten. Was vielleicht auch daran lag, dass die künftigen Psychiater (anders als ihre Fachkollegen aus der Vorgängergeneration) nicht einmal mehr weiße Kittel trugen, sondern afghanische Westen bevorzugten und Hemden aus Jeansstoff oder orientalischer Seide. Außerdem stellten sie bisweilen ein aufreizendes Überlegenheitsgefühl zur Schau und meinten, die anderen medizinischen Fachgebiete wären nur eine Art etwas komplizierteres Klempnerhandwerk. Die Psychiatrie jedoch interessiere sich für den tief liegenden Sinn der Dinge und noch dazu für die Probleme der Gesellschaft.

Andererseits führten die Assistenzärzte in der Psychiatrie spannende (manchmal allerdings etwas konfuse) Gespräche. Und dann, wir hatten es ja schon gesagt, interessierte sich die Psychiatrie für das Denken der Leute, und obwohl Hector nicht Psychiater werden wollte, sondern lieber Facharzt für Innere Medizin – eine Art höhere Allgemeinmedizin für schwierige Fälle –, beschloss er auch deshalb, wenigstens ein Semester bei den Verrückten (so nannte man sie damals) zu verbringen, um seine Ausbildung zu vervollkommnen. Und er sagte sich auch, dass er unter den Psychiatern bestimmt gute Gesprächspartner für die philosophischen und metaphysischen Fragen finden würde, die ihn so sehr bewegten.

Diesmal war er nicht enttäuscht worden.

Die erste Dienstbesprechung des Tages wurde immer vom Chefarzt geleitet. Er war schon über sechzig und für Hector ein älterer Herr, aber er informierte sich noch immer über die modernsten Ideen. In seiner Jugend war er viel gereist. Er hatte einige berühmte Psychiater jener Zeit kennengelernt, in der die Gruppenfotos noch in Schwarz-Weiß waren. Er hatte alle möglichen Therapien erlernt und Tausende Patienten behandelt, was vielleicht erklärte, dass er am Ende des Arbeitstags manchmal ziemlich erschöpft aussah.

Aber trotz all dieser Erfahrung ließ er auch die Jüngeren zu Wort kommen, was bei den Alten damals nicht so verbreitet war. Hector schätzte ihn sehr; er war stolz, ihn als Vorgesetzten zu haben, und in der Abteilung nannten ihn überhaupt alle respektvoll den »Chef«.

»Und«, fragte der Chef, »wie steht's mit den Neuzugängen der Woche?«

»Nichts Besonderes«, sagte Armand, der Oberarzt, der sich Hoffnungen auf seine Nachfolge machte. Armand war groß und ein wenig dicklich, aber er wirkte nicht wie ein gemütlicher und sympathischer Dicker. Er lächelte nicht oft; nur auf seine eigenen Scherze ließ er ein kurzes Gegacker folgen. Mit seinen rechteckigen Brillengläsern und seinem Seitenscheitel hatte er etwas von einem schlecht gealterten Klassenbesten. Über Medikamente wusste er extrem gut Bescheid, und man musste ihm zugestehen, dass er bei wirklich schwierigen Patienten oft die passende Kombination aus Arzneimitteln und die richtige Dosierung fand.

Allerdings war Hector aufgefallen, dass Armand nicht gern länger mit den Kranken sprach. Hatte er erst einmal die Störung diagnostiziert und das geeignete Medikament gefunden, war der Fall für ihn abgehakt, und er kehrte in sein Büro zurück, um in den Fachzeitschriften, die sich bei ihm bis zur Decke stapelten, die neuesten Forschungsaufsätze zu den Themen »Gehirn« und »Medikamente« zu lesen.

Die anderen Ärzte und die Krankenschwestern mochten Armand nicht besonders, umso weniger, als es zu jener Zeit gerade modern war, mit Worten zu therapieren. Viele Menschen – Psychiater inbegriffen – hofften damals, man könnte auch noch die verrücktesten Patienten heilen, wenn man sie nur lange genug Schlechtes über ihre Eltern sagen ließ, oder wenn man sie dazu ermutigte, zu schreien und auf Kissen einzuschlagen. (Bei Hectors Chef war das allerdings nicht so sehr in Mode.) Armand hingegen glaubte eher, dass man die Probleme der Patienten lösen könne, wenn man in ihrem Gehirn ein besseres chemisches Gleichgewicht herstellte.

Bei der Dienstbesprechung saß ihm immer einer von Hectors jungen Kollegen gegenüber, ein Assistenzarzt namens Raphaël. Mit langem, lockigem Haar, Sandalen und Ohrring erinnerte Raphaël an manche Sänger, die damals angesagt waren, oder an einen griechischen Hirten ohne Schafe. Er gehörte dem Lager jener an, die dachten, es seien eher die Gesellschaft und die Familie, die die Leute verrückt machten. Man dürfe die Wahnvorstellungen auch nicht als Symptome betrachten, die man mit Medikamenten zum Verschwinden bringen muss, sondern vielmehr als Erfahrungen, aus denen die Kranken mit einer besseren Sicht auf sich selbst und die Welt hervorgehen konnten, wenn man sie begleitete und ihnen erlaubte, ihren Wahn auszudrücken, indem sie ihn zum Beispiel sangen oder zeichneten.

Aber die wahre Abhilfe für alle Geisteskrankheiten lag für Raphaël darin, dass man eines Tages die Welt verändern würde – die Klassenverhältnisse und die kapitalistische Entfremdung, wie er präzisierte. In dieser heraufziehenden brüderlichen Gesellschaft würde ein jeder zu vorzüglicher psychischer Gesundheit finden. Übrigens behauptete Raphaël auch, dass in China die Zahl der psychischen Erkrankungen deutlich zurückgegangen sei, sobald Präsident Mao damit begonnen hatte, das Volk der irdischen Glückseligkeit entgegenzuführen. Kollegen, die von einer organisierten Gruppenreise in dieses Land zurückgekehrt waren, hatten ihm diese beinahe wunderbare Tatsache bestätigt.

Raphaël träumte davon, selbst eine Reise durch China zu machen, während sein Gegenüber Armand fast jeden Tag eine Krawatte mit dem Wappen der amerikanischen Alma Mater trug, an der er zwei Jahre studiert hatte. Er bekundete oftmals seine Bewunderung für Amerika, seine herrlichen Ivy-League-Universitäten und seine Forschungszentren, über die sich Millionen Dollar ergossen.

Raphaël und Armand vermieden es, ausgiebig miteinander zu sprechen; sie hatten schnell begriffen, dass sie sich niemals gut verstehen würden.

Nach drei Monaten in der Psychiatrie dachte Hector, dass die Wahrheit irgendwo zwischen den Standpunkten von Armand und Raphaël lag und dass sie für den einen Patienten anders aussah als für den anderen: Für manche waren Medikamente einfach unverzichtbar, bei anderen empfahl sich eher eine Therapie mit Worten oder die Beteiligung an einer Gruppe, bei der sich alle im Kreis auf den Fußboden setzten und einem mitfühlenden Therapeuten von ihren Problemen erzählten. Und fast immer war es notwendig, beide Behandlungsmethoden zu verbinden: das Wort *und* die Medikamente.

»Wie geht es unseren stationären Patienten?«, fragte der Chef und wandte sich den Assistenzärzten zu.

Hector wusste nicht, ob er von Roger berichten sollte, aber Roger war ja nicht auf Station, er hatte ihn ziehen lassen, und jetzt fragte er sich, ob es nicht ein Fehler gewesen war, einen Koloss mit Wahnvorstellungen auf die Menschheit loszulassen.

»Es geschieht gerade etwas Seltsames«, sagte eine junge Frauenstimme.

Außer Hector und Raphaël gab es nämlich auch eine Assistenzärztin, und die hieß Clotilde.

Ein gotischer Engel, hatte sich Hector gesagt, als er Clotilde im Speiseraum der Assistenzärzte zum ersten Mal gesehen hatte. Keine Sekunde später hatten ihn das perfekte Oval ihres Gesichts und die langen blonden Locken an Botticellis Flora denken lassen, auch wenn Clotilde einen weißen Kittel trug.

Wir wollen damit sagen, dass sich Hector auf den ersten Blick verliebte, wie es eben so läuft, wenn man jung ist und zu stark auf das Aussehen reagiert.

Trotzdem hatte er versucht, ruhig und gleichgültig zu wirken. Es war ihm gelungen, noch am Tag dieser ersten Begegnung beim Mittagessen einen Platz an ihrem Tisch zu ergattern. Das Gespräch hatte sich um Euthanasie gedreht: Hatte man das Recht, das Leben von Patienten, die sehr litten und keine Chance auf Besserung mehr hatten, abzukürzen? Nachdem sich Clotilde die Argumente der anderen Assistenzärzte angehört hatte, begann sie in einem entschlossenen Ton zu reden. Ihr Gedankengang war ohne Schwachstellen, sie fasste die verschiedenen Standpunkte zusammen – ob nun den der katholischen Kirche oder den der Aufklärung –, widerlegte die meisten, aber hielt mit ihrer eigenen Meinung hinterm Berg. Und Hector schenkte sie zu seinem Kummer währenddessen nicht die geringste Beachtung.

Danach war er ihr länger nicht mehr über den Weg gelaufen: Clotilde war in die Kinderklinik eines anderen Krankenhauses gewechselt.

Aber nun plötzlich befand Hector sich als Assistenzarzt in derselben Abteilung wie der Engel (denn so nannte er sie insgeheim), und künftig würde er Clotilde wohl jeden Tag sehen.

Es war allgemein bekannt, dass mehrere wagemutige Assistenzärzte und selbst ältere Kollegen versucht hatten, Clotilde anzubaggern. Aber dabei war nicht viel mehr herausgekommen, als dass sie ein wenig von ihrem übergroßen Selbstvertrauen eingebüßt hatten. Im Lauf der Monate hatte Clotilde den Ruf einer uneinnehmbaren Festung erlangt. Nur die Neuankömmlinge machten manchmal noch einen Versuch, wurden aber schnell entmutigt, wenn auch auf ziemlich liebenswerte Weise, wie diejenigen berichteten, die ehrlich genug waren, von ihrem Misserfolg zu erzählen. Am Ende hatten die einen den Schluss gezogen, dass Clotilde bereits einen Freund außerhalb der Medizinerwelt hatte, während die anderen meinten, sie sei die heimliche Geliebte eines Chefarztes, denn auch von denen hatten sich mehrere für sie interessiert. Dann gab es noch das Gerücht, dass sie Frauen bevorzuge, wenngleich dafür keine Indizien sprachen.

Da er Clotilde nun täglich sehen würde, fragte sich Hector, ob es ihm wohl gelingen könnte, hinter ihr Geheimnis zu kommen. Über seine Chancen, sie zu verführen, machte er sich allerdings keine Illusionen; da waren schon schönere und stärkere Männer als er gescheitert.

Und weil er sich keine Hoffnungen machte, benahm er sich Clotilde gegenüber auf eine natürliche und entspannte Art, auch wenn er bisweilen von einer perfekten Welt träumte, in der sich Clotilde von ihm angezogen fühlte und er sie in seinen Armen halten durfte. Aber es war ein bisschen so, als wenn Sie davon träumen, Millionär zu werden, obwohl Sie keine Aussichten darauf haben und auch nichts dafür tun, nicht einmal im Lotto mitspielen. Es war einfach ein flüchtiger Gedanke, der ihm von Zeit zu Zeit kam. Tatsächlich waren sie nicht mehr und nicht weniger als zwei Kollegen, die sich gut verstanden, wenn es darum ging, den Fall eines Patienten zu diskutieren oder eine Schicht zu tauschen.

»Was meinen Sie mit ›seltsam‹, Clotilde?«, wollte der Chef wissen.

»Zwei Patienten machen mir Sorgen«, erwiderte sie. »Ich würde sie Ihnen gern zeigen. Zwei Fälle von systematisiertem Wahn.«

»Gut«, sagte der Chef, »dann gehen wir mal rüber.«

Sie brauchten nicht einmal bis zum Zimmer der ersten Patientin zu gehen, über die Clotilde sprechen wollte, denn Raymonde stand mitten im Flur. Sie war eine füllige Dame in einem geblümten Kleid. In der Klinik kannte sie fast jeder, denn Raymonde wurde gemeinhin zweimal pro Jahr eingewiesen, wenn ihre Wahnvorstellungen ein bisschen zu heftig wurden und dies ihre alte Mutter, die mit ihr zusammenlebte, überforderte.

»Guten Tag, Raymonde«, sagte Clotilde.

Aber Raymonde schaute die junge Ärztin nicht an und überhaupt niemanden aus der kleinen Gruppe. Sie hob die Augen zur Decke und hielt die Arme halb erhoben, wie um etwas auffangen zu können, das ihr auf den Kopf zu fallen drohte. Raymonde flüsterte, als wollte sie nicht, dass man ihre Worte verstand, aber sie schaffte es, richtig laut zu flüstern, und so hielten alle auf dem Flur inne, um ihr zuzuhören. »Ein Heer von Engeln … Zur Rechten des Herrn … Ein neuer Himmel und eine neue Erde, und die alte Welt wird vergehen!«

Jedermann hielt den Atem an, denn man wollte verstehen, was Raymonde wisperte.

»Der Garten Eden!«, schrie sie plötzlich los, und alle zuckten zusammen.

»Raymonde, ich glaube, Sie sollten wohl lieber in Ihr Zimmer gehen«, sagte Clotilde.

Nun war es Raymonde, die zusammenzuckte, als wäre sie plötzlich aus einem Traum erwacht – oder aber sie hielt Clotilde, die tatsächlich einem Engel ähnlich sah, für einen Bestandteil ihres Traums. Sie antwortete nicht, ließ sich aber von Clotilde und einer Krankenschwester ruhig in ihr Zimmer zurückgeleiten.

Und raten Sie mal, was dort auf sie wartete? Eine Erhöhung ihrer Dosis.

Als Clotilde wieder zu ihnen gestoßen war, ging die Besprechung weiter (allerdings ohne Armand, der sich mit Vertretern eines großen Pharmaunternehmens traf, das eines seiner neuen Medikamente gern an bestimmten Patienten der Klinik erproben wollte).

Auch der Chef fand das, was mit Raymonde vorging, ziemlich seltsam.

»Gewöhnlich hat sie doch eher Verfolgungswahn, nicht wahr?«

»Ja«, sagte Clotilde. »Wenn es ihr schlecht geht, denkt sie, die Nachbarn hätten ihr und ihrer Mutter das Trinkwasser vergiftet, oder sie kämen während ihrer Abwesenheit heimlich in die Wohnung und stellten die Möbel um.«

»Und hat sie in diesen schlechten Phasen auch Halluzinationen?«, fragte der Chef.

»Nein, maximal Illusionen. Wenn sie durch die Wand hört, wie sich ihre Nachbarn unterhalten, ist sie sicher, ihren Vornamen und das Wort ›Gift‹ zu verstehen – also immer Wörter, die mit dem Gegenstand ihres Verfolgungswahns zusammenhängen.«

»Aber jetzt hat sie mystische, ich würde sogar sagen apokalyptische Wahnvorstellungen.«

»Ja, sie zitiert vor allem die Offenbarung des Johannes.«

Jedermann war beeindruckt: Nicht nur, dass sich Clotilde in der Offenbarung des Johannes gut auszukennen schien – ihre Antwort ließ auch darauf schließen, dass sie noch andere Apokalypsen kannte.

»Und zu alledem hat sie optische Halluzinationen«, sagte der Chef. »Das ist sehr überraschend.«

Wenn ein Psychiater erlebt, wie ein Patient von einem guten alten Verfolgungswahn in einen apokalyptischen Wahn mit Halluzinationen verfällt, ist das für ihn genauso erstaunlich, als wenn wir sehen würden, wie ein Freund, der sein ganzes Leben lang Vegetarier war, plötzlich riesige, innen noch ganz blutige Steaks vertilgt.

»Ihre Mutter ist sehr fromm und Raymonde zu normalen Zeiten auch«, sagte Clotilde.

»Zum Glück kriegen nicht alle frommen Leute Wahnvorstellungen«, meinte der Chef.

»Und wie ist es mit den Mystikern, die Visionen haben?«, fragte Raphaël. »Wie kann man wissen, dass das nicht einfach Halluzinationen sind?«

Es war Hector schon aufgefallen, dass Raphaël gern den Schlaumeier spielte, wenn Clotilde dabei war.

Der Chef lächelte. »Das ist ein weites Feld«, sagte er. »Aber im Unterschied zu Leuten mit Wahnvorstellungen sind die Mystiker, wenn sie gerade nicht ihre visionären Phasen haben, völlig normal und gut angepasst an die wirkliche Welt. Von unseren Patienten kann man das nicht behaupten.«

»Mystiker verlieren nicht den Kontakt zur irdischen Realität!«, betonte Clotilde möglichst verbindlich, aber Hector spürte, dass Raphaëls Frage sie irgendwie verärgert hatte.

Zur irdischen Realität? Sollte das heißen, dass es für Clotilde noch eine andere Realität gab? Und in Hector wuchs der Eindruck, dass Clotilde ein Geheimnis hatte. Eigentlich schien sie selbst aus einer anderen Welt zu kommen, auch wenn er nicht herausfinden konnte aus welcher.

»Und Ihr zweiter Fall, Clotilde?«

»Ich habe ihn herbringen lassen.«

Die Tür ging auf, und ein Patient betrat in Begleitung eines Pflegers den Beratungsraum. Hector erkannte den Mann; einen alten und bärtigen jüdischen Herrn, der von Zeit zu Zeit schwere Depressionen durchmachte und dabei auch noch an einer Wahnvorstellung litt – er glaubte, für alles Unglück des Volkes Israel persönlich verantwortlich zu sein. Und weil es da eine Menge Unglück gab, kann man sich vorstellen, wie elend er sich fühlte. Seine Familie brachte ihn ins Krankenhaus, sobald er am Morgen nicht mehr aufstand, denn das war der Vorbote eines Rückfalls.

Aber heute schien er in recht guter Verfassung zu sein; er blickte alle Anwesenden wohlwollend an, erhob einen knotigen Finger und sprach: »Der König gegen Mittag und der König gegen Mitternacht … Gereinigt und geläutert werden wir durch das Feuer!«

Noch ein mystischer und apokalyptischer Wahn an diesem Tag?

»Ist das nicht aus der Apokalypse des Daniel?«, fragte Clotilde.

»Ich glaube, ich habe da noch einen Fall«, meldete sich Hector zu Wort. Und erzählte ihnen von Roger und seiner Paradiesvision.

»Wölfe und Lämmer, Panther und Böcke – das steht bei Jesaja«, sagte Clotilde.

»Drei Fälle von apokalyptischem Wahn an einem Tag!«, rief der Chef aus. »Das hat die Welt noch nicht gesehen!«

Tatsächlich waren es nicht drei Fälle, sondern vier, wie sie später bei der Visite entdeckten.

Eine hinduistische Dame, auch ein Stammgast in der Klinik, war am Morgen unruhig geworden, und die Krankenschwestern hatten den Dolmetscher gerufen. Obwohl diese Dame schon lange hier lebte, sprach sie kein Wort Französisch, denn sie redete nur mit ihrer Familie und selbst das nicht gerade viel; sie verbrachte ihre Tage in den hinteren Bereichen ihres Geschirrladens, ohne jemals die Kundschaft anzusprechen, aber von Zeit zu Zeit betete sie vor einer Figur des Elefantengottes Ganesha, die auf einem kleinen Altar inmitten von Stapeln aus Tellern und Töpfen stand. Nur wenn sie sich vor den Kunden auszuziehen und zu singen begann, brachte ihre Familie sie in die Klinik.

Heute Morgen allerdings zeigte sie nicht die üblichen Symptome.

»Dies ist das Ende des Eisernen Zeitalters!«, sagte der Dolmetscher. »Die Welt wird untergehen und der ganze Zyklus von vorn beginnen.« Er sagte das mit einem Lächeln, als wäre es eine gute Nachricht, aber er war ein sehr liebenswürdiger Mann, der überhaupt immer lächelte.

Nicht nur Clotilde hätte gern genauere Erklärungen gehabt, aber der Dolmetscher musste weiter, denn er hatte noch andere Termine in diesem Krankenhaus, das in der Nähe eines Viertels mit vielen indischen Einwanderern lag.

Der Chef, der seinen Beruf in jungen Jahren auch zwölf Monate lang in Indien ausgeübt hatte, erklärte es ihnen dann: Die Hindus hatten eine andere Vorstellung vom Dasein als wir. Nach ihrer Erschaffung hat die Welt verschiedene Phasen durchlaufen, von denen jede ein paar Millionen Jahre dauerte.

Zunächst kam das Goldene Zeitalter, eine Art Paradies, dann verschlechterte sich im Silbernen Zeitalter alles ein wenig, aber zum Glück bemühten sich die Götter, etwas Ordnung zu schaffen, indem sie die Menschen in vier Kasten einteilten, in denen jeder an seinem Platz bleiben soll und die Kühe gut behütet werden müssen. Dann, im Kupfernen Zeitalter, geht es weiter abwärts; die Menschen sind immer weniger fromm, und Kriege brechen aus.

Eine extreme Verschlimmerung bringt dann das Eiserne Zeitalter, in dem nichts mehr funktioniert und das mit dem Weltuntergang endet, der aber glücklicherweise ein neues Goldenes Zeitalter nach sich zieht, und so fängt der ganze Zyklus von Neuem an.

»Wir befinden uns schon ziemlich lange im Eisernen Zeitalter«, sagte der Chef, »diese Dame deliriert also ganz im Einklang mit ihren religiösen Überzeugungen ... Übrigens gilt diese Vorstellung von immer wiederkehrenden Zyklen auch für den einzelnen Menschen. Nach unserem Tod lebt die unsterbliche Seele, der *Atman*, in einem anderen Wesen weiter, das seinerseits irgendwann stirbt, woraufhin die Seele an anderer Stelle wiedergeboren wird – das ist die Metempsychose, eine Art existenzielle Drehtür, durch die man unaufhörlich rein- und rausgeht!«

»Das klingt ja wie die Reinkarnation bei den Buddhisten«, sagte Raphaël.

»Ja und nein«, meinte Clotilde.

»Wollen Sie uns das genauer erklären, Clotilde?«, sagte der Chef.

»Gern. Buddha wurde zwar in den Hinduismus hineingeboren, aber er hat später viele hinduistische Glaubensinhalte über Bord geworfen.«

»Wie Jesus Christus es mit der jüdischen Religion getan hat?«, schlug Hector vor, der in diesem Gespräch nicht gänzlich außen vor bleiben wollte.

Clotilde verzog ein wenig das Gesicht. »Ja, könnte man so sagen, und doch ...«

»Bleiben wir beim Buddhismus«, sagte der Chef.

»Im Buddhismus kann ich nicht glauben, dass mein Ich, meine Person, in einem anderen Wesen wieder Fleisch wird, denn Buddha lehrt, dass es das Ich nicht wirklich gibt – dass es eine Illusion ist, wenn man denkt, ein Ich zu besitzen.«

»Kein Ich?«, warf Raphaël ein. »Aber wir haben doch alle das Bewusstsein, dass wir jemand sind.«

»Natürlich, aber für Buddha ist genau dieses Bewusstsein eine Illusion und übrigens auch eine Quelle für unser Leiden. Seiner Lehre nach sind wir aus Aggregaten zusammengesetzt, aus Komponenten oder, wenn man so will, aus Gedanken, Empfindungen und Emotionen, die ständig miteinander in Wechselwirkung stehen und sich dabei verändern. Es gibt kein konstantes ›Ich‹ oder ›Selbst‹. Es sind Aggregate, die sich in einem künftigen Dasein neu zusammensetzen werden …«

»Im Grunde kommt diese Idee von einem fluktuierenden und veränderlichen Ich den Vorstellungen von Hume ziemlich nahe«, warf der Chef ein.

»… aber das Ideal liegt im ursprünglichen Buddhismus, genau wie im Hinduismus, darin, diesem Zyklus der Wiedergeburt ein Ende zu setzen.«

Und Clotilde erklärte, dass man zum Hinaustreten aus dem *Samsara*, dem Zyklus der Wiedergeburten, zunächst einmal alle Begierden ablegen müsse, denn die Begierden in einem ganz allgemeinen Sinne – man könnte auch von Bindungen sprechen – seien so etwas wie der Treibstoff für die ewige Wiedergeburt. Dann werde man es schaffen, überhaupt nicht mehr wiedergeboren zu werden und endlich mit dem Kosmos zu verschmelzen, mit dem Einen, dem großen Ganzen oder wie man es auch immer nennen mag.

»Das Paradies wäre dann also das Nichts?«, fragte Hector.

»Oder das Universum«, sagte der Chef. »Es gibt viele Deutungen des Wortes *Nirwana*, dessen wörtliche Übersetzung ›Auslöschen der Begierde‹ lautet.«

»Aber auch Auslöschen der Unwissenheit und der Illusionen!«, sagte Clotilde.

»Wenigstens ist es kein Paradies, in dem uns ein Gott der

Liebe erwartet«, sagte Raphaël so herablassend, dass Hector es ziemlich irritierend fand. Aber auf jeden Fall erfüllten sich gerade seine Erwartungen an seine Famulatur in dieser Abteilung: In der Psychiatrie konnte man an verdammt interessanten Diskussionen teilhaben.

»Kommen wir auf unsere Patienten zurück«, sagte der Chef. »Welche Erklärung gibt es für all diese gleichzeitig auftretenden apokalyptischen Wahnvorstellungen – selbst bei Roger, der gar nicht auf Station liegt?«

»Vielleicht kündigt sich ja wirklich das Ende der Welt an?«, witzelte der neunmalkluge Raphaël.

Damals, Ende der 1970er-Jahre, befand sich die Welt noch im sogenannten Kalten Krieg. Die beiden größten Weltmächte hätten tatsächlich das himmlische Feuer über ihren Gegner und überhaupt die ganze Welt ausschütten und aus dem Kalten Krieg plötzlich einen schrecklich heißen machen können. Diese Gefahr nannte man damals die *nukleare Apokalypse*. Die meisten Leute hatten sich mit den Jahren irgendwie daran gewöhnt, aber das bedeutete nicht, dass es nicht eines Tages losgehen konnte, und andere bauten sich sogar Atomschutzbunker, in denen sie im Ernstfall ungestört verhungern konnten.

»Können wir bitte im Bereich der *rationalen* Erklärungen verbleiben«, sagte der Chef ohne auch nur den Anflug eines Lächelns – eine kalte Dusche für Raphaël.

Sie zerbrachen sich nun alle den Kopf, aber man fand für die vier apokalyptischen Wahnvorstellungen keinen gemeinsamen Grund. Über die nukleare oder göttliche Apokalypse hatte es in den letzten Tagen ihres Wissens keinen Fernsehbeitrag gegeben, und wenn doch, wäre es trotzdem wenig wahrscheinlich gewesen, dass ihn alle Patienten gesehen hätten, auch wenn es damals erst zwei Programme gab.

Man wendete auch keine neuen Medikamente an, mit deren Wirkung man das Anschwellen des Wahns hätte erklären können. Alle vier Patienten nahmen ihre altbewährten Tabletten ein.

»Eine Droge, die man von außen reingeschmuggelt hat?«, schlug Armand vor, der gerade von seiner Besprechung mit den Pharmaleuten zurückgekommen war und den man schnell auf den neuesten Stand gebracht hatte.

Aber diese vier Patienten mit apokalyptischem Wahn nahmen keine Drogen, und es war nur schwer vorstellbar, dass jemand die Idee gehabt haben sollte, ihnen heimlich welche in die Klinik zu bringen.

»Ein Behandlungsfehler?«, warf Hector in die Runde. »Vielleicht hat man ihnen versehentlich andere Medikamente als die verschriebenen gegeben?«

»Bei *einem* Patienten kann so etwas vorkommen«, sagte Clotilde zweifelnd, »aber doch nicht bei vieren.«

»Stimmt«, musste Hector einräumen, »sehr wahrscheinlich ist das nicht.«

»Oder ein Virus?«, meinte der Chef, aber in einem Ton, als glaubte er selbst nicht daran.

»Die Leute von dem Unternehmen, mit denen ich mich gerade getroffen habe, haben uns vorgeschlagen, ihren neuen Wirkstoff gegen Wahnvorstellungen zu testen«, sagte Armand. »Das wäre die Gelegenheit für eine neue Studie.«

»Wir werden doch aber keine Therapie beginnen, ohne die Ursache verstanden zu haben!«, sagte der Chef.

Hector sah, dass Armand schwer enttäuscht war: Wahrscheinlich hatte er den Pharmaleuten gesagt, er verfüge über eine kleine Gruppe von Wahnpatienten, an denen man das neue Medikament erproben könne. Nach solchen Studien luden ihn die Pharmaunternehmen zu großen internationalen Kongressen ein, auf denen er anderen Psychiatern mit einer Leidenschaft für Medikamente begegnete, während ihre ebenfalls eingeladenen Gattinnen die Museen besuchten und shoppen gingen.

Plötzlich hatte Clotilde eine Erleuchtung.

»Das Qigong!«, rief sie.

Zweimal wöchentlich schaute ein alter chinesischer Psychiater in der Klinik vorbei. Er war sicher schon im Rentenalter, und der Chef hatte ihn während seines Studiums kennengelernt. Vor einigen Jahren war es für diesen Herrn in China schwierig geworden: Plötzlich waren die Intellektuellen in Verruf geraten. Das lag am Beginn der Kulturrevolution, was nichts weiter hieß, als dass man alle ausrotten wollte, die ein bisschen zu viel Kultur hatten. Ihm aber war es gelungen, sein Land zu verlassen, und er hatte beschlossen, nie wieder zurückzukehren. In der Zeit, in der unsere Geschichte spielt, machte China auch wirklich keine große Lust auf ein Wiedersehen, vor allem den Chinesen nicht, die fortgegangen waren. Manchem Nichtchinesen hingegen – Raphaël und einigen seiner Freunde beispielsweise – schien China das Paradies zu sein, das gerade auf Erden entstand, und zwar dank der genialen Gedanken des Großen Steuermanns, die immer noch über das ganze Land ausstrahlten, obwohl er vor zwei Jahren gestorben war.

Doktor Chin aber schien Hectors Land zu bevorzugen. Hier hatte man ihn aufgenommen, und hier brauchte er keine obligatorischen Abendkurse zu den Ideen des Kleinen Roten Buchs zu besuchen. Er hatte vor vielen Jahren sein Medizinstudium in Frankreich begonnen – aus dieser Zeit kannte er auch den Chef –, aber sein Psychiatriediplom hatte er an einer großen chinesischen Universität gemacht. Weil er mit diesem chinesischen Abschluss aber keine eigene Praxis eröffnen durfte und auch keine richtige Stelle als Krankenhausarzt bekam, hatte der Chef dafür gesorgt, dass Doktor Chin an zwei Nachmittagen pro Woche hier in der Klinik Sprechstunden abhalten konnte. Er hatte zwei Spezialgebiete, bei denen er keine Medikamente verschreiben musste. Zum einen kamen in seine Sprechstunde chinesische Patienten, die genau wie er aus ihrem Land fortgegangen waren und über ihre Probleme lieber mit einem Landsmann und in ihrer eigenen Sprache redeten. Wenn er fand, dass sie Medikamente benötigten, zog er einen der anderen Psychiater der Abteilung hinzu.

Seine andere Spezialität war, dass er für die stationären Patienten, die an so etwas interessiert waren, Kurse in chinesischer Gymnastik anbot. Die anderen Psychiater und allen voran natürlich der Chef hielten das für eine gute Idee. Ein wenig Bewegung, eine Aktivität in der Gruppe – genau daran mangelt es den meisten Menschen, die in der Psychiatrie sind.

Dieses Qigong war angeblich keine bloße Gymnastik; es sollte einem Energie spenden, das Qi, das dank der Übungen wieder in die richtige Richtung flösse. Außerdem sollte es die Konzentrationsfähigkeit verbessern. Wie das funktionierte, damit kannte sich allerdings nur Doktor Chin aus. Seine französischen Kollegen sagten sich, dieses geheimnisvolle Qigong könne auf keinen Fall schaden bei Leuten, die sich wegen ihrer Krankheit oder ihrer Medikamente oder beidem zusammen ständig müde fühlten und denen es oft schwerfiel, sich zu konzentrieren, es sei denn auf ihre eigenen Probleme.

»Aber wo ist Chin eigentlich?«, fragte der Chef. »Sonst kommt er doch immer zu dieser Besprechung, oder?«

Man erkundigte sich, aber an diesem Vormittag hatte noch niemand den alten chinesischen Herrn im Haus gesehen.

Clotilde führte den Chef, Armand und Hector in den Raum, in dem die Qigong-Sitzungen stattfanden und der auch für die Kunsttherapie genutzt wurde. Er war mit Werken der Patienten aus der Malgruppe geschmückt. Was die Themen und das Talent betraf, waren die Bilder derart unterschiedlich, dass es Hector so vorkam, als hätte man sie aus verschiedenen Museen zusammengeliehen.

Auf einem Tisch fanden sie ein Schulheft mit einer Anwesenheitsliste, in der eine Krankenschwester die Patienten, die zu den Qigong-Sitzungen gekommen waren, eingetragen hatte. Dort standen die Namen der hinduistischen Inderin, des alten jüdischen Herrn und auch die von Raymonde und Roger, der während seines letzten Aufenthalts auf der Station Geschmack an Qigong gefunden hatte und seitdem regelmäßig zu den Sitzungen ging.

»Das erklärt alles …«, sagte der Chef, »… oder vielmehr nichts.«

»Wir müssen Doktor Chin fragen, was genau in der letzten Sitzung passiert ist«, sagte Clotilde.

Hector ließ den Blick durchs Zimmer schweifen. Es war ein ganz gewöhnlicher Raum in einer psychiatrischen Klinik, und doch waren in ihm vier apokalyptische Wahnideen entstanden.

Vielleicht würde hier einmal eine Gedenktafel hängen, die an dieses in der Geschichte der Menschheit einmalige Ereignis erinnerte. Und vielleicht war es nur das erste Vorkommnis in einer noch erstaunlicheren Serie, womöglich gar der Beginn einer wirklichen Apokalypse, die von den Wesen einer neuen Ära dann die »Offenbarung der Raymonde und des Roger« genannt würde.

Auf einem Labortisch stand ein Wasserkocher, und daneben gab es ein kleines rundes Kupfertablett mit sechs winzigen Porzellantassen in Weiß und Blau, die sehr chinesisch aussahen.

»Ich gehe Chin anrufen«, sagte der Chef.

»Und ich sehe mal nach, welche Medikamente diese Patienten in den letzten Tagen bekommen haben«, sagte Armand.

»Das habe ich schon getan«, meinte Clotilde. »Nichts Besonderes.«

Aber Hector war klar, dass Armand es selbst noch einmal überprüfen wollte; das war ganz seine Art.

Clotilde machte eine leicht verärgerte Miene, ein wenig wie ein Engel, der findet, dass die Sterblichen ihm nicht richtig zuhören, aber es ging kein himmlisches Feuer auf Armand nieder, und in eine Salzsäule wurde er auch nicht verwandelt.

»Da steht noch ein Name auf der Liste«, sagte Hector.

Alle blickten auf die Eintragungen und sahen den Namen von Monsieur Duvert.

»Ich habe ihm heute Vormittag Ausgang gegeben«, sagte Armand, der sich persönlich um diesen sehr wichtigen Patienten kümmerte.

Und wie auf ein Stichwort kam da eine Krankenschwester herbeigeeilt: »Eben hat Madame Duvert angerufen. Sie sagt, es sei sehr dringend!«

Während der Taxifahrt hatte Armand Hector die Geschichte von Monsieur Duvert erzählt. Dieser Patient litt seit Jahren an einer manisch-depressiven Erkrankung (heute würde man sagen, an einer »bipolaren Störung«). Seit er in den Vierzigern war, durchlief er alle zwei oder drei Jahre ziemlich schwere depressive Phasen, die von euphorischen Zuständen abgelöst wurden, in denen er sich so ähnlich wie Superman fühlte. Zunächst hatte es genügt, dass sich ein Psychiater in der Stadt um ihn kümmerte, aber bei Monsieur Duverts letzter depressiver Phase war ein kurzer Klinikaufenthalt nötig gewesen, bis das Antidepressivum zu wirken begonnen hatte. Inzwischen hatte er zu seiner Normalform zurückgefunden und am Morgen mit Armands Einwilligung sogar das Krankenhaus verlassen dürfen.

In seiner Normalform war Monsieur Duvert übrigens wirklich ein bisschen wie Superman. In jungen Jahren hatte er die kleine Baufirma seines Vaters übernommen und daraus ein großes Tiefbauunternehmen gemacht, das in der ganzen Welt Metrotunnel, Staudämme und Flughäfen baute. Aus diesem Grund war er unter einem Decknamen eingewiesen worden – die übliche Vorgehensweise, wenn irgendwelche Berühmtheiten in diese Klinik kamen. Duvert war also nicht der Name, den man an den Zäunen der Baustellen seines internationalen Unternehmens las.

Als Hector mit Armand vor dem Familiensitz ankam, war er beeindruckt: Die Duverts bewohnten ein herrschaftliches Backsteingebäude mit Ecken aus Bruchsteinen, im Grunde eher ein kleines Schloss, das inmitten eines schönen Anwesens mit hundertjährigen Bäumen lag. Ein Wachmann mit

Schirmmütze öffnete ihnen das schmiedeeiserne Tor, und dann sahen sie auch schon Monsieur Duvert, einen kleinen, wohlbeleibten Mann, wie er im Pyjama über seinen Rasen spazierte, gefolgt von zwei Mitarbeitern in Anzug und Krawatte, die sich eifrig Notizen machten.

Madame Duvert kam herbeigestürzt, um sie zu begrüßen. Sie war eine groß gewachsene, sehr elegante Frau und sah schon am späten Vormittag so aus, als wollte sie gleich zu einer mondänen Gartenparty.

»Man muss meinen Mann stoppen«, sagte sie, »er gibt gerade alles weg!«

»*Was* macht er?«

»Na, sehen Sie doch bloß – er läuft im Pyjama herum, weil er beschlossen hat, all seine Anzüge ans Personal zu verschenken«, sagte Madame Duvert und musste einen Schluchzer unterdrücken.

Monsieur Duvert hatte sich an den Fuß einer großen Eiche gesetzt, während seine beiden Mitarbeiter respektvoll stehen geblieben waren und sich weiterhin Notizen machten. Als er Armand und Hector erblickte, lächelte er und winkte sie zu sich heran.

»Ah, liebe Doktoren, gesellen Sie sich doch zu uns!«

»So war er früher nie«, flüsterte Madame Duvert Hector ins Ohr.

In seinen vorangegangenen euphorischen Phasen hatte Monsieur Duvert dazu geneigt, zu viel zu kaufen: Autos, Häuser und einmal sogar eine andere Firma, was das einzige schlechte Geschäft seines Lebens gewesen war. Zu viel zu kaufen war ziemlich typisch für die Höhenflüge – aber zu viel *wegzugeben*, das war neu.

»Hören Sie nicht darauf, was er sagt!«, rief Madame Duvert im Näherkommen den beiden Mitarbeitern zu, die jetzt zu ihr hinüberschauten.

»Doktor, Sie werden sich um meine Frau kümmern müssen«, sagte Monsieur Duvert. »Sie braucht Ihre Hilfe.«

»Aber nein, *du* bist es, um den man sich kümmern muss! Du musst unbedingt wieder zurück in die Klinik!«

»Ganz und gar nicht. Wirke ich irgendwie überdreht, Doktor? Ich bin vollkommen ruhig.«

Das stimmte sogar. Außer dass Monsieur Duvert im Pyjama auf seinem Rasen hockte, wirkte er ganz normal.

»Sagen Sie den Ärzten doch, was er gerade tut!«, rief Madame Duvert den Mitarbeitern zu, die bisher schweigend dagestanden hatten.

Der ältere von beiden warf Monsieur Duvert einen fragenden Blick zu und bekam als Antwort ein zustimmendes Handzeichen. »Monsieur Duvert organisiert momentan die Schenkung seiner Firma an die Beschäftigten und an karitative Organisationen. Sein Vermögen soll ebenfalls verteilt werden. Und dieses Haus auch.«

»Da sehen Sie«, jammerte Madame Duvert, »er ist durchgedreht.«

»Im Gegenteil, mein Schatz. Du machst dir umsonst Sorgen.«

»Umsonst? Und wie sollen wir in Zukunft leben? Und die Kinder?«

Monsieur Duvert hob den Finger und sprach mit einem warmen Lächeln: »*Sehet die Vögel unter dem Himmel an: sie säen nicht, sie ernten nicht, sie sammeln nicht in die Scheunen; und euer himmlischer Vater nährt sie doch.*«

Madame Duvert blickte Hector und Armand mit verzweifelter Miene an. Dann wandte sie sich ihrem Mann zu.

»Liebling, ich bitte dich, lass uns in Ruhe nachdenken. Und du kannst auch nicht den ganzen Tag den Schlafanzug anbehalten!«

Monsieur Duvert lächelte von Neuem, als hätte er mit dieser Bemerkung schon gerechnet, und wies mit einer ausladenden Geste auf den Park: »*Schauet die Lilien auf dem Felde, wie sie wachsen; sie arbeiten nicht, auch spinnen sie nicht. Ich sage euch, dass auch Salomo in aller seiner Herrlichkeit nicht bekleidet gewesen ist wie derselben eins.* Könntest du nicht auch deinen Mantel hergeben, meine Liebe?«

Das hier war nicht apokalyptisch, dachte Hector, aber ziemlich mystisch war es doch.

An diesem Abend blieb Hector recht lange in der Klinik; er fragte sich, ob er nicht das Thema für seine Dissertation gefunden hatte: »Mystische Wahnvorstellungen.« In der Fachbibliothek der Psychiatrie hatte er alles herausgesucht, was er dazu finden konnte, und steckte nun mitten in der Lektüre.

Besonders eine Frage trieb ihn um: Weshalb hatten Roger, Raymonde, die hinduistische Dame und der jüdische Herr apokalyptische Wahnvorstellungen, während Monsieur Duvert nur begonnen hatte, Jesus beim Wort zu nehmen – was man wohl kaum als Wahn bezeichnen konnte, wenngleich seine Gattin anderer Meinung war?

Dann fiel ihm eine Erklärung ein, und er schrieb sie in sein kleines Notizbuch.

Prediger der Apokalypse treten in unglücklichen und chaotischen Zeiten hervor – zum Beispiel in Israel während der römischen Besatzung. Johannes der Täufer, der heilige Paulus und selbst Jesus Christus verkündeten, dass die Welt in dieser Form nicht mehr lange fortbestehen werde. Schon immer haben leidende Menschen solche Wahrsagungen gern gehört, weil sie auf eine neue Welt hoffen, in der die Gerechten belohnt und die Bösen bestraft werden.

Auch unsere vier Wahnpatienten leben seit Jahren wie unter einer Besatzungsmacht: Es ist ihre psychische Erkrankung und die unumgängliche Therapie. Sie spüren, dass eine Apokalypse sie davon befreien würde.

Monsieur Duvert hingegen hat ein alles in allem glückliches Leben und wünscht sich keine Umwälzung alles Bestehenden; er möchte weiter in dieser Welt leben, aber einfach nur nach den Worten des Herrn.

Hector war zufrieden. Er hatte eine mögliche Erklärung für die unterschiedlichen Inhalte der Wahnvorstellungen gefunden. Es blieb aber die Frage, was diese Wahnvorstellungen ausgelöst hatte. Und warum hatten sie alle am selben Tag begonnen? Plötzlich fielen Hector das Tablett und die kleinen chinesischen Tassen im Qigong-Raum wieder ein.

Wo war eigentlich die Teekanne geblieben? Es waren ja keine Tassen, in die man einen Teebeutel hängt, also hatte man eine Kanne gebraucht.

Hector verließ das Büro und ging in den schwach beleuchteten Klinikbereich. Am Ende des Korridors lag der Kunsttherapieraum. Im elektrischen Licht wirkten manche der Bilder der Patienten fast bedrohlich; es war, als hätten sie in der Nacht ein neues Leben begonnen.

Die rückwärtige Wand wurde ganz von alten Holzschränken eingenommen, die alle abgeschlossen waren. Hector holte sich von der Nachtschwester den Schlüsselbund. Der erste Schrank war mit Malutensilien und Papierrollen gefüllt. In einem anderen fand Hector kleine Teppiche von der Webgruppe. Im nächsten Tonballen von der Skulpturengruppe. Dann Stoffrollen für die Seidenmalerei. Leider hatte nie jemand die Idee gehabt, Schildchen an die Schränke und an die Schlüssel zu machen, und langsam fand Hector seine Eingebung schon nicht mehr so toll.

Später ärgerte er sich, dass er nicht gleich mit dem Schrank neben dem Waschbecken begonnen hatte. Er stieß darin auf eine weiß-blaue Teekanne, die genauso chinesisch aussah wie die Tassen und schon ziemlich angeschlagen war, vielleicht wegen ihrer langen Reise.

Er schob die Schranktür gerade wieder zu, als ihn eine Stimme zusammenfahren ließ.

»Na schau an, Sie sind noch da?«

Es war Armand, der ihn durch seine Brillengläser hindurch anblickte und nicht besonders erfreut schien, ihn hier anzutreffen.

Offenbar hatten Hector und Armand dieselbe Idee gehabt.

»Haben Sie etwas gefunden?«, wollte Armand wissen.

»Nein.«

Aber Armand wollte sich selbst vergewissern und zog die Schranktür noch einmal auf.

»Hier sind ein paar Teekrümel«, sagte er.

Er fegte sie sich vorsichtig auf seinen Handteller.

»Wir werden sie analysieren und Doktor Chin auffordern, uns das restliche Zeug zu geben«, sagte er. Es sah so aus, als liefe ihm schon das Wasser im Mund zusammen.

Hector dachte an das angebrochene Päckchen Tee, das er sich gerade noch hatte in die Hosentasche schieben können, bevor Armand neben ihm stand. Er wusste nicht warum, aber irgendwie wollte er diese Entdeckung nicht mit Armand teilen. Hingegen hatte er große Lust, mit Clotilde darüber zu sprechen.

Danach flitzte Hector zu einer Party bei einem Kommilitonen, dessen Eltern ihm übers Wochenende das Haus überlassen hatten.

Als er eintraf, hatten sich schon alle im großen Garten verteilt, denn es war einer der ersten schönen Frühlingstage, und die Luft war so lau, dass man Lust bekam, den Abend draußen zu verbringen. Die Gäste – unter denen viele Assistenzärzte waren, aber auch Studenten höherer Semester aus anderen Fächern – tranken und redeten miteinander, und aus dem Salon, dessen Fenster weit offen standen, strömte Musik ins Freie. Als Hector ankam, lief gerade »Knowing me, knowing you«. Hector war nie ein großer Abba-Fan gewesen; er mochte lieber britische Bands, zum Beispiel Police, vor allem aber Led Zeppelin.

Er hatte Glück: Clotilde war bereits da. Hector entdeckte ihre lange, schlanke Silhouette sofort. Sie lehnte mit einem Plastikbecher in der Hand am Geländer der Vortreppe. Und er hatte auch Pech: Neben ihr stand Raphaël, und die beiden schienen sich angeregt zu unterhalten.

Als Clotilde Hector erblickte, warf sie ihm ein strahlendes Lächeln zu. Also ging er zu ihnen hinüber, während aus dem Fenster die ersten Takte von »Roxane« ertönten, dem neuesten Song von Police, den Hector sehr mochte. Aber seltsamerweise verschwand das Lächeln wieder aus Clotildes Gesicht, als er sich näherte; er hatte den Eindruck, dass sie doch nicht besonders erfreut war, ihn zu sehen.

»Na«, sagte Raphaël, »hast du noch jemanden mit apokalyptischem Wahn aufgegabelt?«

»Nein«, erwiderte Hector, »nichts Neues.« Er spürte das Teepäckchen in seiner Hosentasche.

»Wir haben gerade über das Böse gesprochen«, sagte Raphaël.

»Über das Böse?«

»Raphaël hat mir erklärt, das Böse – jedenfalls das Leiden – sei ein Beweis dafür, dass es keinen Gott gibt.«

Hector war überrascht, dass Clotilde und Raphaël einander so nahestanden – schließlich diskutiert man nicht mit jedem Dahergelaufenen über die Existenz Gottes. Und gleichzeitig erkannte er eine typische Anbaggertechnik von Raphaël wieder, den unterhaltsamen Widerspruch; er hatte schon häufig beobachtet, wie er das einsetzte. Sollte Clotilde wirklich für Raphaëls Charme empfänglich sein? Diese Vorstellung ärgerte Hector sehr. Er konnte ja akzeptieren, dass Clotilde zu gut für ihn war oder überhaupt uneinnehmbar, aber doch nicht, dass sie den Verführungskünsten eines Burschen wie Raphaël erlag, den Hector für einen Angeber und in gewisser Weise sogar für einen Hochstapler hielt. Plötzlich verspürte er den unbändigen Drang, Raphaël zu vertreiben, wenn auch nicht mit den Fäusten, denn so war er nicht erzogen worden.

»Ich verstehe, dass die Frage wichtig ist«, sagte Hector, »aber inwiefern beweist die Existenz des Bösen, dass es keinen Gott gibt? Wenn nun Gott zwar gut wäre, aber nicht allmächtig? Oder zwar allmächtig, aber nicht gut – oder jedenfalls nicht um unser Schicksal besorgt?«

Raphaël und Clotilde machten erstaunte Gesichter, weil Hector sich so schnell in das Gespräch einklinken konnte.

»Aut vult tollere mala et non potest …«, sagte Clotilde und blickte ihn an.

»Clotilde«, rief Raphaël, »du bist echt erstaunlich!«

»… aut potest et non vult.«

»Kann er nicht, oder will er nicht?«, fragte Hector, der noch ein paar Erinnerungen an seinen Lateinunterricht hatte.

»Genau«, sagte Clotilde. »Diese Frage wurde schon vor vielen Jahrhunderten gestellt. Wenn Gott gut, allmächtig und allwissend ist, wie kann er dann das Böse und das Leid tolerieren? Entweder kann er etwas dagegen tun, will aber nicht, oder er will etwas tun, kann aber nicht.«

»Die Frage steht noch immer ungeklärt im Raum«, sagte Raphaël. »Ansonsten hätten wir die Antwort irgendwann schon mal zu hören bekommen.«

Und er nahm einen Schluck Bowle, als wolle er sich für seine gelungene Replik belohnen.

Hector merkte, dass Raphaël mit seiner Taktik der Verführung durch Widerspruch gerade zu weit ging. Kontra zu geben konnte auf Frauen anziehend wirken, wenn es ihnen zeigte, dass man nicht nur ein netter Jasager war. Dabei sollte man jedoch nicht die Grundüberzeugungen des anderen angreifen – also in Clotildes Fall nicht ihren Glauben.

Aber Raphaël gehörte zu den jungen Männern, die so viele Frauen angraben, dass es ihnen egal ist, wenn sie sich hin und wieder einen Korb holen.

»Und wenn Gott nun unendlich gut ist, aber nicht allmächtig?«, schlug Hector vor. »Dann gibt es auch Mächte des Bösen, die ihm entgegensteuern, und manchmal tragen sie den Sieg davon.«

Nach einiger Überlegung kam ihm diese Idee ziemlich annehmbar vor.

»Das ist Manichäismus«, sagte Clotilde. »Eine Häresie.«

»Eine Häresie?«, wunderte sich Raphaël. »Du redest ja wie im Mittelalter, du bist wirklich die heilige Clotilde!« Und dabei musste er lachen.

Hector spürte, dass Clotilde zumindest irritiert war.

»Ist halt ein Fachbegriff«, erwiderte sie. »Aber man kann einen allmächtigen Gott trotzdem mit der Existenz des Bösen in Einklang bringen. Es gibt Argumente dafür.«

»Was sollen das für Argumente sein?«, wollte Raphaël wissen.

»Das nennt man Theodizee«, sagte Clotilde.

Selbst Raphaël war beeindruckt und sagte nichts mehr.

Clotilde begann, die Theodizee der Kompensation zu erklären: Jedwedes Leid, sogar das allergrößte, werde später im himmlischen Königreich kompensiert. Und während Clotilde sprach, wechselte im Hintergrund die Musik, und – welch ein Zufall! – ausgerechnet jetzt erklang »Stairway to heaven«.

»Und im Paradies wird also alles Leid wieder wettgemacht?«, fragte Hector nach. Er konnte sich nicht recht vorstellen, womit das Leid einer Mutter, die ihr Kind verliert, kompensiert werden sollte.

»Aber das ist nun wirklich Opium für das Volk!«, rief Raphaël. »Ertraget eure Leiden, denn sie werden euch dereinst aufgewogen – und lehnt euch bloß nicht auf!« An seinem Tonfall merkte man, dass auch ihm jetzt nicht mehr zum Spaßen zumute war. Vielmehr erklärte er ihnen seine eigenen Grundüberzeugungen: Gott existiert nicht, Religion ist Opium fürs Volk, nur die Revolution kann Gerechtigkeit und Glück auf die Erde bringen, und die Leute, die an Gott glauben, sind Schwächlinge oder Trottel.

Es war stärker als Hector, er musste einfach die Oberhand über Raphaël gewinnen.

»Aber wie kannst du beweisen, dass Gott nicht existiert?«, fragte er.

Raphaël zuckte die Schultern, als wollte er sagen, dass man über so etwas Selbstverständliches gar nicht erst diskutieren muss.

»Schau dir doch mal den Zustand der Welt an«, sagte er. »Überall Ungerechtigkeit.«

»Ungerechtigkeit ist ein Übel, das vom Menschen kommt«, sagte Clotilde.

»Und weshalb hat Gott den Menschen dann nicht als gutes Wesen erschaffen?«

»Um ihm den freien Willen mitzugeben. Er hat ihm die Freiheit gelassen, gut oder böse zu sein. Das ist eine andere Theodizee: Das Böse ist der Preis der menschlichen Freiheit.«

»Komische Freiheit«, meinte Raphaël.

»Also wärest du lieber unfrei?«, fragte ihn Hector.

Raphaël wirkte jetzt ein wenig verlegen. Natürlich wolle er lieber frei sein; er war so überzeugt von sich und seiner geistigen Unabhängigkeit, dass ihm die Vorstellung, er könnte keinen freien Willen haben, einfach lächerlich erscheinen musste.

»Ich bin frei … aber ich sehe nicht ein, weshalb das beweisen soll, dass Gott mich geschaffen hat.«

»Du glaubst, frei zu sein«, wandte Hector ein, »aber das ist seltsam, denn gleichzeitig sagst du ständig, dass wir von der Gesellschaft und dem herrschenden Denken konditioniert werden.«

»Ja, das stimmt, aber ich habe mich von dieser herrschenden Denkweise befreit«, entgegnete Raphaël mit einem selbstgefälligen Lächeln.

»Und nun bist du frei?«

»Ja, so kann man das sagen.«

»Aber wie kannst du das beweisen?«

»Ich lehne mich zum Beispiel gegen die soziale Ordnung auf.«

»Einverstanden, aber besonders originell ist das nicht. Viele Leute aus deiner sozialen Schicht, also dem Bürgertum, haben gerade ihr Herz für revolutionäre Ideen entdeckt. Wie kannst du dir sicher sein, dass du nicht auch bloß ein Produkt deines Milieus und deiner Zeit bist?«

Hector sah, wie Raphaël beim Wort »Bürgertum« erbebte. Obwohl er wie Hector der Mittelschicht entstammte, hatte er es nicht gern, wenn man diesen so gewöhnlichen Begriff auf ihn anwendete.

»Du musst gerade reden, Hector«, erwiderte er, »du bist doch noch stärker das Produkt deines Milieus. Und du machst dich nicht einmal davon frei, du bleibst tugendhaft auf dem Pfad des Musterschülers.«

»Mag sein«, sagte Hector, »aber ich behaupte auch nicht, dass ich frei wäre. Worum es hier geht, ist doch, dass du an deine Freiheit glaubst, sie aber absolut nicht beweisen kannst.«

»Okay, aber das bereitet mir nicht gerade schlaflose Nächte! Ich wenigstens handle!«

»Also glaubst du an etwas, das du nicht beweisen kannst …«

»Ja, aber was zählt, ist doch, die Verhältnisse zu verändern und nicht nur über Philosophie zu reden!«

»Wenn du also an etwas glaubst, das du nicht beweisen kannst – an deine Freiheit –, warum akzeptierst du dann nicht, dass andere an Gott glauben, auch wenn sie seine Existenz nicht beweisen können? Für die Existenz Gottes gibt es vielleicht keinen Beweis, aber für deine Freiheit erst recht nicht.«

Raphaël war einen Moment sprachlos, aber dann stöhnte er genervt: »Na super, du hättest Philosophie studieren sollen! Weißt du was, wenn ich dich höre, kriege ich Durst. Ich hol mir erst mal was zu trinken – und kümmere mich um meine Gäste.«

Und er ging quer über den Rasen zur großen Bowleschüssel, die man nach draußen getragen hatte und neben der zwei junge Asiatinnen standen, die ziemlich schüchtern wirkten.

»Das sind chinesische Studentinnen«, sagte Clotilde. »Raphaël hat sie überredet, von ihrer Gruppe auszureißen, um heute Abend zur Party zu kommen.«

Raphaël begann, sich mit den jungen Chinesinnen lebhaft zu unterhalten, wobei er Hector hin und wieder einen schiefen Blick zuwarf.

»Ich glaube, du hast ihn verärgert«, sagte Clotilde.

»Mir hat nicht gefallen, wie er mit dir gesprochen hat.«

Der Engel lächelte ihn an. Hector spürte, wie ihn eine heiße Woge durchströmte, und versuchte, sich nichts anmerken zu lassen.

»Sollten wir vielleicht lieber woanders etwas trinken gehen?«, schlug er vor.

Clotilde zog erstaunt die Augenbrauen hoch. Sie musste denken, dass sich nun Hector an sie heranmachte. Aber dann erklärte er ihr, über welche Entdeckung er mit ihr sprechen wollte.

Also hast du Armand angelogen?«

In der großen Brasserie, die zu dieser späten Stunde noch aufhatte, schaute Clotilde Hector über ihre Tasse Kräutertee hinweg an. Hector hatte ein Bier bestellt.

»Ja, ich weiß nicht warum, aber in dem Moment hielt ich es für richtig.«

»Und trotzdem, eine Lüge ...«, sagte Clotilde mit nachdenklicher Miene.

»Vor allem sollte Doktor Chin keine Scherereien bekommen, ich wollte erst mal selbst mit ihm sprechen, ohne dass mir Armand dazwischenfunkt.«

»Glaubst du, dass sein Tee die Wahnideen ausgelöst hat?«

»Ich weiß nicht.«

Er hatte das Teepäckchen aus der Tasche gezogen und auf den Tisch gelegt.

Die Verpackung war aus Zeitungspapier mit chinesisch aussehenden Schriftzeichen.

»Auf keinen Fall hätte er absichtlich so etwas getan«, sagte Hector. »Wahrscheinlich wusste er nichts von den Wirkungen dieses Tees, schau mal, er hatte das Päckchen gerade erst geöffnet.«

»Wenn es denn wirklich der Tee war, der den Wahn hervorgerufen hat.«

Plötzlich nahm sie ein paar Teekrümel zwischen Daumen und Zeigefinger und streute sie auf den Boden ihrer leeren Tasse. Dann goss sie heißes Wasser darüber.

»Willst du das etwa trinken?«

»Wenn ich anfange, im Wahn zu reden, bring mich bitte nach Hause«, sagte Clotilde lächelnd und nahm einen Schluck. »Mmh ... sehr gut. Aber nach Tee schmeckt es eigentlich nicht.«

Hector war leicht beunruhigt, und zugleich genoss er es, mit Clotilde endlich unter vier Augen zusammenzusitzen. Das hatten schon so viele erfolglos versucht! Aber natürlich war dieses Privileg der Tatsache zu verdanken, dass er es bei ihr gar nicht erst probiert hatte. Dieser Gedanke machte ihn traurig.

Clotilde trank noch einen Schluck. Eine Weile passierte überhaupt nichts.

Clotildes Mansardenzimmer war sehr schlicht möbliert, beinahe ärmlich, was erstaunlich war, denn das Gehalt eines Assistenzarztes erlaubte normalerweise ein bisschen mehr Komfort.

Außer dem Bett (Hector hatte Clotilde geholfen, sich darauf auszustrecken) gab es nur ein Tischchen, das ihr als Schreibtisch diente, einen Klappstuhl und einen großen demontierbaren Kleiderschrank mit biegsamen Plastikwänden, der schon etwas lädiert war.

An den Wänden hingen Plakate, vor allem Fotografien vom Meer und herrlichen Segelschiffen – Clotilde hatte offenbar eine Leidenschaft fürs Segeln. Andere Plakate zeigten christliche Kunstwerke, Christusdarstellungen aus verschiedenen Epochen (aber keine Engel), die in den Himmel strebenden Türme von Kathedralen, gotische Glasfenster, und es gab sogar eine große Darstellung der Bergpredigt. Hector kannte den Maler nicht, aber das Bild musste aus der Renaissance stammen, soweit man das nach der Kleidung der Menschen, die dem predigenden Christus zuhörten, beurteilen konnte. Im Hintergrund erblickte man dunstige Landschaften, wie man sie aus Träumen kennt.

»Es geht schon besser«, sagte Clotilde.

Sie hielt die Augen geschlossen, und Hector fand, dass sie noch immer einem Engel ähnelte, einem schlafenden Engel eben. Er hatte Clotilde bisher immer im Kittel oder Mantel gesehen, und jetzt entdeckte er zum ersten Mal, dass sie sehr schlicht gekleidet war, mit schwarzer Hose und marineblauem Pullover, fast wie ein Junge. Angesichts dessen, was sich da unter dem Pullover leicht wölbte, merkte man allerdings schon, dass sie kein Junge war. Hector war ziemlich verwirrt, als ihm plötzlich bewusst wurde, dass er mit Clotilde allein in ihrem Zimmer war, dass sie ganz nahe bei ihm auf dem Bett lag.

»Es ist unglaublich«, sagte sie. »Er umhüllt mich mit seiner Liebe …«

Wen meinte sie nur? An wen dachte Clotilde? Er wagte nicht, sie danach zu fragen; er fürchtete sich ein wenig vor ihrer Antwort.

»O mein Gott«, sagte Clotilde mit einem Seufzer.

Hector sah, dass sich auf ihrer Stirn, gleich unter dem Haaransatz, Schweißtröpfchen gebildet hatten; dabei war es in ihrem Zimmer nicht besonders warm. »Fühlst du dich gut?«, fragte er.

Ein schwaches Lächeln umspielte Clotildes Lippen: »Ich fühle mich nicht gut.«

Hector fragte sich, ob er Clotilde nicht untersuchen, ihr Herz abhorchen, ihre Pupillen betrachten sollte. Er durfte ja nicht vergessen, dass er Arzt war und vielleicht eine Kranke vor sich hatte. Aber würde er es wagen, ihr den Pullover hochzuziehen?

»Ich fühle mich nicht gut«, sagte Clotilde, »sondern ich bin in Ekstase.«

»In Ekstase?«

Clotilde verfiel wieder in Schweigen, als hätte das Wort Ekstase ausgereicht, um ihren Zustand zu erklären. Hector begriff, dass es besser war, wenn sie nicht sprach. Er beschloss, einfach abzuwarten, bis Doktor Chins Tee aufgehört hatte zu wirken und Clotilde wieder in ihren normalen Zustand zurückgekehrt war.

Er sah hoch und erblickte ein an die Wand geschraubtes Regal, in dem offensichtlich Clotildes Bibliothek stand. Medizinische Fachbücher, die meisten auf Englisch, dazu Bücher über internationale Politik, in denen es vor allem um die Armut auf der Welt ging. Hector fielen einige Romane auf: die beiden letzten Bände von *Auf der Suche nach der verlorenen Zeit*, *Der Steppenwolf*, *Siddhartha*, *Unter dem Vulkan* und daneben religiöse Bücher – die Bibel natürlich, die *Legenda aurea* in einer sehr alten bebilderten Ausgabe, aber auch eine dicke Enzyklopädie der Religionen, eine Lebensbeschreibung Buddhas und eine kommentierte Übersetzung des *Suttapitaka*, des »Korbs der Lehrreden« von Buddha.

Und ganz oben auf dem Regal das Foto eines jungen Mannes mit dem Ozean im Hintergrund. Seine Haare waren vom Wind zerzaust, er schaute zum Horizont hinüber, und er sah schrecklich gut aus, was Hector einen Stich ins Herz versetzte. Das also war wohl der unbekannte Rivale, dem zuliebe Clotilde alle anderen Männer abwies.

Nachdem Hector noch einmal einen Blick auf den Engel geworfen hatte, der nun zu schlafen schien, suchte er sich eine beruhigende Lektüre und entschied sich für den *Suttapitaka*. Er wusste, dass Buddha empfahl, alles Begehren abzustreifen; vielleicht würde ihm das ja helfen …

So habe ich gehört. Einmal hielt sich der Erhabene in Ukkhaṭṭhā im Subhaga-Hain, am Fuß eines königlichen Salbaumes auf. Dort richtete er sich folgendermaßen an die Bhikkhus …

Und da schlief Hector auf seinem Stuhl ein.

Er hatte nicht wirklich von Doktor Chins Tee getrunken, sondern gerade mal einen Löffel voll eingenommen, vielleicht weil er nicht so wagemutig wie Clotilde war, aber auch, weil er sich gesagt hatte, wenigstens einer von beiden sollte einen klaren Kopf behalten, um den anderen beobachten zu können.

Nur einen Löffel voll.

Hector hatte sie schon von Weitem gesehen. Die Menschengruppe stand am Fuße eines großen Baums, im Schatten des Blätterdachs.

Im Hintergrund riegelte eine Bergkette den Horizont ab, riesenhaft, schneebedeckt, mit drei großen Gipfeln wie drei Patriarchen, die über alles Übrige zu herrschen schienen. Windböen aus dieser Richtung brachten Kühle mit; sie waren wie der kalte Atem des Gebirges. Parallel zu seinem Weg, an der Eindeichung eines Reisfelds entlang, lief ein barfüßiges Kind, das eine Kuh trieb, aber es war keine Kuh, wie Hector sie gewohnt war – diese hier hatte einen Höcker auf dem Rücken.

Als er bei der Gruppe ankam, die offenbar aus Bauern der umliegenden Dörfer bestand, schob er sich in die erste Reihe vor und erblickte den Mann, dem die anderen zuhörten.

Er war noch jung und hatte einen kahl geschorenen Schädel; bekleidet war er mit einer schlichten Tunika, die nur eine Schulter bedeckte. Er ging barfuß, genau wie seine Schüler, die um ihn saßen. Der Mann schien von innerer Ruhe erfüllt zu sein; es war ihm offenbar gleichgültig, im Zentrum des allgemeinen Interesses zu stehen. Gerade hatte er eine Frage seiner Zuhörer beantwortet, als sein Blick dem von Hector begegnete.

»Du kommst von weit her«, sagte er.

Hector wusste nicht, welche Sprache der junge Mann sprach, aber er stellte überrascht und bezaubert fest, dass auch er sie beherrschte.

»Ich weiß nicht mehr recht, wo ich herkomme«, sagte Hector. »Und auch nicht, wohin ich gehe. Ich stelle mir Fragen zum Sinn des Lebens.«

Der junge Mann lächelte. »Das ist normal. Als Kind hattest du einen Glauben, aber du hast gemacht, dass er dich vergessen hat.«

»Der Glaube hat *mich* vergessen?!«

»Ja, denn du hast ihn im Stich gelassen.«

»Soll ich den Glauben meiner Kindheit wiederfinden?«

»Beginne lieber damit, aufmerksam zu sein.«

»Aber worauf denn?«

»Auf den gegenwärtigen Augenblick, auf die anderen, die Welt ... und auf dich selbst.«

»Das ist eine ganze Menge.«

»Gar nicht so viel, wenn du es schaffst, dich richtig zu konzentrieren. Du wirst sehen, dass alles eins ist, du wirst die Einheit der Welt wahrnehmen ...«

»Alles ist eins? Ist es das, was man das Eine nennt? Das Universelle? Den Kosmos? Und alles ist in allem?«

»Es gibt Probleme mit den Wörtern«, sagte der junge Mann mit einem Seufzer. »Und ich weiß, dass es damit in Zukunft nicht besser werden wird.«

Hector spürte, dass der junge Mann eine tiefe Kenntnis von dieser Welt besaß – und vielleicht sogar von der anderen, wenn sie denn existierte. Es war eine einmalige Gelegenheit, mehr darüber zu erfahren. »Herr«, sagte er (diese Anrede war ihm ganz von selbst in den Sinn gekommen, er wusste nicht weshalb), »eins möchte ich unbedingt wissen: Gibt es nach diesem Leben noch ein anderes? Werde ich mich in einem anderen Wesen neu verkörpern?«

Unter den Schülern und den anderen Zuhörern erhob sich ein Gemurmel, als hätte Hector etwas Unpassendes ausgesprochen.

Der junge Mann verzog das Gesicht. »Ich habe es dir doch gesagt: Du solltest dich lieber konzentrieren, als dich für solche Fragen zu interessieren.«

»Aber diese Fragen quälen mich.«

»Wenn du von einem vergifteten Pfeil verwundet wirst, fragst du dich dann erst, wer ihn abgeschossen hat und von welcher Stelle und aus welchem Holz der Bogen ist?

Oder wirst du so schnell wie möglich etwas gegen das Gift tun?«

»Das habe ich schon mal irgendwo gelesen«, sagte Hector. Er wollte wissen, was der junge Mann mit dem »Sich-Konzentrieren« genau meinte, aber plötzlich versetzte ihm jemand einen heftigen Stoß in den Rücken, und er wurde nach vorn geschleudert.

Und da fand er sich auf dem harten Fußboden von Clotildes Zimmer wieder – er war vom Stuhl gefallen.

Clotilde schlief noch immer friedlich. Hector hätte ihr am liebsten die ganze Nacht beim Schlafen zugeschaut, beschloss aber sicherheitshalber, sie zu wecken. Er wollte sich vergewissern, dass sie aus ihrer Ekstase zu einem einigermaßen normalen Zustand zurückgefunden hatte.

Er sah, wie der Engel die Augen aufschlug, noch verschleiert vom Schlaf, und wie sein Gesicht sich Hectors Gesicht näherte und wie seine Lippen Hectors Lippen näher kamen …

Aber da fuhr Clotilde plötzlich hoch und wirkte mit einem Mal ganz und gar wach und unwirsch. »Hector! Was machst du denn hier?«

Dann fielen ihr die Ereignisse des Abends wieder ein. »Oh«, sagte sie, »echt unglaublich.«

Danach teilte sie Hector sehr rasch mit, dass sie weiterschlafen wolle und er jetzt nach Hause gehen solle. Ihr Blick zeigte ihm, dass es keinen Sinn hatte zu widersprechen.

Auf dem Rückweg sagte er sich allerdings, dass Raphaël an seiner Stelle vielleicht darauf bestanden hätte, bei Clotilde zu bleiben, und er hoffte, nicht letztendlich doch der Depp dieses Abends gewesen zu sein.

Der Chef las mit lauter Stimme vor: »*Ich sah in seinen Händen einen langen goldenen Pfeil, und an der Spitze dieses Eisens schien ein wenig Feuer zu züngeln. Mir war, als stieße er es mir einige Male ins Herz und als würde es mir bis in die Eingeweide vordringen … Es ist eine so zärtliche Liebkosung, die sich hier zwischen der Seele und Gott ereignet, dass ich ihn in seiner Güte bitte, es den verkosten zu lassen, der denkt, ich würde lügen.*«

»Das Ende stimmt ungefähr«, sagte Clotilde, »aber ohne diese Geschichte mit dem Pfeil.«

Hector erinnerte sich, dass der Pfeil, den die heilige Teresa von Avila beschrieb, oft als Phallussymbol interpretiert worden war (Psychiater lieben den Begriff »Phallussymbol« für alles, was irgendwie an ein männliches Geschlechtsteil erinnert). Man schloss daraus, dass die Heilige, eine Frau von feurigem Temperament und enthaltsamer Lebensführung, eher einen Orgasmus gehabt hatte als eine mystische Erfahrung. Aber Hector fragte sich, wie sie ihrer Sache so sicher sein konnten.

Als Clotilde und Hector vom Verlauf ihres Abends berichtet hatten und Clotilde dabei ihre Ekstase erwähnt hatte, ohne Genaueres dazu sagen zu können, hatte der Chef seinen Drehsessel herumgeschwenkt, aus dem Regal ein Buch gezogen und vorzulesen begonnen. »Und früher haben Sie so etwas nie erlebt?«, fragte er dann.

»Nein«, sagte Clotilde. »Niemals.«

»Aber Sie glauben an Gott und an Jesus Christus?«

Clotilde zögerte einen Augenblick und sagte dann: »Glauben ist bei mir nicht das richtige Wort. Es ist eher … eher eine Evidenz, die ich spüre, mit der ich lebe … Das Wort ›glauben‹ setzt voraus, dass man etwas glauben oder auch nicht glauben kann, aber das scheint mir unmöglich.«

Hector wurde schmerzlich bewusst, was ihn von Clotilde trennte – er befand sich gerade in dem Stadium, in dem man sich fragt, ob man vielleicht aus eigenem Entschluss glauben kann.

»Dieser Tee also – nennen wir ihn mal Tee, obwohl er keiner ist – hat Sie eine mystische Erfahrung durchleben lassen, die in Einklang mit Ihrem Glauben stand. Ganz wie bei unseren Patienten übrigens.«

»Ja. Aber die echten Mystiker haben das ohne chemische Hilfe erlebt.«

Der Chef lächelte: »Armand würde vermutlich sagen, dass deren Gehirn die Fähigkeit hatte, ganz von allein eine ähnliche Substanz abzusondern wie die, die Sie getrunken haben.«

»Oh, ich würde darauf wetten, dass er das sagt«, entgegnete Clotilde in einem Ton, der verriet, dass sie keine hohe Meinung von Armands chemischer Weltsicht hatte.

»Und Sie, lieber Freund?«, fragte der Chef und schwenkte zu Hector herum.

»Bei mir war es eher ein Traum, aber ich hatte auch nur ganz wenig Tee zu mir genommen.« Er berichtete von seinem Dialog am Fuße des Baums.

»Nun, Ihr Traum hat sich aus der Lektüre des *Korbs der Lehrreden* gespeist, über dem Sie gerade eingeschlafen waren.«

Hector zog das Teepäckchen aus seiner Tasche und legte es auf den Tisch.

»Wir müssen es Doktor Chin zurückgeben«, sagte der Chef, »aber ich kann ihn nicht erreichen. Er geht nicht ans Telefon. Langsam mache ich mir Sorgen.« Dann inspizierte er das Päckchen. »Komisch, für mich hat es einen schwachen Käsegeruch.«

Clotilde und Hector schnupperten nun ihrerseits an der Verpackung herum, und es roch tatsächlich so.

»Auf jeden Fall kann ich nicht lesen, was draufsteht«, sagte der Chef, »aber ich kann Ihnen sagen, dass es kein Chinesisch ist.«

Er nahm die Verpackung genauer unter die Lupe. »Das sind tibetische Schriftzeichen.«

Und plötzlich spürte Hector in sich die feste Überzeugung, dass er eine große Reise machen würde. Es war, als würden sich die einzelnen Etappen bereits vor seinen Augen abspulen – aber vielleicht war es auch nur eine späte Nachwirkung des Tees?

Zwei Fragen an Clotilde

1. *Theodizee der Kompensation*
   Alles Leid wird im himmlischen Königreich aufgewogen.
   Ist das wirklich möglich? Kann das Leid einer Mutter, die ihr Kind verloren hat, überhaupt aufgewogen werden?
2. *Theodizee der Freiheit des Menschen*
   Ein großer Teil des Bösen – die Ungerechtigkeit zum Beispiel – ist vom Menschen gemacht.
   Gott hat den Menschen so geschaffen, dass er frei ist, das Gute und das Böse zu tun; das Böse ist der Preis seiner Freiheit.
   Aber warum hat Gott dann den Menschen nicht so geschaffen, dass er gut ist?

Drei Tage verstrichen, aber Doktor Chin ging immer noch nicht ans Telefon. Und so standen Clotilde und Hector am vierten Tag zur Mittagszeit ziemlich außer Atem auf seinem Treppenabsatz in der achten Etage eines noch gar nicht so alten, aber schon schäbigen Wohnblocks aus Beton. Hector fand, dass es hier nicht gerade angenehm oder gemütlich war, aber nach mehreren Jahren in einem Arbeitslager war es Doktor Chin wohl wie eine anheimelnde Zuflucht vorgekommen. Außerdem war Hector aufgefallen, dass es in diesem Viertel zahlreiche chinesische Restaurants gab.

»Hoffentlich ist er zu Hause«, sagte Clotilde.

»Vielleicht ist er ja in Urlaub gefahren.«

»Ohne die Klinik zu benachrichtigen? Das kann man sich bei ihm überhaupt nicht vorstellen!«

Die Wohnungstür hätte längst einen neuen Anstrich bekommen müssen; sie unterschied sich von den übrigen durch ein kleines Abziehbild, das unter dem Türspion klebte. Es war das Etikett einer berühmten chinesischen Biermarke. Wie amüsant, dachte Hector, der eher damit gerechnet hätte, hier das Yin-Yang-Symbol vorzufinden oder das Ideogramm für Qigong oder irgendeine andere Darstellung aus der fernöstlichen Weisheit. Vielleicht hatte sich Doktor Chin eines Abends, als er nach ein paar Bieren heimgekehrt war, über all das ein bisschen lustig machen wollen?

Hector hob die Hand, um zu klopfen.

»Die Tür ist auf«, flüsterte Clotilde.

Und das stimmte, sie war nur angelehnt. Ein leichter Schauder überlief Hector. In allen Kriminalromanen, die er gelesen hatte, spielte es sich nämlich so ab: Wenn der Detektiv vor einer einen Spaltbreit geöffneten Haustür stand, stieß er in der

Wohnung dahinter auf eine Leiche. Oder es war zunächst nichts zu sehen, aber dann bekam er plötzlich einen heftigen Schlag auf den Kopf, und wenn er wieder zu sich kam, was lag dann neben ihm? Eine ganz frische Leiche.

In einer ritterlichen Geste schob er sich an Clotilde vorbei, als sie die Wohnung betreten wollte.

Aber es gab keine Leiche und auch keinen Schlag auf den Kopf, nur das Einzimmerappartement eines älteren chinesischen Herrn, der allein lebte und nicht so gerne Staub wischte. Es gab Bücherstapel, die fast bis zur Decke reichten, oder vielmehr, es musste welche gegeben haben, denn jetzt lagen die meisten Bücher über den Boden verstreut, sodass es beinahe unmöglich war, durchs Zimmer zu gehen, ohne auf irgendeinen Band zu treten. Die meisten waren auf Chinesisch oder Englisch. Die Matratze war umgedreht worden, die Bettwäsche lag in einem Knäuel zusammen; die Schränke standen offen, und ihr Inhalt lag überall herum, einschließlich des Geschirrs aus einem Regal über der Spüle, von dem das meiste beim Aufprall zerbrochen war.

»Hier sieht es ähnlich aus«, sagte Clotilde, die gerade einen Blick ins Bad geworfen hatte.

Auf einem kleinen Bücherhügel entdeckte Hector eine chinesische Puppe, ein Mädchen mit Zöpfen, rosigen Wangen und Kleidung aus roter Seide. In diesem Chaos erinnerte sie ihn an ein Kind, das man inmitten von Ruinen sich selbst überlassen hatte.

»Es ist etwas Schlimmes passiert«, sagte Clotilde. »Hier wurde eingebrochen, und Doktor Chin ist verschwunden!«

Es war, als würden Blitze aus ihren Augen zucken; sie sah aus wie die Heldinnen mancher englischer Jugendromane, in denen die Detektivin eine tollkühne junge Frau ist.

Aber diese tollkühne junge Frau zeigte eine höchst vernünftige Reaktion. »Wir müssen die Polizei anrufen«, sagte sie.

Da sahen sie, dass jemand das Telefonkabel aus der Wand gerissen hatte. Hector blieb in der Wohnung, während Clotilde die acht Stockwerke hinunterlief, um von der Loge der Concierge aus zu telefonieren. Seine Aufmerksamkeit fiel auf ein Foto an der Wand. Man sah darauf eine Reihe ältere Chinesen, unter ihnen sogar ein paar wirklich alte. Alle knieten auf dem Boden und hielten den Kopf gesenkt, als schämten sie sich. Um den Hals hatten sie Schilder mit Schriftzeichen hängen, die man hätte lesen können, wenn man des Chinesischen mächtig gewesen wäre. Hinter ihnen standen gestikulierende junge Männer und Frauen mit zum Schrei geöffneten Mündern – ob sie aus Wut oder Freude schrien, war schwer zu sagen.

Hector beherrschte das Chinesische zwar nicht, wusste über China aber genug, um zu kapieren, dass dieses Foto schon älter sein musste. Es stammte aus der Zeit der Kulturrevolution, als der Große Steuermann es für eine tolle Idee gehalten hatte, die Jugend gegen alle seine Gegner einzusetzen, um die Macht zurückzugewinnen, die er eingebüßt hatte, nachdem er durch seine bahnbrechende Industriepolitik eine katastrophale Hungersnot ausgelöst hatte. Das war jedenfalls die Version, die Hector in den raren Zeitungsartikeln zu diesem Thema gelesen hatte. Aber damals behaupteten auch nicht wenige berühmte Leute, darunter Philosophen, talentierte Filmemacher und angesehene Schriftsteller, diese Kulturrevolution sei ganz im Gegenteil ein geniales Mittel, um China auf dem Weg des Fortschritts voranzubringen, und ein Vorbild, dem die ganze Menschheit folgen solle. Hector nahm an, dass die niederknienden Männer wahrscheinlich Professoren waren und die jungen Leute, die über ihren Köpfen herumbrüllten, deren Studenten. Vielleicht kannte Doktor Chin manche dieser Professoren, wenn er nicht sogar selbst einer dieser knienden Männer mit gesenktem Kopf war. Und wirklich, da erkannte ihn Hector, es war der dritte von links; er sah ein paar Jahre jünger aus, hatte aber dasselbe lange Gesicht und dieselben dichten Augenbrauen wie heute.

Hector fand es erstaunlich, dass Chin das Foto aufgehängt hatte. Vielleicht betrachtete er es jedes Mal, wenn er Sehnsucht nach seinem Heimatland bekam?

Dann fiel ihm noch ein anderes Foto ins Auge, das neben der Küchentür hing. Es war schwarz-weiß und wirkte mit seinen gewellten Rändern älter als das andere. Man sah darauf einen Tempel, der aus übereinandergestapelten krummen Dächern zu bestehen schien, und auf jeder Etage gab es mehr oder weniger Grimassen schneidende Dämonenskulpturen. Das Wort »Dämonen« fiel Hector jedenfalls bei ihrem Anblick unwillkürlich ein, aber dann sagte er sich, dass es sich eher um mehr oder minder sympathische Gottheiten des Hinduismus handelte, der, wie er wusste, eine ganze Menge davon hatte. Das Foto war aus der Froschperspektive aufgenommen, man sah nichts von der Umgebung des Tempels, aber im Hintergrund erhoben sich fast zur Gänze schneebedeckte Berge, und die Schatten zeigten, dass der Tempel in strahlendem Sonnenschein lag, auch wenn der Himmel das triste Grau eines Schwarz-Weiß-Fotos hatte. Drei Gipfel hoben sich von den übrigen ab wie drei Patriarchen, die die Menge ihrer Getreuen beherrschten ... Hector spürte, wie er erbleichte.

Es war die Landschaft aus seinem Traum von gestern Abend.

Aber das war doch nicht möglich ...

Als Clotilde zurückkam, fand sie ihn in die Betrachtung der Gipfel versunken.

Die Ermittlungen der Polizei zu Doktor Chins Verschwinden und dem Einbruch in seine Wohnung führten zu keinem Ergebnis, außer dass das Schloss gewaltsam geöffnet worden war, wenn auch, wie die Polizisten klarstellten, mit beachtlichem Geschick. Außerdem erfuhr man, dass die Händler des Viertels den alten Herrn schon mehrere Tage nicht gesehen hatten. Die Polizei überprüfte die Notaufnahmen, die Kommissariate, die Passagierlisten der Fluggesellschaften und die Meldebögen der Hotels – ohne Erfolg. Da Doktor Chin den Status eines politischen Flüchtlings hatte, widmeten ihm die Behörden ein bisschen mehr Aufmerksamkeit als sonst üblich.

Der Chef machte sich inzwischen große Sorgen um seinen alten Kollegen. Später, am Ende ihres Dienstes, erklärte Clotilde sich bereit, noch in ein Café in der Nähe der Klinik mitzugehen, in dem die Assistenzärzte sich gern trafen. Ein paar Kollegen, die an einem der Tische saßen, warfen ihnen neugierige Blicke zu. Nach den ersten Schlucken (Bier für Hector – Kamillentee für Clotilde) schlug Hector ihr vor, noch einmal in Doktor Chins Wohnung zu gehen.

»Vielleicht finden wir dort ja ein Indiz, das die Polizei übersehen hat«, sagte er.

Clotilde blickte ihn über ihre Teetasse hinweg zweifelnd an.

»Wenn man ihn entführt hat, hatte er bestimmt keine Zeit mehr, irgendeine Nachricht zu hinterlassen.«

Hector hatte das unerfreuliche Gefühl, dass sie ihn nicht ernst nahm, sagte aber trotzdem: »Glaubst du wirklich, sie haben ihn entführt?«

»Na klar – für die Herrschenden in seinem Land ist er ein Dissident. Und stell dir mal vor, welche Wirkung dieser Tee auf die Gesellschaft hätte, wenn jeder ihn trinken würde, einschließlich der Chinesen. Das könnte schlimmer als Opium sein … Die Leute, die in Doktor Chins Wohnung eingebrochen sind, waren vielleicht auf der Suche nach dem Tee.«

»Jetzt haben *wir* ihn jedenfalls.«

»Ja, und ich frage mich, ob das nicht unvorsichtig ist.«

Der Chef hatte das Teepäckchen im kleinen Safe seines Büros eingeschlossen. Eigentlich war der für die Schmuckstücke, Armbanduhren und wichtigen Dokumente der eingewiesenen Patienten, die keine nahen Angehörigen hatten, denen sie die Wertsachen geben konnten.

»Hättest du Lust, noch einmal davon zu trinken und wieder eine mystische Erfahrung zu haben?«, wollte Hector wissen.

Clotilde zuckte die Achseln. »Ich glaube nicht, dass das, was mit mir passiert ist, von Gott kam! Ich bereue diese Erfahrung nicht, aber so etwas möchte ich kein zweites Mal auslösen. Denn im Grunde ist es eine Lüge.«

»Eine Lüge?!«

»Ja, es vermittelt mir die Illusion einer mystischen Erfahrung, aber eigentlich kommt alles von der Droge.«

»Nicht nur von der Droge«, wandte Hector ein, »sondern auch aus deinem Glauben. Ohne deinen Glauben hätte diese Erfahrung nicht denselben Inhalt gehabt.«

»Ja, aber ohne die Droge hätte sie gar nicht stattgefunden. Eigentlich frage ich mich sogar, ob …« Clotilde hielt inne und schaute nachdenklich drein.

»Was fragst du dich?«

Clotilde blickte Hector an, als würde sie noch abwägen, ob Hector hören sollte, was ihr auf der Zunge lag. »Ich frage mich … ob das alles nicht ein bisschen teuflisch ist!«

»Das Kraut des Teufels«, sagte Hector lächelnd.

»Du spottest, aber vergiss nicht, dass Jesus an mehreren Stellen vom Teufel spricht!«

Clotilde schien ein wenig verärgert zu sein, und Hector sagte sich, dass er an eine ihrer Grundüberzeugungen gerührt hatte. Er wollte nicht die gleichen Fehler machen wie Raphaël … »Ja, natürlich, ich erinnere mich – die Versuchung in der Wüste … Aber sag mir bitte: Wenn der Teufel existiert, ist er dann ein Geschöpf Gottes oder ein anderes, von ihm unabhängiges Wesen?«

»Du kommst schon wieder auf deinen Manichäismus zurück«, meinte Clotilde lächelnd.

»Ja, weil mir diese Idee mit einem Gott der Liebe vereinbar scheint.«

»Weißt du, vielleicht ist es für dich ja ein guter Ausgangspunkt; selbst der heilige Augustinus war zu Beginn ein Anhänger des Manichäismus.«

Zuerst dachte Hector, sie würde Scherze machen, aber so war es keineswegs. »Wenn es so ist, komme ich auf meine Frage zurück«, sagte er. »Wie kann Gott, wenn er allmächtig ist, die Existenz des Teufels tolerieren?«

»Der Teufel war ein Engel, der sich von Gott getrennt hat.« Clotilde runzelte die Stirn. »Aber eigentlich führt uns das zur Frage zurück, weshalb Gott den Menschen nicht so geschaffen hat, dass er gut ist.«

»Ja, warum?«

»Leibniz hat dazu eine Erklärung geliefert, eine weitere Theodizee … aber entschuldige bitte, ich bin todmüde, ich hab heute einfach schon mit zu vielen Patienten sprechen müssen. Wir reden morgen weiter; jetzt gehe ich nach Hause und lege mich schlafen …«

Mit diesen Worten ließ sie ihn vor seinem Glas sitzen – zur großen Befriedigung der Kollegen am anderen Tisch.

Und entgegen seinen Hoffnungen auf eine zweite gemeinsame Ermittlungstour und auf die schlüssige Beantwortung der Frage, weshalb Gott den Menschen nicht so geschaffen habe, dass er gut ist, stand Hector nun allein da und brach unbegleitet zu einem neuerlichen Besuch von Doktor Chins Appartement auf.

Hector war enttäuscht: Anders als im Film hatten die Polizisten keine Klebebänder mit Aufschriften wie »Tatort! Betreten verboten!« zurückgelassen. Für sie war diese Affäre offenbar nicht so wichtig. Er hatte die Concierge, die er bei seinem ersten Besuch mit Clotilde kennengelernt hatte, um den Zweitschlüssel gebeten.

»So ein netter Herr!«, sagte sie betrübt. »Geben Sie mir Bescheid, wenn Sie Neuigkeiten von ihm haben.«

Hector zog die Wohnungstür hinter sich zu, knipste das Licht an und sah überrascht, dass man das Zimmer ein wenig aufgeräumt hatte. Die Bücher waren nun wieder aufeinandergestapelt. Die Tellerscherben hatte man in eine Zimmerecke gekehrt. Wahrscheinlich hatten das die Polizisten getan, um sich in der Wohnung leichter bewegen zu können.

Hector setzte sich auf den einzigen Stuhl und nahm sich den ersten Bücherstapel vor. Er schlug jedes Buch auf und blätterte es durch. Zwischen all den Büchern über Psychiatrie und traditionelle Heilkunde gab es auch mehrere Bände, in denen es um die politische Lage in Tibet ging: Anscheinend hatten die Truppen des Großen Steuermanns dort im Namen des Kampfes gegen den Obskurantismus nicht wenige Klöster mitsamt ihren Mönchen und Bibliotheken in Schutt und Asche gelegt.

Er fand auch ein Buch über den tibetischen Buddhismus. Es vermittelte Hector den Eindruck, dass es sich um eine recht komplizierte Religion handelte, jedenfalls den zahlreichen Abbildungen von Gottheiten nach zu urteilen. Diese waren genauso verschiedenartig und zum Teil ebenso furchterregend wie die Hindugötter mit ihren großen Fangzähnen und Glotzaugen. Nun begriff er, dass das, was er auf dem Tempelfoto für hinduistische Götter gehalten hatte, tatsächlich tibetische waren.

Er betrachtete gerade eine schöne Darstellung von Mahakala – der anfangs ein Dämon gewesen war, dann aber glücklicherweise von einer wohlwollenden Gottheit in einen Schutzgott verwandelt wurde, wobei er jedoch seinen zornigen Blick und sein Raubtiergebiss behalten hatte –, als er in seinem Rücken ein Schnaufen vernahm.

Hector spürte, wie sich ihm die Haare sträubten. War das Mahakalas Hauch in seinem Nacken oder eine Nachwirkung des Tees? Er drehte sich um.

Unter der Bettdecke bewegte sich ächzend eine menschliche Gestalt. Die Decke rutschte weg, und zum Vorschein kam das Gesicht eines alten, schlafenden Asiaten mit struppigen Augenbrauen.
Und da erkannte Hector, dass es Doktor Chin war.

Welch bedauerlicher Irrtum«, seufzte Doktor Chin.

Hector wusste längst, dass der Doktor zur Kategorie der besonders liebenswürdigen Leute gehörte (die sich laut Roger eines Tages zur Rechten Gottes wiederfinden würden), und so mussten ihn große Schuldgefühle plagen, weil er mit seinem Tee Kollegen und Patienten solche Scherereien eingebrockt hatte.

Die Tatsache, dass man bei ihm eingebrochen hatte und er drei Tage lang von der Bildfläche verschwunden gewesen war, schien ihm ein weniger wichtiges Thema zu sein, und Hector musste darauf bestehen, dass er dazu etwas sagte.

Doktor Chin setzte die Brille auf und blickte Hector ins Gesicht, als wollte er sich vergewissern, dass auch sein Kollege zu den besonders liebenswürdigen Leute gehörte, jener unsichtbaren internationalen Gemeinschaft mit so vielen Mitgliedern.

Was er sah, beruhigte ihn offenbar, denn er begann, sich zu erklären.

Eines Abends war Doktor Chin besonders spät nach Hause gekommen (Hector dachte gleich an das Bier-Abziehbildchen an der Tür), und als er vor seiner Wohnung gestanden hatte, hatte er drinnen Leute reden gehört. Auf Chinesisch.

Er hatte nicht mehr genau gewusst, ob er vielleicht Besuch erwartete, denn er bekam ziemlich oft Besuch. Manchmal kamen Landsleute vorbei, die China verlassen hatten, von Zeit zu Zeit beherbergte er sie sogar, und die Concierge gab häufigen Gästen, die sie gut kannte, den Schlüssel heraus.

»Aber nein«, sagte Doktor Chin, »diesmal waren es keine Freunde.«

Und Hector war aufgefallen, dass der Bereich um den rechten Wangenknochen des alten Herrn ein bisschen angeschwollen war.

Zwei unbekannte Chinesen hatten sein ganzes Appartement durchwühlt und auf ihn gewartet, damit er ihnen sagte, woher er seinen Tee hatte.

»Aber sie glaubten, der Tee aus meinem Schrank sei der richtige«, sagte Doktor Chin und zeigte in Richtung Küche. »Sie wussten nicht, dass ich mich geirrt hatte – und an jenem Abend wusste auch ich es noch nicht: Ich hatte die Packungen vertauscht!«

»Also haben die Einbrecher nur Ihren ganz normalen Tee mitgenommen?«

»Ja, und der, nach dem sie gesucht haben, war in der Klinik geblieben ... Und die Patienten haben ihn getrunken. So ein dummer Fehler aber auch!«, begann Doktor Chin aufs Neue zu lamentieren. »Ein höchst bedauerlicher Fehler!«

Hector versuchte ihn zu beruhigen; die betroffenen Patienten waren inzwischen wieder in ihren Normalzustand zurückgekehrt, hatten also keine Schäden davongetragen, und das Teepäckchen war jetzt in Sicherheit, im Safe des Chefs.

Nun wirkte Doktor Chin ein wenig ruhiger. »Sie haben sehr klug gehandelt, junger Mann! Aber jetzt hätte ich den Tee gern bei mir.«

»Da sind Sie offenbar nicht der Einzige. Selbst Armand hat sich ein paar Krümel gesichert.«

»Armand? Das ist gar nicht gut ...«

Der alte Arzt verfiel nun wieder in seine gedrückte Stimmung.

»Doktor Chin, könnten Sie mir ein bisschen mehr über diesen Tee sagen? Und darüber, weshalb Sie verschwunden waren?«

Und Doktor Chin erklärte Hector, dass dieser Tee an den Hängen des Himalaja wachse; es handele sich um eine ziemlich seltene, aber doch in den Listen verzeichnete Sorte. Man konnte sie sogar in Europa in manchen Geschäften für Teeliebhaber kaufen, aber diese Genießer tranken den Tee und stellten dabei nichts anderes fest, als dass er ihnen großartig schmeckte. Nur wenn man ihn zusammen mit einigen sehr seltenen Gebirgskräutern räucherte und trocknete, ergab das ein Gebräu, das man nicht jedem in die Hände geben durfte. Diese Mischung war ein Geheimrezept, das nur einige Lamas – ranghohe tibetische Mönche – kannten und seit Jahrhunderten von einer Generation zur nächsten weiterreichten.

»… und sie trinken ihn nur zu bestimmten Zeremonien.«

Hector konnte sich vorstellen, dass Menschen, die ohnehin schon sehr gläubig waren, durch diesen besonderen Tee in den Zustand geraten konnten, den Clotilde am eigenen Leib erfahren hatte. »Und wie sind Sie an das Kraut gekommen?«

»Das ist eine lange Geschichte.«

Und ziemlich verworren war sie obendrein, vielleicht weil es für einen alten Herrn schon recht spät war, vielleicht aber auch wegen der vier geleerten Bierflaschen, die Hector in der Spüle entdeckt hatte. Hector verstand nicht alles, aber jedenfalls hatte Doktor Chin vor einigen Jahren in China einen tibetischen Mönch kennengelernt. Es war in einer landwirtschaftlichen Kooperative, wo dekadente Intellektuelle wie Chin und der Tibeter ihre Sünden abbüßen und zum wahren revolutionären Denken finden sollten. Dazu mussten sie die »Drei *mit*« praktizieren: mit dem Volk arbeiten, mit dem Volk schlafen (aber nicht so viel), mit dem Volk essen (noch weniger). Sie waren wohl Freunde geworden, denn immerhin hatte Doktor Chin das Geheimnis des Tees erfahren, und noch jetzt, Jahre später, traf von Zeit zu Zeit ein Päckchen in der kleinen Wohnung ein, in der sich der Arzt gerade Hector anvertraute.

»Und sind Sie selbst einmal nach Tibet gereist?«, fragte Hector, der an das Gebirgsfoto an der Wand dachte.

»Das ist eine lange Geschichte …«, sagte Doktor Chin einmal mehr.

Aber Hector sollte sie an diesem Abend nicht zu hören bekommen, denn plötzlich waren Stimmen hinter der Wohnungstür zu vernehmen. Die Leute sprachen chinesisch.

»Sie sind wiedergekommen!«, flüsterte Doktor Chin.

Da die Besucher sich nicht die Mühe machten, leise zu sein, nahmen sie wohl genau wie vorhin Hector an, die Wohnung wäre leer. Auch sie wollten wahrscheinlich nach einem Indiz suchen, weil ihnen inzwischen klar geworden war, dass sie nicht den richtigen Tee mitgenommen hatten.

Jemand stocherte im Türschloss herum.

In einem Kriminalroman hätte Hector das Licht ausmachen und die Eindringlinge im Dunkeln überraschen müssen. Dann hätte er sie überwältigt, gefesselt und ordentlich durchgeschüttelt, damit sie ihm verrieten, wer der fiese Boss war, der sie hergeschickt hatte.

Aber dann überlegte Hector sich, dass er seine letzte Schlägerei vor vielen Jahren auf dem Pausenhof gehabt hatte. Selbst mit Unterstützung von Doktor Chin (der sich plötzlich neben ihm aufgerichtet hatte und zu Hectors Erstaunen in jeder Hand eine leere Bierflasche hielt) würde er zwei Typen, die sich mit Gewalt bestimmt gut auskannten, nicht bezwingen können.

Also ging er schnell zur Tür und fragte mit sehr lauter Stimme: »Wer ist da? Roger? Roger, bist du das?!«

Hinter der Tür sagte niemand etwas.

»Das ist nicht Roger!«, fuhr Hector fort, während Doktor Chin ihn verwirrt ansah. »Los, Paul, ruf Verstärkung. Die Kollegen vom Einsatzkommando!«

Dann war da nur noch das Geräusch von Schritten, die sich schnell entfernten.

Roger wäre bestimmt froh gewesen, dass sein Vorname (eigentlich nur der erstbeste, der Hector in den Sinn gekommen war) so nützliche Dienste geleistet hatte.

Aber jetzt mussten sie verschwinden – die Besucher würden vielleicht zurückkommen, wenn sie erst einmal mit ihrem intelligenteren Boss geredet hatten.

Im Fortgehen ließ Doktor Chin einen letzten Blick über seine Wohnung streichen.

»Vielleicht komme ich so schnell nicht wieder her«, sagte er.

Er ging zur Wand und nahm das Foto mit dem Tempel und den Bergen ab. Das andere, die böse Erinnerung an die Kulturrevolution, ließ er hängen.

Nachdem sie die Wohnung verlassen hatten, rief Hector aus einer Telefonzelle den Chef an. Sie fanden beide, dass der beste Ort, an dem man Doktor Chin rasch und unkompliziert in Sicherheit bringen konnte, ohne zu viel Aufmerksamkeit zu erregen, das Krankenhaus war, vorzugsweise die psychiatrische Station, auf welcher der Chef schalten und walten konnte, wie es ihm beliebte – denn wir befanden uns noch in den glücklichen Zeiten, in denen im Krankenhaus die Ärzte das Sagen hatten und nicht ihre Zeit damit verbrachten, Berichte für die Verwaltung zu schreiben.

»Meine Güte«, sagte Doktor Chin, »was mache ich Ihnen für Umstände!«

»Ach was«, meinte Hector. »Wenigstens sind Sie jetzt in Sicherheit.«

»Eigentlich würde ich gern ein kleines Bier trinken …«

»Ich fürchte, das wird hier schwierig.«

Doktor Chin nickte, denn er wusste, dass eine psychiatrische Abteilung leider kein guter Ort war, wenn man zu nächtlicher Stunde ein kleines Bier auftreiben wollte.

Hector war bei Doktor Chin in dessen Zimmer. Der alte Arzt lag im Pyjama in einem Bett, in dem gewiss schon manche seiner Patienten geschlafen hatten, darunter auch Roger. An diesem Abend war nämlich nur noch das Zimmer für die sehr unruhigen Patienten frei gewesen; es unterschied sich von den übrigen durch seine gepolsterten Wände, an die man sich mit voller Wucht werfen konnte, ohne sich ernsthaft wehzutun.

Aber Doktor Chin war es offenbar nicht danach zumute,

das zum Spaß auszuprobieren. Er wirkte äußerst niedergeschlagen – vor allem, seit ihm klar geworden war, dass es heute nichts mehr werden würde mit dem letzten Bierchen des Abends.

Zum Glück schaute der Chef vorbei, und beim Anblick seines Kollegen und Freundes besserte sich die Stimmung des alten chinesischen Herrn. »Danke, danke, mein lieber Freund«, sagte er und drückte dem Chef die Hand.

»Ich freue mich, Ihnen helfen zu können«, erwiderte der Chef.

»Aber ich fürchte wirklich, ich bringe hier alles durcheinander ...«

»Überhaupt nicht, mein Freund.«

Hätte Hector mit einem seiner Freunde so eine Situation erlebt, dann hätten sie sich wahrscheinlich umarmt und auf den Rücken geklopft, aber hier sah man deutlich, dass die beiden älteren Ärzte einer anderen Generation angehörten.

Nachdem sie noch ein paar Höflichkeiten ausgetauscht hatten, erzählte Doktor Chin, wie seine Begegnung mit den beiden unbekannten Chinesen vonstattengegangen war. Am Ende hatten sie ihn entführen wollen! »Aber am Hauseingang konnte ich ihnen dann zum Glück entwischen.«

Hector war überrascht. Doktor Chin hatte ja schon einige Jahre auf dem Buckel und sah nicht gerade nach einer Schlägertype aus.

Der Chef erriet, weshalb Hector so erstaunt dreinschaute: »Chin ist Wing-Chun-Meister.«

Diesen Begriff hatte Hector schon gehört, und zwar von Freunden, die Fans von Bruce Lee waren. Sie hatten ihm erklärt, dies sei die erste Kampfkunst gewesen, die der Schauspieler ausgeübt hatte, ehe er dann seine persönlichen Varianten entwickelte.

»Oh, inzwischen bin ich ziemlich eingerostet«, sagte Chin bescheiden. »Aber es stimmt schon, damit hatten sie überhaupt nicht gerechnet.«

»Überraschung ist die Königin der Schlachten«, warf der Chef ein.

»Ja, das ist von Sun Tzu, Sie haben ein gutes Gedächtnis!«

Nachdem er seinen Kidnappern entkommen war, hatte Chin für die Nacht Zuflucht in einem chinesischen Restaurant gesucht, dessen Besitzer er gut kannte. Man hatte für ihn ein kleines Bett neben der Küche gefunden, und so hatte er von Bratfettdünsten umwallt geschlafen.

»Aber besonders angenehm war das nicht. Außerdem fürchtete ich, die Aufmerksamkeit der anderen auf meinen Freund zu lenken. Also bin ich schließlich in mein kleines Zuhause zurückgekehrt. Ich sagte mir, dort würden sie mich ganz bestimmt nicht suchen, das wäre viel zu naheliegend. Wissen Sie, wie bei diesem amerikanischen Autor in der Geschichte vom entwendeten Brief …«

»Edgar Allan Poe.«

»Ja, genau. Den habe ich in meiner Jugend viel gelesen. Natürlich auch die berühmte Erzählung über eine Irrenanstalt …«

»*Die Methode Doktor Theer und Professor Feddern*?«

»Genau die, lieber Freund. Und nun sehen Sie bloß«, sagte Doktor Chin lachend, »heute Nacht bin ich der Psychiater, der sich in der Zelle eines Wahnsinnigen wiederfindet!«

Chin und der Chef tauschten ihre Erinnerungen an jene Erzählung von Edgar Allan Poe aus. Der Besucher einer psychiatrischen Anstalt wird darin vom Direktor durchs Haus geführt. Der Arzt erklärt ihm, dass die sanften Behandlungsmethoden fehlgeschlagen seien und man alle Insassen wieder weggesperrt habe. Man lädt den Besucher ein, mit dem Personal zu Abend zu essen. Bei der Mahlzeit kommen ihm alle Anwesenden ein wenig seltsam vor, und schließlich wird ihm klar, dass er mit den Verrückten am Tisch sitzt! Sie haben ihre Pfleger in die Zellen gesperrt, aber nicht, ohne sie vorher zu teeren und zu federn …

Einmal mehr sagte sich Hector, dass die Psychiatrie viel spannenden Gesprächsstoff zu bieten hatte. Aber vielleicht sollten sie lieber auf die drängenden Fragen zurückkommen?
»Woher wussten die Chinesen, dass Sie diesen Tee geschickt bekommen haben?«

»Das weiß ich auch nicht so genau. Vielleicht sind sie uns auf die Schliche gekommen … «, antwortete Dr. Chin.

Er erklärte weiter, dass er sich mit seinem Mönchsfreund etwa einmal im Monat Briefe schrieb, aber schon seit über zwei Monaten keine Post mehr bekommen hatte. Und dann waren plötzlich die Chinesen aufgetaucht und suchten nach dem Tee.

»Außerdem haben sie vermutlich Monsieur Duvert im Fernsehen gesehen«, meinte Hector.

»Sie haben mir schon davor den ersten Besuch abgestattet«, erwiderte Chin. »Aber sicherlich hat sein Fernsehauftritt sie darin bestärkt, dass es diesen Tee wirklich gibt und dass der, den sie mir abgenommen haben, der falsche war.«

Trotz des Widerstands von Madame Duvert und der Anweisungen von Armand und Hector war es einem Reporter gelungen, sich Monsieur Duvert zu nähern. Sein Interview hatte in den Abendnachrichten großen Eindruck gemacht, vor allem die gesungenen Passagen aus dem Neuen Testament, in denen es darum ging, wie schwer es für die Reichen sei, ins himmlische Königreich zu gelangen. Glücklicherweise war sein Unternehmen nicht an der Börse notiert.

Die chinesischen Nachrichtendienste kannten die möglichen Wirkungen jenes Tees, dem sie seit Jahren auf der Spur waren, und das Schauspiel eines Kapitalisten, der seine Firma an die Beschäftigten verschenken möchte, war vermutlich außergewöhnlich genug, um das Interesse eines ranghohen chinesischen Geheimdienstlers zu wecken, der auch den Namen des Dissidenten Chin in seinen Akten verzeichnet hatte…

»Ich mache mir große Sorgen«, sagte Dr. Chin. »Offenbar haben sie meinen tibetischen Freund gefunden.«

»Lebt er denn noch in Tibet?«

»Nein, in Nepal. Dort gibt es viele tibetische Flüchtlinge.«

Es war schon sehr spät, und so sagte man sich, dass der Morgen klüger als der Abend sein werde.

Als Hector und der Chef das Zimmer verlassen wollten, fragte Doktor Chin, ob er nicht ein wenig von seinem Tee haben könne. Der Safe war nicht weit, und so holte der Chef das Päckchen und einen Wasserkocher. Als der Tee zu ziehen begann, ließen sie Doktor Chin allein.

Hector fragte sich laut, welche Visionen die Nacht des alten chinesischen Herrn wohl bevölkern würden.

»Ich weiß nicht«, sagte der Chef, der Hector in seinem alten Peugeot nach Hause brachte. »Vermutlich die Götterwelt des Taoismus. Der Jadekaiser, die Acht Unsterblichen, Sie wissen ja …«

»Da kenne ich mich beinahe gar nicht aus«, sagte Hector, der sich gerade mal an die drei bärtigen Porzellanfiguren erinnerte, die ihm oft in chinesischen Restaurants aufgefallen waren.

»Und trotzdem glaube ich, dass Chin vor allem Buddhist ist«, fuhr der Chef fort. »Wussten Sie, dass der Buddhismus in China auf kaiserliche Weisung für einige Jahrhunderte verboten war, weil man ihn als ausländische Religion betrachtete? Genau wie den Manichäismus übrigens …«

War der Manichäismus etwa bis nach China vorgedrungen? Hector musste sich dringend ein *Lexikon der Religionen* besorgen.

Es handelt sich tatsächlich um Tee«, sagte Armand. »Eine sehr seltene Darjeeling-Sorte. Aber das ist nicht alles … Es ist noch etwas anderes drin.«

Sie saßen bei der morgendlichen Beratung, und Armand schien ganz aus dem Häuschen zu sein, nachdem die wenigen Krümel, die er vom Schrankboden aufgesammelt und in sein Lieblingslabor getragen hatte, nun analysiert waren.

»LSD vielleicht?«, schlug Raphaël vor.

Clotilde schüttelte fast unmerklich den Kopf. Sie wusste natürlich, dass es kein LSD war, wollte sich zu diesem Thema aber nicht weiter erklären.

»Nein«, erwiderte Armand, »kein LSD. Wahrscheinlich sind mindestens zwanzig andere pflanzliche Bestandteile darin enthalten. Es wird also schwer herauszufinden sein, welcher die Wirkungen hervorruft – vor allem, wenn man nur so eine winzige Menge hat. Und einige Zutaten haben sich durch das Trocknen umgewandelt. Wir brauchten mehr von dieser Mischung, um Tierversuche machen zu können!«

Hector fragte sich, welche Wirkungen sich wohl bei Labormäusen einstellen würden. Nähmen sie Fühlung auf zum Paradies der Mäuse?

Der Chef schien zu zögern. »Wir könnten von diesem Tee auch mehr bekommen …«, begann er.

»Wie das?«, fragte Armand.

»Ich rede mal mit Doktor Chin.«

»Mit Doktor Chin? Haben Sie ihn denn ausfindig gemacht?«

»Ja«, sagte der Chef. »Er ist gar nicht verschwunden.«

Aber da täuschte sich der Chef. Als er mit Hector unauffällig zu Doktor Chins Zimmer hinüberging, war es leer, und Chins Pyjama lag sorgsam gefaltet auf dem Bett. Der alte Herr war erneut verschwunden – und mit ihm sein Teepäckchen. Auf dem Schlafanzug lag ein Umschlag mit dem Namen des Chefs. Der griff danach, zog einen Brief heraus, las ihn durch und reichte ihn an Hector weiter.

Lieber Freund,
es tut mir sehr leid, Sie auf so unschickliche Weise verlassen zu müssen, aber ich bin überzeugt, dass es notwendig ist.

Bliebe ich hier, würde ich Sie Gefahren aussetzen, von denen Sie nichts ahnen. Daher musste ich auch mein Hab und Gut mitnehmen; sagen Sie bitte allen, dass Sie es nicht mehr haben.

Ich stehle mich auch davon, um herauszufinden, ob andere Freunde nicht ebenfalls in Gefahr sind.

Sobald es mir möglich ist, werde ich Ihnen per Telefon oder Telegramm neue Nachrichten schicken.
In aufrichtiger Freundschaft und tiefer Dankbarkeit
Chin

In den Umschlag hatte Doktor Chin auch das Foto mit dem Tempel und den Bergen gesteckt.

Hector hatte den Brief eben durchgelesen, als Armand mit Clotilde im Gefolge das Zimmer betrat. »Ich habe gerade erfahren, dass Sie Doktor Chin eingewiesen haben?!«

»Er hat uns soeben verlassen«, entgegnete der Chef.

Hector sah, dass Armand auf Doktor Chins Brief schielte, aber er wollte nicht, dass er ihn las, und so gab er ihn dem Chef zurück, der einen Moment zögerte und ihn dann wegsteckte.

»Es ist ein eher privater Brief«, sagte er zu Armand, der puterrot anlief. Aber als er auch noch das Foto in den Umschlag schieben wollte, machte er eine ungeschickte Bewegung, und das Bild fiel zu Boden.

Armand stürzte hinzu, um es aufzuheben, und starrte es

mit einer absurden Intensität an, während der Chef ihm die Hand hinhielt, um es wieder an sich zu nehmen.

»Sieht wie der Himalaja aus«, sagte Armand. »Dahin ist er also unterwegs?«

»Armand, bitte!«, sagte der Chef und zog ihm das Foto aus den Händen.

»Wir müssen die Polizei benachrichtigen«, meinte Armand, »die werden ihn finden.«

»Aber warum denn?«, sagte der Chef aufgebracht. »Chin wird ja nicht steckbrieflich gesucht. Er kann reisen, wohin er will. Im Gegenteil, ich werde der Polizei sagen, dass sie ihre Recherchen einstellen können.«

»Aber der Tee! Der Tee!«, rief Armand ein wenig zu laut. »Wir müssen seinen Tee zurückbekommen.«

Der Chef verzog das Gesicht. »Mein lieber Armand, ich finde, Sie machen ein bisschen viel Aufhebens von der Sache. Chin hat den Patienten versehentlich eine Art Kräutertee verabreicht, der ihren Wahn verändert hat. Das Ganze tut ihm furchtbar leid. Jetzt, wo alle wieder in ihrem Normalzustand sind, ist die Sache für mich erledigt.«

Ganz erledigt war sie freilich nicht, denn auch wenn Monsieur Duvert seinen Normalzustand wiedergefunden und sämtliche frühere Anweisungen annullieren lassen hatte, fürchtete der Chef doch, dass er die Klinik verklagen könnte.

»Erledigt? Ganz und gar nicht! Dieser Tee ist von außerordentlichem Interesse!«

»Das finde ich nicht …«

»Und die ganze Geschichte bedeutet doch, dass noch andere Leute auf der Suche nach Doktor Chin sind.«

»Ich denke, damit kann er fertigwerden«, meinte der Chef.

»Aber dieser Tee verschafft den Leuten mystische Erfahrungen!«, rief Armand. »Ist Ihnen denn wirklich nicht bewusst, dass …«

Der Chef zog die Brauen hoch. »Was soll mir nicht bewusst sein? Wollen Sie damit sagen, dass ich nicht mehr alles mitkriege?«

Plötzlich schien Armand zu merken, dass er seinem Chef

widersprach – und das, wo er doch eines Tages sein Nachfolger zu werden hoffte. »Ähm … nein, ganz und gar nicht. Solch ein Gedanke liegt mir vollkommen fern, Monsieur!«

»Da bin ich aber beruhigt«, meinte der Chef, der immer noch verärgert klang.

»Aber ich habe mir trotzdem gesagt, dass wir, wenn wir ein bisschen mehr von diesem Tee hätten …«

»Haben wir aber nicht. Damit müssen Sie sich wohl oder übel abfinden.«

»Wir hätten einen großen Schritt nach vorn machen können«, fuhr Armand betrübt fort.

»Nun gut, ziehen Sie einen Schlussstrich drunter, und lassen Sie uns lieber auf das neue Medikament gegen Wahnvorstellungen zurückkommen, das Ihre bevorzugte Pharmafirma uns angeboten hat.«

Armand nickte verhalten, aber in seinem Blick erkannte Hector, dass er etwas im Schilde führte.

Zunächst hatte niemand es notwendig gefunden, sich auf die Suche nach Doktor Chin zu machen. »Unser guter Chin wird sich schon durchschlagen«, sagte sein Freund, der Chef. »Er hat doch schon ganz andere Dinge erlebt.«

Aber man spürte trotzdem, wie unruhig es ihn machte, dass Chin das Land verlassen hatte, damit die unbekannten Chinesen oder wer auch immer sich nicht zu sehr für den Chef oder auch nur für Hector oder Clotilde interessierten. Chin hatte in seinem Brief ja geschrieben, er wolle ihnen Gefahren, *von denen Sie nichts ahnen*, ersparen.

»Trotzdem, hier hätten wir ihn doch beschirmen können«, setzte der Chef hinzu. Er hatte so seine Beziehungen, und zweifellos hätte sein guter Freund Chin von den Sicherheitsbehörden geschützt werden können, zumindest für eine gewisse Zeit. Aber Hector fragte sich, was die Gegenleistung für diesen Schutz gewesen wäre. Informationen über seinen geheimnisvollen Tee?

Der Chef wartete auf den ersten Brief oder Anruf von seinem alten Freund und versuchte derweil, sich zu beruhigen. Aber eines Morgens kam Hector gerade aus einem Krankenzimmer – Raymonde hatte sich beklagt, weil ihr jemand, während sie schlief, angeblich das Nachttischchen verrückt hatte –, als er den Chef mit eiligen Schritten auf sich zukommen sah.

»Den Brief von Doktor Chin haben Sie nicht an sich genommen, oder?«, fragte er Hector.

»Nein, den hatte ich Ihnen doch zurückgegeben.«

»Ja, ich weiß, ich frage nur, weil ich ihn nicht finden kann.« Der Chef zog an seinem Schreibtisch eine Schublade auf. »Hier hatte ich ihn hineingelegt.«

Hector schaute in die Schublade. »Aber da ist er doch!«

Der Chef war perplex. Tatsächlich lag dort der Umschlag, und sowohl der Brief als auch das Foto steckten drin. »Aber gestern Abend … gestern Abend war er nicht da.«

Nun hätte Hector so etwas sagen können wie »Vielleicht haben Sie nicht richtig hingeschaut« oder »Bestimmt waren Sie müde«, aber er sagte es nicht. Erstens wollte er nicht, dass sich der Chef über ihn ärgerte, und zweitens war er sicher, dass es stimmte: Am Abend zuvor hatte der Brief dort nicht gelegen, und heute früh war er zurückgekehrt.

»Armand!«, rief der Chef plötzlich mit Donnerstimme.

Außer ihnen beiden und Clotilde wusste nur Armand über den Brief Bescheid.

Hector sah, wie in seinem Chef der Zorn anschwoll; vielleicht hatte er nicht übel Lust, in Armands Büro zu stürzen, ihn an der Gurgel zu packen und zu schütteln, wobei er sicher auch all seine Fachzeitschriftenstapel zum Einsturz gebracht hätte. »Wenn Sie ihn fragen, wird er Ihnen antworten, er wisse nicht einmal, wovon Sie reden«, meinte Hector.

»Ich kann ihn ja gar nicht fragen! Der Kerl ist gestern zu einem Kongress nach Indien aufgebrochen. Jedenfalls hat er das behauptet. Und dazu hat er noch gesagt, die Reise sei schon lange geplant gewesen, und er habe bloß vergessen, mich zu informieren!«

Wenn der Brief über Nacht wieder in die Schublade gewandert war, musste das heißen, dass Armand planvoll vorgehende Komplizen hatte. Hector sah, dass sein Chef dasselbe dachte.

»Der arme Chin wird dort also nicht seine Ruhe haben.«

»Glauben Sie, Armand und die Leute vom Pharmakonzern werden sich an seine Fersen heften?«

»Natürlich! Wahrscheinlich hat Armand den Brief und das Foto kopiert, um die Firma zu überzeugen. Chin muss unbedingt gewarnt werden. Er weiß ja nicht, dass er Armand und einen Pharmakonzern im Nacken hat. Die sind vielleicht sogar schlimmer als der chinesische Geheimdienst!«

Hector entschied sich im Handumdrehen. »Und wenn wir

ihn nun suchen gehen, ich meine, Clotilde und ich?«, fragte er. »Wir könnten ihm alles erzählen und ihn vielleicht auch wieder nach Frankreich zurückbringen, bevor die anderen ihn finden.«

»Würden Sie das tun? Sie beide? Selbstverständlich würde ich Ihren Urlaubsantrag unterschreiben … Eine Vertretung finde ich bestimmt.«

Im Flugzeug fand Hector keinen Schlaf. Clotildes Präsenz, ihr engelhafter und zugleich so wirklicher Körper ganz nahe neben seinem, der natürliche Duft ihrer Haut – das war alles ein bisschen viel für ihn. Er hatte sich ja schon damit abgefunden, dass er mit dem Engel nie eine Liebesbeziehung haben würde, aber nun musste er feststellen, dass die übergroße Nähe seine stille Entsagung wieder ins Wanken brachte.

Clotilde freilich schlief, und winzige Bewegungen ihrer Augen ließen ihre hübschen Lider erzittern. Wie Hector im Studium gelernt hatte, war das so, wenn jemand träumte. Ob sie von mir träumt?, fragte er sich plötzlich.

Aber nein, natürlich nicht. Clotilde betrachtete ihn als guten Freund und Reisegefährten, und aus dieser Rolle durfte er auch nicht fallen, wenn er sich nicht in die lange Schlange abgewiesener junger Männer einreihen wollte.

Und wenn er sich plötzlich so verliebt zeigte, wie er es wirklich war, würde er sich nicht nur einen Korb holen, er müsste – schlimmer noch – trotzdem bei Clotilde bleiben, denn es kam schließlich nicht infrage, sie allein weiter nach Doktor Chin suchen zu lassen. Dann wäre Hector ganz wie ein treuer Cockerspaniel, der einem weiter hinterhertrottet, obwohl man ihm gerade eins über die Schnauze gegeben hat. Oder aber wie ein treu dienender Ritter, wenn man einen vorteilhafteren Vergleich bemühen wollte.

Und nachdem Hector schon mehrfach beobachtet hatte, wie schwer es war, aus dieser Rolle wieder hinauszufinden und zum wunschlos glücklichen Liebhaber zu werden, hielt er sich lieber zurück. Sonst wäre es so, als wenn man hoffte, eine Prüfung ohne jede Vorbereitung zu schaffen – man hatte praktisch keine Chance.

Dann fiel ihm wieder ein, wie Clotilde neulich aufgewacht war und wie sie ihr Gesicht dem seinen genähert hatte. Hatte sie ihn im Halbschlaf mit jemandem verwechselt? Mit jemandem, von dem sie gerade geträumt hatte? Vielleicht mit dem jungen Meeresgott, dessen Foto in ihrem Bücherregal stand? Letztendlich konnte er Clotildes Verhalten genauso schwer begreifen wie die Existenz eines unendlich guten und allmächtigen Gottes.

Was Letztere anging, hatte sich Hector vorgenommen, bei der nächsten Gelegenheit den Tee richtig auszuprobieren und nicht bloß wieder einen kleinen Löffel voll zu nehmen, was ihn ja schon vom Erleuchteten vor der Kulisse des Himalaja hatte träumen lassen.

Aber hatte er geträumt, oder war er ihm begegnet? Die Frage nach den Bergen – jenen drei Gipfeln, die er auf Doktor Chins Foto und in seinem Traum gesehen hatte – verfolgte ihn unaufhörlich. Er versuchte, sie aus seinen Gedanken zu verscheuchen, indem er sich sagte, dass es sicher nur eine nachträgliche Rekonstruktion gewesen war; er hatte nur den *Eindruck*, dass es die Berge aus seinem Traum waren. Und doch hielt sich in seinem tiefsten Innern die verstörende Gewissheit, dass es dieselben Gipfel waren …

Welche Visionen würden seine Ekstase bevölkern, wenn er noch einmal etwas von Doktor Chins Tee trank? Besonders gläubig war er ja nicht. Vielleicht kämen ihm Erinnerungen an den Katechismus und die Messen seiner Kindheit, als er immer das Gefühl gehabt hatte, die Statue der Jungfrau Maria blicke ihn missbilligend an, wenn er in der Vorwoche etwas angestellt hatte.

Wie lösten die anderen Religionen das Problem des Bösen, das die Unschuldigen trifft? Um das herauszufinden, hatte sich Hector vor der Abreise tatsächlich ein *Lexikon der Religionen* gekauft, einen alten Wälzer, den er in einem Antiquariat gefunden hatte. Er hatte darin über den Buddhismus und den Hinduismus nachzulesen begonnen – zwei Bereiche, in denen Clotilde sich nicht ganz so gut auskannte. Aber eigentlich waren es eher »Buddhismen« und »Hinduismen«, denn diese Religionen hatten im Lauf der Jahrhunderte, vorsichtig geschätzt, ebenso viele Strömungen hervorgebracht wie das Christentum. Manche Autoren betrachteten den Buddhismus überhaupt nicht als Religion, da Buddha schließlich kein Schöpfergott war, aber andererseits gab es auch in diesem Lexikon Fotos, auf denen buddhistische Gläubige mit gefalteten Händen (in denen sie bisweilen Räucherstäbchen hielten) vor den Statuen jenes Wesens knieten, das sie »Unseren Herrn Buddha« nannten.

Clotilde ließ im Schlaf den Kopf auf Hectors Schulter sinken, und ihre Haare streiften seine Wange. Aber dann richtete sie sich mit einem Ruck auf und streckte ihre langen Beine aus, die einmal mehr in einer schwarzen Hose steckten; sie öffnete die Augen und schaute Hector an. »Ich frage mich, wie wir Doktor Chin überhaupt finden sollen.«

»Ach, eine Großstadt scheint das nicht gerade zu sein«, sagte Hector. »Wir fangen einfach mit einer Runde durchs tibetische Viertel an.«

Denn es lag auf der Hand, wohin Doktor Chin unterwegs war. Er hatte ja schon von dem tibetischen Mönch gesprochen, und der Chef wusste, dass sein alter Freund bereits mehrmals in dieses kleine, zwischen Indien und China eingezwängte Himalajaland gereist war und dort Freunde hatte. Auch das Foto, das Doktor Chin mit in den Umschlag gesteckt hatte, war ein Fingerzeig, und jemand, der sich dort auskannte, würde die drei Gipfel bestimmt benennen können. Und dann noch die tibetischen Schriftzeichen auf der Teepackung – die Sache war sonnenklar.

Nach einem Zwischenstopp in Bangkok hatten sie ein anderes Flugzeug genommen, ein viel kleineres, und jetzt näherten sie sich dem Ziel ihrer Reise: der nepalesischen Hauptstadt Kathmandu. Hector war gerade am Einschlafen, als Clotildes Stimme ihn mit einem Mal wieder hellwach machte.

»Diesen Tee will ich unbedingt noch einmal trinken!«, sagte sie.

Er schlug die Augen auf und stellte fest, dass Clotilde nun offenbar Feuer und Flamme war für die Idee, Doktor Chins Gebräu erneut auszuprobieren.

»Aber du hast doch gesagt, dass es vielleicht … etwas Teuflisches war.«

»Oh, ich habe lange darüber nachgedacht«, seufzte sie mit einem Schulterzucken. (Hector mochte es, wie Clotilde seufzte und die Schultern zuckte, um eine Meinung zu verwerfen, und sei es ihre eigene.) »Es waren aufrichtig religiöse Menschen, die diese Mischung entdeckt haben, und sie verwenden sie nur zu ihren Zeremonien. Jetzt wirst du natürlich sagen, dass sich die Lehrmeinungen des Buddhismus radikal von denen des Christentums unterscheiden …«

Hector hätte gern eine Zusammenfassung dieser Unterschiede in Clotildes klarer Sprache gehört, auch wenn er sich nach seiner jüngsten Lektüre allmählich eine Art Bild machen konnte.

»… aber wenn man Riten und spezielle Glaubensinhalte mal beiseitelässt – allein auf Verhaltensebene kann man einen guten Buddhisten kaum von einem guten Christen unterscheiden! Ablösung vom Hier und Jetzt sowie allumfassendes Mitgefühl, verstehst du, was ich meine?«

»Und deshalb ist es kein teuflischer Tee mehr?«

»Ja … davon bin ich jedenfalls überzeugt.«

»Na schön, aber warum willst du ihn noch einmal trinken? Mit welchem Ziel?« Er war ziemlich zufrieden mit seiner Frage. Ganz so unterwürfig war der Cockerspaniel doch nicht.

Clotilde zögerte: »Weil … weil ich das Gefühl habe, aus diesem Erlebnis nicht viel mitgenommen zu haben. Es hat mich zu sehr überrumpelt. Ich würde es gern noch einmal unter besseren Bedingungen machen, gut vorbereitet, ein bisschen so, wie es wahrscheinlich die tibetischen Mönche tun …«

»Du glaubst also, dass der Tee einem wirklich ein mystisches Erlebnis verschafft?«

»Einer gut vorbereiteten Person wahrscheinlich schon.«

»Aber das würde heißen, man könnte mystische Erlebnisse jederzeit wiederholen, so wie ganz alltägliche Erlebnisse!«, rief Hector.

»Warum überrascht dich das so?«

»Na, warum wohl? Wenn sich solche Erlebnisse wiederholt herbeiführen ließen, würde die Frage nach der Existenz Gottes künftig in den Bereich der Wissenschaft fallen! Das wäre eine Revolution!« Er erklärte Clotilde den Standpunkt von Wittgenstein: Die Frage nach der Existenz Gottes sei sinnlos, denn sie könne nicht mithilfe von Experimenten und logischer Deduktion beantwortet werden. Aber mit diesem Tee gerate sie in den Bereich des wissenschaftlichen Experiments!

»Wittgenstein übertreibt«, sagte Clotilde. »Nicht all unser Wissen ist mit wissenschaftlichen Methoden zustande gekommen.«

»Zum Beispiel?«

»Nimm etwa die ersten Entdeckungsreisenden. Schon von einer einzigen Reise und ganz ohne moderne Messinstrumente haben sie viele Informationen mitgebracht; es waren die Anfänge der Geografie, auch wenn die Landkarten noch sehr fehlerhaft waren.«

»Okay, das war eine erste Etappe.«

»Nun ja, und der Philosoph Bergson hat die Mystiker mit jenen frühen Entdeckungsreisenden verglichen. Sie liefern uns

Informationen über die Existenz Gottes, auch wenn sie dabei nicht wissenschaftlich vorgegangen sind.«

»Also war Teresa von Avila eine Art Marco Polo – bloß bei der Erforschung der anderen Welt?«

»Ja«, sagte Clotilde überrascht, »wenn du so willst.« Sie schien diesen Vergleich amüsant zu finden.

»Aber wenn man das mystische Erleben mit diesem Tee wiederholen kann, dann beginnt es trotzdem Wissenschaft zu werden«, behauptete Hector hartnäckig.

»Nicht unbedingt«, meinte Clotilde. »Man muss schon gläubig gewesen sein, um das zu erleben, was ich erlebt habe. Schau doch mal dich an – du hattest nur einen Traum, der sich um deinen Lesestoff drehte.«

»Aber ich habe nur ganz wenig Tee getrunken.«

»Beim nächsten Mal könntest du ja mehr nehmen.«

»Und was ist mit den Bergen?«

»Welchen Bergen?«

»Es waren die gleichen wie auf dem Foto.«

»Ja«, sagte Clotilde, »das ist echt ein Problem.«

Aber er spürte ihre Zweifel: Wie konnte jemand, der so glaubensschwach war wie Hector, Zugang zu jener anderen Welt haben, die sie selbst flüchtig gesehen hatte? Diese Haltung ärgerte ihn ein bisschen.

»Auf keinen Fall darf man mit dem Tee Missbrauch betreiben«, sagte er.

»Warum sollte ich das tun?«, fragte Clotilde.

»Ich habe nicht von dir gesprochen«, erwiderte er.

Und dann schwiegen sie und waren beide ein wenig sauer.

Als das Flugzeug über Kathmandu zur Landung ansetzte, begann sich in Hector Unruhe breitzumachen. Er spürte, dass Clotilde ehrlich gewesen war, als sie ihm erklärt hatte, weshalb sie den Tee noch einmal trinken wollte. Andererseits fragte er sich, ob sie sich nicht etwas vormachte: Ihre Ekstase war ein so außergewöhnliches Erlebnis gewesen, dass sie einfach nur versessen darauf war, es zu wiederholen. Die tibetische Mönchsgemeinschaft hatte für den Konsum offenbar Regeln aufgestellt, die jeden Missbrauch verhindern sollten.

Aber wenn man jemanden mit einem Päckchen allein ließ, würde er dann nicht schlicht und einfach abhängig werden – süchtig nach diesem Tee? War Clotilde nicht in Gefahr, ein schöner Junkie zu werden, einer mit mystischen Anwandlungen, gewiss, aber nichtsdestotrotz ein Junkie?

Hector behielt diesen Gedanken für sich. Er konnte sich gut vorstellen, wie Clotilde seinen Standpunkt mit verzweifelten Seufzern und Schulterzucken auseinandernehmen würde, und damit war im Moment niemandem geholfen.

Und verschleierte nicht auch er eine Tatsache? Auch Hector war süchtig geworden, allerdings nicht nach dem Tee.

Sieht ein bisschen aus wie der auf dem Foto«, sagte Clotilde.

Das stimmte, aber hinter diesem Tempel gab es kein Gebirge, nur blauen Himmel und die Dächer der Nachbarhäuser. Hector und Clotilde standen auf einem kleinen Platz im Stadtzentrum, und von dort aus sah man, in einiger Entfernung, nur die Ausläufer des Gebirges.

Unter den krummen Dächern des kleinen Tempels erinnerten die Statuen Grimassen schneidender Gottheiten mit ihren Glotzaugen und Raubtierzähnen an die auf Doktor Chins Foto, aber ein Kenner hätte auf die feinen Unterschiede hingewiesen: Dies war ein Tempel für Hindugötter und nicht für die tibetischen.

Hectors Blick richtete sich auf einen vergoldeten Fries im Schatten eines der Dächer. Dort war eine lange Polonaise aus Männern und Frauen zu sehen, die … Zuerst glaubte er, seinen Augen nicht zu trauen; ja, es war eine Art Reigentanz, aber diese Männer und Frauen fassten einander nicht bei den Händen, sondern waren durch Aktivitäten verbunden, die man normalerweise vor Kindern verbirgt, und sie taten es in allen möglichen Stellungen, sogar in ziemlich akrobatischen.

»*Look*«, sagte Mumdalu. »*Beautiful!*« Mumdalu war ein vielleicht achtjähriger Junge, der mit vielen anderen auf Hector und Clotilde zugerannt war und sich als Führer angeboten hatte. Es war nicht leicht, sich zwischen all diesen wunderbaren Kindern zu entscheiden, die den beiden Neuankömmlingen ihr strahlendstes Lächeln schenkten. Zwischen Hector und Clotilde entspann sich deswegen ein richtiger Disput.

»Wenn wir einen auswählen, enttäuschen wir die anderen«, sagte Clotilde.

»Und wenn wir keinen nehmen, werden sie uns die ganze

Zeit verfolgen. Außerdem sollte wenigstens eine Familie ein bisschen Geld an uns verdienen«, erwiderte Hector.

»Na schön, also lieber *einem* helfen als gar keinem.«

»Später können wir ja einen anderen nehmen.«

Letztendlich hatten sie sich unter all den kleinen Mädchen, die schon Saris trugen, und den kleinen Jungen, die in kurzen Hosen herumliefen, für Mumdalu entschieden, so ungerecht das auch gewesen sein mochte. Vielleicht hatte es an seinem Lächeln gelegen, vielleicht auch daran, dass er die anderen nicht wegdrängelte; jedenfalls hatten sich Hector und Clotilde auf ihn geeinigt.

Mumdalu sollte sich als unschätzbar erweisen. Für einen Führer wusste er über die Tempel nicht besonders viel zu sagen, zumal auch sein Englisch nicht weit reichte. Aber er kannte die Stadt bis in die letzten Winkel; er wusste, welche Restaurants annehmbar waren, hielt Clotilde und Hector die Bettler entschlossener vom Halse, als sie es selbst gewagt hätten, und warnte sie immer gerade noch rechtzeitig vor dem Tritt in einen Kuhfladen. Denn hier spazierten die Kühe überall frei in den Straßen herum, und wenn sie den Verkehr behinderten, erlaubten sich die Bewohner höchstens, sie freundlich weiterzubitten oder ihnen einen sanften Klaps auf ihre mageren Hinterteile zu geben.

Viel Verkehr gab es übrigens auch gar nicht, die Stadt war insgesamt eher ruhig und staubig. Die Leute bewegten sich zu Fuß fort, manchmal mit dem Rad. Autos waren rar – obwohl es dann oft dicke amerikanische Schlitten waren. Man kam auch an ziemlich rostigen und bunt angemalten Lastwagen vorbei, die mit Arbeitern oder Reisstrohballen beladen waren, und selbst diese Lastwagen hielten an, wenn eine Kuh über die Straße wollte.

»Shiva, great god!«, kicherte Mumdalu. Er war immer gut gelaunt, aber beim Anblick des sexuellen Reigentanzes, den er doch längst kennen musste, schien sich seine Freude noch zu steigern; es war wie ein Witz, über den man immer wieder lacht.

Clotilde betrachtete den Dachbereich des Tempels, aber

der Fries war ihr noch nicht aufgefallen. Hector fragte sich, wie der Engel auf eine solche Verherrlichung der fleischlichen Gelüste wohl reagieren würde. Da blieb ihr Blick plötzlich hängen, ihre Augen weiteten sich … und sie seufzte mit dem Schulterzucken, das Hector so liebte.

»Pffff«, machte sie und drehte sich weg. »Wir sollten endlich Doktor Chin suchen gehen.«

Da hatte sie recht, und beide waren sie übrigens zuversichtlich, ihn schnell zu finden: Die Stadt war nicht besonders groß, jede Straße lief in Äckern oder Reisfeldern aus. Es war das erste Mal, dass Hector eine Hauptstadt ohne Vorortgürtel sah – und, wie er sich sagte, wahrscheinlich auch das letzte Mal, denn die Vororte breiteten sich überall in der Welt aus wie eine Epidemie, selbst an den Rändern mancher Dörfer seines Heimatlandes.

Mumdalu bestand darauf, sie noch zu einer Statue von Ganesha, dem elefantenköpfigen Gott, zu führen.

»*You ask, he gives*«, erklärte er.

Offenbar glaubten das viele Bewohner dieser Stadt, denn vor dem Standbild des Gottes hatte man zahlreiche Opfergaben zurückgelassen – Räucherstäbchen, diverses Obst und Gemüse, kleine mit Zucker überzogene Kuchen und sogar zwei offene Coca-Cola-Dosen, aus denen die Trinkhalme ragten. Clotilde bestätigte Hector, dass Ganesha, der Sohn des Shiva, ein besonders wohlwollender Gott war, den die Hindus sehr liebten.

»Wohlwollend? Aber warum hat er dann eine Axt?«

»Zum Zerstören des Begehrens und der Bindungen, die eine Quelle von Leid sind«, sagte Clotilde und schaute Hector merkwürdig an. Er fragte sich, ob sie ihm damit etwas sagen wollte.

Dann nahmen sie ihren Stadtrundgang wieder auf. Mumdalu hatte ihnen versprochen, sie in das Viertel zu führen, in dem die Tibeter wohnten. Das hielten sie für eine gute Idee, denn der mit Chin befreundete Mönch lebte sicher auch dort. Am Vormittag hatten sie bereits die Hotels der Stadt abgeklappert und gefragt, ob dort jemandem ein alter chinesischer

Herr aufgefallen sei. Man hatte sie erstaunt angeschaut – nein, niemand hatte eine Person gesehen, die mit Doktor Chin Ähnlichkeit hatte.

Weil die Hotelbesitzer das Englisch der jungen Ärzte nicht immer gut verstanden und vielleicht hofften, Hector und Clotilde würden sich bei ihnen einquartieren, schlugen sie ihnen sogar vor, die Räumlichkeiten zu besichtigen. Auch wenn hier von Hotels die Rede ist, eigentlich waren es nur so halb welche; man hatte eher den Eindruck, als hätten die Bewohner dieser Häuser in jedes Zimmer ein paar Betten gestellt. Manchmal lag auch nur eine Matte auf dem staubigen Boden. Toiletten und Dusche waren am Ende des Korridors, wo man aus einem Kessel mit einem Stieltopf Wasser schöpfte, um es sich zum Duschen über den Kopf zu gießen, und mit demselben Wasser hinterher die Toiletten spülte. (Bisweilen war das Klo ohnehin irgendwo hinten im Garten.) Zimmerdecken und Türstöcke waren meist so niedrig, dass sich Hector den Kopf stieß. Aber wenn man jung ist, achtet man nicht so auf Komfort, und diese Hotels waren voll von jungen Leuten aus allen Ländern der Erde, wobei die jungen Männer meist so eine Frisur hatten wie Raphaël und viele der jungen Frauen in geblümten Kleidern oder Saris herumliefen. In ihren Zimmern, manchmal sogar im ganzen Hotel, waberte der Geruch von Cannabis, aber eigentlich merkte man auch so schon, dass einige Gäste viel von diesem Zeug geraucht hatten.

»Ein alter Chinese … nein … hab ich nicht gesehen«, sagte bedächtig ein groß gewachsener Norweger mit Halsketten und Armbändern. Er war wie Thor persönlich gebaut, hatte aber einen ziemlich glasigen Blick.

»Ist das ein Freund von euch?«, fragte die junge Frau, die offenbar seine Freundin war – eine kleine, lustige Brünette, die wesentlich wacher aussah als ihr nordischer Gott.

»Na ja«, meinte Clotilde, »eher ein Freund von unseren Freunden. Wir sollen ihm etwas ausrichten.«

»Hier gibt es vor allem junge Leute«, meinte die Brünette, die Noémie hieß.

Hector versuchte, nicht auf ihre üppigen Brüste zu starren, die von einem beinahe durchsichtigen Sari kaum verhüllt wurden. Er sagte sich, dass Noémie zum Ausgehen einen anderen Sari brauchte, denn die Bewohner dieser Stadt waren ihm eher schamhaft vorgekommen, wenngleich man das von bestimmten Fresken an ihren Tempeln nicht gerade behaupten konnte.

Als sie das Hotel verließen, sagte Clotilde: »Du hast auf ihre Brüste geguckt.«

Hector wusste nicht recht, was er darauf antworten sollte, und sagte schließlich: »Gezwungenermaßen. Sie hat sie mir ja vor die Nase gehalten.«

Clotilde seufzte und zuckte die Schultern.

Hector war ein bisschen genervt und hätte am liebsten erwidert: »Weißt du, viel lieber würde ich deine sehen«, aber in dem Moment schubste Mumdalu ihn glücklicherweise zur Seite, damit er nicht in einen Kuhfladen trat, und dann war diese Aufwallung auch schon wieder verflogen.

Sie klapperten noch eine ganze Reihe Hotels ab, von denen manche ganz ordentlich waren, während andere eher wie Notquartiere für Obdachlose aussahen. Nirgends aber hatte man einen alten chinesischen Herrn gesehen oder etwas von ihm gehört.

Natürlich gab es auch zwei oder drei Hotels von internationalem Standard für die reichen Touristen, die mit schönen Bergschuhen und teuren Fotoapparaten durch die Stadt schlenderten. Aber wenn man bedachte, welch magere Einkünfte Doktor Chin hatte, brauchte man ihn in jenen Hotels gar nicht erst zu suchen.

Am Ende kehrten sie in ihr Hotel zurück oder vielmehr in das Haus, wo sie anfangs ihre Rucksäcke abgestellt hatten. Es war ihnen von Raphaël empfohlen worden, denn Freunde von ihm hatten dort schon gewohnt. Hector wäre Raphaël am liebsten nicht den kleinsten Dank schuldig gewesen, aber er musste zugeben, dass dieses Hotel einladender war als alle anderen, die sie heute gesehen hatten. Es gab sehr schöne geschnitzte Treppengeländer und ziemlich niedrige Türstürze, sodass sich Hector auch weiterhin den Kopf stoßen konnte.

Wie er bei seinem Rundgang in Begleitung des eifrig lächelnden Hotelbesitzers feststellen musste, gab es aber noch ein ganz anderes Problem: Dieses Hotel war – wie alle anderen auch – offensichtlich überfüllt. Alle Zimmer waren eigentlich kleine Schlafsäle, die man sich teilen musste. Würde er die Marter erleiden müssen, in einem Zimmer mit Clotilde zu schlafen, ohne sie berühren zu dürfen? Oder schlimmer noch: Würde er von ihr getrennt sein, weil sie ihre Nächte bei einer Handvoll junger Holländerinnen zubrachte?

Am Ende drohte ihm das erste Ungemach. Sie betraten ein nettes Zimmer mit hübschen Teppichen und einem Himmelbett. Der Hotelbesitzer, ein dicker und immerfort vergnügter Herr, präsentierte es ihnen als den *honeymoon room*.

Zu seiner großen Überraschung bat Clotilde sogleich um einen Wandschirm und ein Zustellbett.

»Das große Bett überlasse ich dir«, sagte sie zu Hector, als man ein Klappbett hineingetragen hatte, »du bist größer als ich.«

Selbstverständlich wollte Hector dieses Angebot in ritterlicher Manier ablehnen, aber genauso selbstverständlich weigerte sich Clotilde, das Himmelbett zu nehmen.

Das Fenster war neben dem großen Bett, und wenn man die geschnitzten Läden öffnete, entdeckte man einen reizenden Garten, der sich bis zu den ersten Reisfeldern erstreckte. In der Ferne sah man überall kleine Tempel, vor denen die Leute niederknieten, beteten und sangen.

»Hier ist der Glaube überall«, sagte Clotilde entzückt. »Es ist wirklich das Tal der Götter!«

Sie standen nebeneinander, die Ellenbogen aufs Fensterbrett gestützt, und betrachteten die Landschaft, die im Schein der untergehenden Sonne immer noch schöner wurde. Das Fenster war schmal, und Hector spürte, wie Clotildes Schulter an seine drückte. Er drehte ihr den Kopf zu, und im selben Moment wandte auch sie sich zu ihm hin.

Sie blickten einander an, und …

Plötzlich klopfte jemand an die Tür. Hector ging hin und öffnete. »*Some water!*«, sagte der fröhliche Hotelbesitzer und brachte ihnen eine wassergefüllte Kanne und eine große Schüssel aus Weißblech, offenbar eine besondere Gunst, die es ihnen ersparen sollte, sich morgens mit den anderen vor dem Gemeinschaftsbad anzustellen.

Clotilde hatte indessen den Fensterplatz verlassen und begann, ihren Rucksack auszupacken. Hector tat es ihr nach, und bald entspann sich wieder ein Gespräch wie unter guten Freunden.

Dann gingen sie in ein Restaurant, das Mumdalu für sie ausgesucht hatte, ein kleines verräuchertes Zimmer, das rammelvoll mit hungrigen Hippies war. Hier aßen sie mit Genuss ein landestypisches Gericht aus Reis, Erbsen und Auberginen und dazu Ziegenfleisch am Spieß. Mit ihrem sittsamen und biederen Erscheinungsbild fielen Hector und Clotilde hier regelrecht auf. Alle Restaurantgäste, die noch nicht zu viel geraucht hatten, starrten sie an. Das amüsierte sie, und irgendwann mussten sie sogar beide laut losprusten.

Gelegentlich hatte Hector an diesem Abend den Eindruck, dass Clotilde ihn ein wenig zu lange ansah, ehe sie ihren Blick dann abrupt wieder losriss. Auf dem Heimweg ins Hotel fragte Hector sich hoffnungsvoll mit pochendem Herzen: Konnte es sein, dass …? Aber nein, das war unmöglich, er nahm seine Träume für die Wirklichkeit.

Hector war eben noch sehr jung, vergessen wir das nicht.

In ihrem Zimmer angekommen, setzte sich Clotilde in den einzigen Sessel, und während Hector die Fensterläden schloss, sagte sie zu ihm: »Hector, ich muss dir etwas sagen.«

Er drehte sich ihr zu und sah, dass sie sehr ernst wirkte und sogar ein bisschen traurig.

Als fürchtete sie, mir Kummer zu machen, dachte er. Vielleicht würde sie sagen: »Hector, du bist ein richtig guter Freund, aber an das eine solltest du nicht mal denken, da hast du null Chancen« oder »Weißt du, der junge Mann auf dem Foto in meinem Regal, das ist mein Verlobter« oder aber »Na ja, ich sollte es dir wohl lieber gleich sagen – ich bevorzuge Frauen«.

»… etwas, das ich sonst niemandem erzähle.«

Einen Augenblick lang glaubte Hector, die letzte Hypothese würde sich bewahrheiten, und Clotilde wäre tatsächlich lesbisch, obwohl er das diesbezügliche Gerede seiner frustrierten Kollegen nie im Ernst geglaubt hatte.

Aber Clotilde blickte ihm direkt in die Augen und erklärte: »Ich fühle mich zum geistlichen Leben berufen.«

Hector verspürte plötzlich das Bedürfnis, sich auf sein Bett zu setzen. »Zum geistlichen Leben? Willst du etwa Nonne werden?«

»Ja, so kann man es auch nennen.«

Später in der Nacht wachte Hector auf. Er hörte Clotilde auf der anderen Seite des Wandschirms seufzen. War auch sie wach geworden? Und wenn er sich zu dem Engel ins Bett legte?

Nein, das war eine abwegige Vorstellung!

Vor dem Schlafengehen hatte ihm Clotilde etwas mehr über ihre Berufung verraten. Wie sie ihm erklärte, hatte sie sich bereits zu Armut und Keuschheit verpflichtet. (Ihm fiel die Kargheit ihres Zimmers wieder ein; wahrscheinlich überwies sie einen Teil ihres Gehalts an eine kirchliche Wohltätigkeitseinrichtung.) In einem Jahr würde sie ihr Gelübde ablegen und damit in einen Orden eintreten; damit wäre sie eine richtige Nonne. »Aber das hindert mich nicht daran, weiterhin als Ärztin zu arbeiten! Ich werde in Zivil herumlaufen.«

Es war schon spät, und Hector hatte sowieso keine große Lust gehabt, sich die Gründe anzuhören, die Clotilde zu diesem Schritt bewogen hatten. Vermutlich waren sie genauso unerklärlich wie ihr Glaube. Überhaupt war ihm aufgefallen, dass Clotilde nicht gesagt hatte, sie habe das geistliche Leben »gewählt«, sondern sie fühle sich dazu »berufen«.

Gegen Jesus hatte er natürlich keine Chance. Er hatte sich auf die andere Seite gedreht. Clotildes Enthüllungen taten weh, und gleichzeitig erleichterten sie ihn. Sie taten weh, weil sie bestätigten, dass Clotilde immer unerreichbar sein würde, und das, obwohl er ja geglaubt hatte, sich an diese Idee schon gewöhnt zu haben. Aber tief im Innern, wurde ihm klar, musste er wohl noch Hoffnungen gehegt haben, vor allem wieder seit dem Beginn ihrer Reise.

Aber erleichtert war er auch, denn jetzt brauchte er nicht länger zu hoffen. Und er riskierte nicht mehr, sich bei Clotilde eine Abfuhr zu holen und sich in die lange Liste der abgewiesenen Bewerber einzureihen. »Warum hast du den anderen nichts davon gesagt? Ich meine, all denen, die dich angebaggert haben?«, hatte er Clotilde gefragt, nachdem sie ihm von ihrer Berufung erzählt hatte.

»Ich wüsste nicht, was die das angeht.«

Hector konnte das verstehen. Wenn Clotilde im Krankenhaus bekannt gegeben hätte, dass sie sich auf ein geistliches Leben vorbereitete, hätten alle nur noch darauf geschaut und nicht mehr auf ihre berufliche Kompetenz.

»Und warum erzählst du es mir?«, hatte er noch gefragt.

Und Clotilde hatte nach kurzem Zögern geantwortet: »Weil ich … weil ich dir vertraue.«

Clotilde vertraute ihm also. Sie würden gute Freunde bleiben. Warum bloß war er dann so traurig? Vielleicht ein wenig, um sich zu trösten, schlug er sein Heft auf und machte sich ein paar Notizen – ein Resümee aus dem, was er im *Lexikon der Religionen* gelesen hatte.

Anmerkung zu den Buddhismen (denn es gibt mehrere)

Wie kann man das Kleine Fahrzeug und das Große Fahrzeug unterscheiden?

Wenn Sie in einem asiatischen Land sind, wo man

- *mit Buchstaben schreibt,*
- *mit den Fingern oder mit einem Löffel isst,*
- *die Toten verbrennt,*

... dann sind Sie in einem Land des Kleinen Fahrzeugs (Theravada).
Das sind im Grunde die von der indischen Kultur beeinflussten Länder, beispielsweise Sri Lanka, Thailand, Birma, Kambodscha und Laos.

Wenn Sie in einem asiatischen Land sind, wo man

- *mit Ideogrammen schreibt,*
- *mit Stäbchen isst,*
- *die Toten beerdigt,*

... dann sind Sie in einem Land des Großen Fahrzeugs (Mahayana).
Diesen Buddhismus findet man in China und allen Ländern, die von seiner Kultur beeinflusst wurden, etwa Japan, Vietnam und Korea, aber auch in Tibet, wo es einen besonderen Buddhismus gibt, der »Diamantenes Fahrzeug« heißt und dem man auch in Nepal begegnet.

Der Buddhismus des Kleinen Fahrzeugs ist am ältesten; seine Gründungstexte wurden nach dem Tod der historischen Figur Buddha geschrieben (so wie die Evangelien nach dem Tod von Jesus

Christus) und sind in Pali abgefasst, einer sehr alten Sprache aus Indien.

Der Buddhismus des Großen Fahrzeugs ist vier Jahrhunderte später hervorgetreten, zu Beginn der christlichen Zeitrechnung. Seine Schriften sind in Sanskrit, einer anderen alten Sprache aus Indien.

Der Begriff »Kleines Fahrzeug« wurde natürlich von den Leuten des Großen Fahrzeugs erfunden, was den anderen nicht gefallen hat. Deshalb verwendet man, um die vom Kleinen Fahrzeug nicht zu ärgern, heute besser den Begriff Theravada – Buddhismus der Älteren.

Der Unterschied zwischen beiden:

Im Buddhismus der Älteren liegt das Ideal darin, aus dem Zyklus der Reinkarnationen auszusteigen und endlich das Nirwana zu erreichen, die Auslöschung. Dafür braucht man mehrere Leben, darunter mindestens eines als Mönch. Nicht jeder kann dorthin gelangen, und für das Heil der anderen kann man nicht viel tun, außer dass man sie ermutigt, denselben Weg einzuschlagen.

Im Großen Fahrzeug liegt das Ideal darin, den Zyklus der Reinkarnationen zu stoppen, kurz bevor man das Nirwana erreicht hat. Auf diese Weise wird man zu einem Bodhisattwa, der so etwas wie ein Heiliger von unendlicher Weisheit und grenzenlosem Mitgefühl ist. Dann kann man durch seine Gnade und seine Verdienste auch die anderen armen Sterblichen nach oben ziehen, hinauf zur Erleuchtung. Das Große Fahrzeug trägt diesen Namen, weil es auf der Straße zur Erleuchtung viele Menschen mitnehmen will.

Achtung, man darf Erleuchtung und Nirwana nicht verwechseln! Erleuchtung (auch mit »Erwachen« übersetzt) ist die tiefstmögliche Wahrnehmung der Wirklichkeit. Buddha ist etwa als Dreißigjähriger dorthin gelangt und hat daraufhin zu predigen begonnen. Das Nirwana hingegen ist die Auslöschung, das Ende der Wiedergeburten.

Hector ließ den Stift sinken und fragte sich, ob das eher gemeinschaftliche, egalitäre Ideal des Großen Fahrzeugs, das am liebsten die ganze Welt in seinem Gefährt mitnehmen möchte, etwas damit zu tun hatte, dass der Kommunismus in Asien zuerst in Ländern Fuß fasste, die diese Strömung des Buddhismus praktizieren, etwa in China und Vietnam.

Im Zentrum eines Platzes erhob sich eine große Kuppel, die von einer Art Pyramide überragt wurde, vergoldet und so hoch wie ein Kirchturm. Der große Stupa von Bodnath.

»Halt«, sagte Clotilde, »man muss richtig herumgehen!« Sie machten also kehrt. Als sie begonnen hatten, um das Bauwerk herumzugehen, war es Hector nicht bewusst gewesen, dass man einen Stupa immer im Uhrzeigersinn umrunden musste, weil es sonst nicht gut für das Karma war. Auf jede Seite des viereckigen Sockels waren zwei große asiatische Augen gemalt. Ihre Lider beschrieben einen göttlichen Bogen und bedeckten zur Hälfte die Pupille. Es war der Blick Buddhas, der den Besucher nicht losließ, während der seine Runde drehte.

Während sie so ihre Kreise um den Stupa zogen, fühlte Hector sich angesichts der rosa und beigefarbenen Fassaden und der geschnitzten Balkons der Häuser ringsherum an den Hauptplatz einer italienischen Stadt erinnert, nämlich an Siena, wo eine große Mystikerin geboren worden war, die passenderweise Katharina von Siena heißt. Oder fiel ihm diese Ähnlichkeit nur auf, weil er am Vorabend im *honeymoon room* in seinem Lexikon gelesen hatte, dass sie während ihrer Ekstasen wunderschöne Gedichte geschrieben hatte?

Über ihnen spannte sich die Himmelskuppel in tiefem Blau, Buddhas gemalter Blick schien lebendig zu werden, und es verschaffte Hector ein Gefühl des Friedens, wenn er so mit dem Engel an seiner Seite um den Stupa spazierte. War er vielleicht schon auf dem Weg dahin, alles Begehren abzustreifen und sich jener Grundursache für alles Leiden und die immer neuen Wiedergeburten in diesem Tränental zu entledigen?

Neben ihnen gingen andere Männer und Frauen, aber zu dieser frühen Stunde noch keine anderen Touristen. Die Gläubigen hatten alle ein asiatisches Aussehen, und Hector entdeckte unter ihnen sogar einige tibetische Mönche in Dunkelrot, die tatsächlich so aussahen wie die aus *Tim in Tibet*. Mumdalu hatte ihnen erklärt, dass die meisten Familien in diesem Stadtviertel von jenseits der chinesischen Grenze gekommen waren, aus Tibet, und von dort stammten auch die großen bronzenen Gebetsmühlen, an denen Hector und Clotilde gedreht hatten, ehe sie zu ihren Stupa-Umrundungen aufgebrochen waren.

Hector hatte sich gefragt, wofür Clotilde gebetet hatte, als sie die Gebetsmühle in Drehung versetzte. Dafür, dass sie Doktor Chin wiederfanden? Dass sie noch einmal eine Ekstase erlebte? Dass Gott einem ihrer Angehörigen die Gesundheit zurückgab?

Er erinnerte sich etwas verlegen an sein eigenes stilles Gebet, dessen Inhalt Clotilde hoffentlich nicht erraten hatte. An diesem zweiten Tag hatte sie ihr Haar zu einem braven Pferdeschwanz gebunden, als wollte sie damit ihren Respekt vor diesem Ort zeigen, der »mit Spiritualität aufgeladen« war, wie sie Hector gesagt hatte, auch wenn er mit diesem Ausdruck nicht viel anfangen konnte.

Mumdalu hatte sie allein gelassen, er wartete weiter hinten auf dem Platz. Dort redete er mit einem Mädchen, das geröstete Erdnüsse verkaufte. Wie die meisten Bewohner dieser Stadt waren auch die beiden Kinder Hindus. Denn obwohl Buddha in diesem Land geboren war, hatte seine Religion hier nicht den größten Erfolg gehabt; sie hatte sich woanders ausgebreitet (ein wenig wie das Christentum, das in der Weltgegend, in der Jesus geboren wurde, heute nur noch die Religion einer kleinen Minderheit ist). Dies war nur eine der zahlreichen Ähnlichkeiten zwischen dem Erleuchteten und dem Nazarener, die Hector im Lauf seiner Lektüre und seiner Gespräche mit Clotilde auffielen.

Während der zehnten Runde um den Stupa traute sich Hector endlich. »Clotilde, dieses Foto auf deinem Regal …«

»Ah, es ist dir aufgefallen!« Sie gingen ein Stück schweigend nebeneinander her. »Das ist mein Bruder«, sagte Clotilde.

Und Hector ahnte sofort, dass sich hinter diesem Foto, dem einzigen Porträt in Clotildes Zimmer, eine tragische Geschichte verbarg.

»Hast du gedacht, es wäre ein früherer Verlobter?«

»Ja«, sagte Hector. »Tut mir leid.«

»Du brauchst dich nicht zu entschuldigen. Ich verstehe das schon.«

Nach einer weiteren Runde um den Stupa sagte sie: »Er ist vor zwei Jahren gestorben. Auf dem Meer.«

Hector suchte nach passenden Worten, irgendwelchen; er schämte sich, weil er so etwas Banales gedacht hatte. Aber Clotilde sprach schon weiter, und er spürte, dass sie das Bedürfnis hatte, die Geschichte zu erzählen.

»Er war vor der Bretagneküste segeln. Er schob nachts mit zwei Freunden Wache an Deck. Die anderen schliefen unten im Boot. Ein großer Fischkutter, der wohl ganz auf seine Fangnetze konzentriert war, änderte plötzlich den Kurs und fuhr seitlich in sie rein … Während das Schiff sank, ist mein Bruder noch einmal in die Kabinen hinunter, um die anderen rauszuholen. Beim zweiten Mal schaffte er es nicht wieder nach oben …«

Der junge Mann auf dem Foto, der eben noch ein Rivale gewesen war, wurde Hector mit einem Mal so sympathisch, dass ihm die Tränen in die Augen stiegen, als er an dessen Mut und Opferbereitschaft dachte.

Schon wieder so ein Unglück, bei dem man sich fragt, ob es einen liebenden und allmächtigen Gott gibt, sagte sich Hector, um seine Gefühle wieder in den Griff zu bekommen. Er selbst war bisher von Tragödien verschont geblieben, nicht aber Clotilde, und doch glaubte sie an Gott und wollte sogar Nonne werden.

»Ich bewundere ihn«, sagte er. »Und dich bewundere ich auch.«

»Bei ihm verstehe ich es ja, aber warum mich?«

Gerade wollte Hector zur Antwort ansetzen, als ihn jemand am Ärmel zog.

»Psst!«

Es war ein Mönch oder eher ein Mönchlein, denn er wirkte kaum älter als Mumdalu. Er lächelte Hector an und blinzelte, denn um zu ihm aufzuschauen, musste er gegen die Sonne blicken.

»Vielleicht möchte er eine Opfergabe«, sagte Clotilde.

Die Mönche dürfen nur von Opfergaben leben, erklärte sie, und so zogen sie morgens durch die Straßen und über die Felder, um sich ihre Schalen von den Gläubigen füllen zu lassen. Aber dieser kleine Mönch hatte keine Schale in der Hand.

»Doctow? Doctow?«, sagte er plötzlich.

Na so etwas, wie konnte er wissen, dass sie »Doktoren« waren?

»Yes«, sagte Hector.

»Come, come!«, rief der kleine Mönch und zog ihn am Ärmel.

Hector folgte ihm, und auch Clotilde wollte mitkommen, aber der kleine Mönch drehte sich zu ihr um und sagte: *»No! No!«*

»Will er mich nicht dabeihaben?«

»Sowy, sowy!«, sagte der kleine Mönch mit einem Lächeln des Bedauerns, aber eine entschlossene Geste seiner kleinen Hand zeigte zugleich, dass Clotilde nicht hinzugebeten war.

»Ich hol dich hier wieder ab«, sagte Hector.

»Wahrscheinlich hat ihn Doktor Chin geschickt«, sagte Clotilde, und dann fragte sie den kleinen Mönch: *»Doctow Chin?«*

Der aber sagte nur wieder »*Sowy, sowy*« und zog Hector hinter sich her, während Clotilde zurückbleiben musste.

Hector sah, wie sie eine weitere Runde um den Stupa begann, nachdenklich und mit gesenktem Kopf.

Es war dunkel hier. Der kleine Mönch hatte Hector durch einen Hausflur geführt, von dem eine Hintertür zu einem Innenhof führte, der wiederum an ein anderes Haus grenzte, dessen Tür offen stand. Am Ende wusste Hector kaum mehr, wie viele Häuser und Höfe sie durchquert hatten. In den Höfen hatte er mal ein oder zwei Ziegen mit riesigen Hörnern entdeckt, mal eine Familie, die auf einer Matte bei der gemeinsamen Mahlzeit saß, mal einige Mönche, die einem anderen Mönch zuhörten; am Ende aber kamen dieses Haus und dieser Flur, wo er die Hand vor Augen nicht sehen konnte und sich vom Geräusch der Schritte des vor ihm gehenden kleinen Mönchs leiten ließ. Dann aber war da ein alter Mönch, dessen Gesicht von einer Öllampe nur schwach erhellt wurde, und er wollte Hector etwas sagen. Das Problem war nur, dass der Alte in tibetischer oder chinesischer Sprache auf ihn einredete und Hector die Übersetzung des kleinen Mönchs nicht gut verstand. Dessen Englisch war nämlich nicht besser als das von Mumdalu, und seine Aussprache ließ noch mehr zu wünschen übrig. Und so lief die Unterhaltung folgendermaßen ab:

»*Doctow Chin gowl. Hide. Chinese bad awound. Namjang. Namjang. Sekwet, sekwet.*«

»*And the tea?*«, fragte Hector.

»*Gowl, gowl.*«

Hector imitierte einen Trinkenden, um das Gespräch auf den Tee zu lenken. Der alte Mönch schien ihn nicht zu verstehen. Hector fiel auf, wie mager er war, mit eingefallenen Wangen und leuchtenden Augen, die tief in ihren Höhlen lagen. Im Licht der Öllampe schien seine Hand nur noch aus Haut und Knochen zu bestehen. War er ernstlich krank, oder hatte er lange gefastet?

Am anderen Ende des Zimmers leuchtete noch eine Lampe, und nun entdeckte Hector, dass sich um sie herum weitere Mönche versammelt hatten. Sie waren jünger und zeichneten auf den Boden ein herrliches Bild aus Sand, das geometrisch und vielfarbig war. Dank seiner Lektüre im *Lexikon der Religionen* erkannte Hector darin ein Mandala – eine Darstellung des buddhistischen Universums. Er wusste, dass so ein Mandala nach seiner Fertigstellung wieder fortgewischt und der Sand in einen Bachlauf gestreut werden würde. Es war ein Symbol, das von der vergänglichen und zyklischen Natur der Welt sprach. Diese Mönche brachten ihre Glaubensinhalte und ihre Taten wirklich in Einklang miteinander: Sie zerstörten ihre eigenen Kunstwerke (und nicht etwa die Kunstwerke anderer Religionen, was als weniger verdienstvoll galt).

Der alte Mönch wurde von einem schrecklichen Hustenanfall erfasst; auch er wirkte nicht mehr weit entfernt von seinem Verschwinden und seiner Wiedergeburt. Hector fragte sich, ob er Tuberkulose hatte oder Krebs, denn dies waren die wahrscheinlichsten Ursachen dafür, dass jemand stark abnahm und gleichzeitig hartnäckigen Husten hatte.

»Doctow?«, fragte Hector, als der Mönch wieder zu Atem gekommen war.

Der Mönch machte eine Handbewegung, mit der er offenbar sagen wollte, dass dies hier nicht das Thema war. Er sagte noch einmal *»Namjang, Namjang«*, und weil das Mönchlein diese Worte mit *»Namjang, Namjang«* übersetzte, begriff Hector, dass es sich um einen Eigennamen handelte. Aber wofür? Für einen Ort, einen Gott, ein Gebräu?

Schließlich seufzte der alte Mönch müde. Er hatte eingesehen, dass sie so nicht weiterkamen, und gab dem kleinen Mönch ein Zeichen. Dieser erhob sich – wahrscheinlich, um einen besseren Dolmetscher suchen zu gehen. Er öffnete eine Tür, die auf einen sonnenbeschienenen Hof führte.

Im Rechteck des Türrahmens erblickte Hector zu seinem Erstaunen plötzlich Clotildes Silhouette im Gegenlicht. Hatte der alte Mönch nach ihr geschickt, weil er glaubte, sie wäre sprachbegabter als Hector?

Clotilde kam näher, und hinter ihr schloss sich die Tür. Als sie vom Schein der Öllampe beleuchtet wurde, entdeckte Hector, dass es gar nicht Clotilde war. Es war ein anderer, beinahe identischer Engel, dieser aber wie aus dunkler Bronze gemacht, von der sich das strahlende Weiß der Augen und Zähne abhob, und die Lider dieses Engels hatten den doppelten Schwung der Lider Buddhas, und sein Blick war auf Hector gerichtet, der sich fragte, ob diese Erscheinung eine Frau oder eine Göttin war und ob das winzige Schlückchen Tee immer noch nachwirkte.

Hector hörte Tara zu – denn so hieß dieser Engel – und musterte sie dabei immer wieder verstohlen, als müsse er sich vergewissern, dass sie ein Wesen aus Fleisch und Blut war.

Sie übersetzte die Worte des alten Mönchs in reines Oxfordenglisch, aber viel lieber hätte Hector sie gefragt, wer sie war, woher sie kam, weshalb sie so gut Englisch sprach und ob sie Zeit für einen Stadtbummel hatte. »Und Clotilde?«, werden Sie jetzt fragen. Ja, natürlich, aber Clotilde schien Hector doch für immer unerreichbar zu sein, und außerdem war sie in diesem Augenblick außer Sichtweite, und hatte der Erleuchtete nicht selbst gesagt, dass man im gegenwärtigen Augenblick leben solle?

Allerdings fiel Hector auf, dass Tara die gleiche Selbstsicherheit verströmte wie Clotilde und auch sie so wirkte, als würde sie ihn nicht beachten – und das, wo er ihr doch wie ein geheimnisvoller Fremdling aus einem fernen Land vorkommen musste …

Die einzige Frau, die seit Beginn der Reise augenblicklich Interesse an Hector gezeigt hatte, war im Grunde Noémie gewesen, die kleine lachende Brünette mit dem durchsichtigen Sari. Aber wenn auch bei Thor durch das Kiffen alles ein bisschen verlangsamt sein mochte, hatte er sich bestimmt nicht völlig von der Eifersucht frei gemacht, jener egoistischen Emotion, die dann besonders schrecklich ist, wenn man eine attraktive Freundin hat.

Man darf aber nicht glauben, dass all diese Gedanken, die für einen jungen Mann ganz normal sind, Hector daran gehindert hätten, sich genau einzuprägen, was Tara ihm von den Worten des alten Mönchs übersetzte.

Doktor Chin war vor drei Tagen tatsächlich hier eingetroffen. Er hatte seinen alten Freund wiedergesehen – den Mönch, der gerade zu ihnen sprach. Aber schon bald hatten sie sich beide verstecken müssen, denn in der Stadt waren unbekannte Chinesen aufgefallen, die eindeutig weder Touristen noch Hippies waren. Daher hatte sich der alte Mönch in diese finstere Bleibe zurückgezogen, wo er von anderen Mönchen bewacht wurde. Er war einer der wenigen Lebenden, die noch das Rezept zur Herstellung jenes speziellen Tees kannten, und auch Doktor Chin wusste darum, denn der Mönch hatte es ihm enthüllt, während sie gemeinsam viele Stunden lang Gräben ausgehoben hatten in der heiteren chinesischen Landschaft.

Gestern Abend hatte Doktor Chin die Stadt verlassen und war in Richtung Gebirge aufgebrochen, weil er hoffte, dort sicherer zu sein.

»Aber wohin genau?«

»Nach Namjang«, entgegnete Tara.

Das war ein Dörfchen in den Bergen, wo er bleiben wollte, bis die Chinesen wieder abgezogen waren, und er hoffte sehr, dass nicht noch andere kamen, denn Chinesen gibt es bekanntlich eine ganze Menge.

»Aber warum interessieren die sich so für Ihren Tee?«, fragte Hector. Er hatte schon eine Ahnung, wollte aber gern eine Antwort aus berufenem Munde hören.

Der alte Mönch erklärte ihm, dass sich die Chinesen große Sorgen machten, seit sie von der Existenz des Tees wussten. Sie fürchteten, das Geheimnis seiner Herstellung könnte sich verbreiten. Dann nämlich würden ihn nicht mehr nur eine Handvoll Mönche zu seltenen zeremoniellen Anlässen trinken, sondern viele Tibeter könnten sich mit diesem Tee über ihr Unglück hinwegtrösten, was sie ziemlich schwer regierbar machen würde. Denn wie soll man Leute zum Gehorsam bringen, wenn sie nicht nur an eine andere Welt glauben, was bei den Tibetern ja bereits der Fall war, sondern wenn sie plötzlich im tiefsten Innern spüren, dass die alltägliche Welt nicht das Wichtigste ist und etwas Göttliches an ihrer Seite präsent ist? Die Chinesen hatten also allen Grund, sich Sorgen zu machen.

»Aber möchten Sie nicht genau das erreichen?«, fragte Hector den Mönch.

Er wusste, dass die Tibeter tiefen Groll gegen die Regierung in Peking hegten, und durch die Verbreitung des Tees hätte man für viel Unruhe sorgen können, vielleicht sogar für eine Rebellion.

Nein, erwiderte der alte Mönch, das wünsche er sich nicht. Eines Tages würde Tibet seine Autonomie wiedererlangen, aber mit friedlichen Mitteln, wie der Dalai Lama ständig betonte. Der Tee sollte bestimmten Ritualen vorbehalten bleiben, zu denen nur Mönche Zugang hatten, die gut darauf vorbereitet waren. Aber inzwischen waren die Chinesen zu allem bereit, um sich diesen Tee und das Geheimnis seiner Herstellung zu verschaffen.

»*But until now, they haven't got any fucking bit of it!*«, sagte der Mönch plötzlich mit einem Auflachen, wobei er zeigte, dass ihm etliche Zähne fehlten. Er schien sich sehr darüber zu freuen, den Chinesen einen so schönen Streich gespielt zu haben.

Hector war überrascht: Weshalb hatte der Alte nicht gleich englisch mit ihm gesprochen?

Der Mönch erwiderte, dass sein Englisch nicht so gut sei; er fühle sich ziemlich eingerostet, und es mache ihn müde, eine Fremdsprache zu sprechen. Dabei versuche er in letzter Zeit, alles, was ihn müde mache, möglichst zu vermeiden. Dann sagte er, dass er sich schon wieder müde fühle, und Hector begriff, dass es das Zeichen zum Abschiednehmen war.

»Und wenn ich noch einmal Kontakt zu Ihnen aufnehmen möchte?«, fragte Hector.

Da solle Hector einfach eine Runde um den Stupa drehen (in der vorgeschriebenen Richtung, wie der Mönch präzisierte); es werde ihn dann jemand abholen kommen.

Hector erwartete, dass ihn der kleine Mönch wieder begleiten würde, denn von allein hätte er niemals den Weg zurück durch jenes Labyrinth aus Häusern und Höfen gefunden. Aber als er aufstand, erhob sich auch Tara von ihrem Platz und gab ihm mit einer dezenten Kopfbewegung zu verstehen, dass sie seine Führerin sein werde.

Clotilde und Mumdalu saßen auf der Terrasse eines kleinen Cafés am Platz. Hector ging mit Tara zu ihnen hinüber, und schnell entwickelte sich ein lebhaftes Gespräch.

Tara erklärte ihnen, dass sie aus Tibet stammte, aber den größten Teil ihres Lebens in England verbracht hatte; erst vor sechs Monaten war sie in den Himalaja zurückgekehrt.

»Und warum wollten Sie wieder hier leben?«, fragte Clotilde.

»Ich wollte Nonne werden.«

Hector spürte, wie ihn ein Lachkrampf packte. Er konnte ihn gerade noch in einen schrecklichen Hustenanfall verwandeln.

Tara war beunruhigt. »Ist alles in Ordnung?«

»Ja, ja«, keuchte er, »ich habe mich bloß verschluckt.« Nur langsam kam er wieder zu Atem, und seine Augen tränten. Clotilde warf ihm einen strengen Blick zu; sie hatte verstanden, was Sache war. Aber sie hätte ruhig ein bisschen nachsichtiger sein können: Immerhin war Tara im Abstand von nicht einmal zwölf Stunden schon die zweite attraktive junge Frau, die Hector erklärte, sie wolle sich dem geistlichen Leben weihen! War das ein versteckter Wink des Herrn, um auch ihn einer frommen Berufung zuzuführen?

Während Hector sich langsam wieder beruhigte, setzten Clotilde und Tara ihre Unterhaltung fort. Sie sprachen miteinander, als würden sie sich schon viele Jahre kennen. Und natürlich verriet Clotilde auch Tara mit ebenso schlichten Worten, dass sie die geistliche Laufbahn einschlagen wolle.

Bei dieser guten Nachricht erhellte ein Lächeln Taras Gesicht.

Offenbar waren sie sich ihrer merkwürdigen körperlichen

Ähnlichkeit selbst gar nicht bewusst, und doch hätte man im hellen Tageslicht meinen können, es sei zweimal die gleiche Person, nur aus verschiedenfarbigem Marmor gemeißelt. Mumdalu hingegen war die Ähnlichkeit sehr wohl aufgefallen; es hatte ihm die Sprache verschlagen, und so lauschte er wortlos der Konversation der beiden Engel und rührte dabei sein Glas nicht an.

Sie hatten Gläser mit Lassi bestellt, jenem sehr flüssigen Joghurt, den man mit großem Appetit genießen kann, solange man nicht die Küche gesehen hat, in der er zubereitet wird.

Nonne, dachte Hector – wie schade! Er hatte schon ein paar buddhistische Nonnen vorbeikommen sehen; ihre Köpfe waren genauso kahl geschoren wie die der Mönche. Natürlich bewies er damit nicht gerade Tiefgang, aber trotzdem tat es Hector sehr leid, dass sich Tara bald von ihrem schönen schwarzen und leicht gelockten Haar trennen müsste. Clotilde hingegen durfte ihr Haar behalten.

»Aber ich zögere gerade«, sagte Tara.

»Hast du keine Lust mehr auf ein Leben als Nonne?«, fragte Hector.

»Nein, das ist es nicht, aber wenn ich hier Nonne würde, könnte ich niemals ordiniert werden wie ein Mönch.« Und Tara erklärte ihnen, dass die tibetischen Mönche keine Priesterweihe für Frauen akzeptierten.

»Das ist ja wie bei uns Katholiken!«, meinte Clotilde.

»Deshalb überlege ich, nach Taiwan zu gehen«, sagte Tara, »denn dort dürfen auch Frauen zum Priester geweiht werden. Oder nach Sri Lanka, aber da haben sie einen anderen Buddhismus, den der Älteren.«

Und Tara erzählte ihnen kurz ihre Lebensgeschichte und die Geschichte ihres verlorenen Heimatlandes. Sie war in Tibet geboren; ihr Vater war ein hochgebildeter Tibeter, der in England Medizin studiert hatte und danach in die Heimat zurückgekehrt war, um seinen Landsleuten zu helfen. Aber eines Tages hatte der Große Steuermann in China beschlossen, dass man ein für alle Mal mit der aufklärungsfeindlichen Ordnung der Mönche Schluss machen und den Fortschritt auch in Tibet auf den Weg bringen müsse.

Natürlich hatte er vor allem gedacht, dass so ein weiträumiges Gebiet, das direkt an China grenzte, nicht unabhängig bleiben durfte. Die Tibeter hatten zunächst noch ein wenig Autonomie und Glaubensfreiheit für sich ausgehandelt, und der noch ganz junge Dalai Lama hatte sich mit Präsident Mao getroffen, der väterliche Worte an ihn gerichtet und ihm erklärt hatte, dass es für alle Probleme eine Lösung gebe. Aber nach einigen Jahren hatten sich die Tibeter gegen das, was im Grunde eine Besatzung war, aufgelehnt; der Dalai Lama hatte fliehen müssen, und die chinesische Volksbefreiungsarmee war in Aktion getreten. Weil es vor Ort keine Journalisten gab, sodass niemand von den Geschehnissen berichten konnte, und weil die chinesischen Kanonen im Namen des Voranschreitens des Sozialismus auf die Klöster feuerten, hatte damals manch einer im Westen diese Ereignisse für eine wohlmeinende Art von Kolonialisierung gehalten, obwohl dieselben Leute Kolonialisierung in allen anderen Fällen als schreckliches Verbrechen betrachteten.

Taras Vater hatte gespürt, dass es für ihn im neuen Tibet keinen Platz geben würde, und so hatte er beschlossen, mit der noch ganz kleinen Tara und ihrer Mutter das Land wieder zu verlassen. Aber sie hatten sich wohl zu spät entschieden, und es war nicht so leicht, das höchste Gebirge der Welt zu durchqueren, vor allem, wenn auf einen geschossen wurde, und so hatte die kleine Tara bald nur noch ihren Papa gehabt.

Der Vater war mit ihr nach London gegangen, wo ihm ehemalige Kommilitonen geholfen hatten. Tara hatte später selbst in England studiert, zuerst Englisch und dann Buddhismus, was ihren Vater nicht glücklich gemacht hatte. Er hätte es lieber gesehen, wenn sie sich für Jura oder Finanzwesen entschieden oder am besten gleich einen guten Ehemann gefunden hätte.

Eines Tages hatte Tara, wie man so sagt, zu ihren Wurzeln zurückfinden wollen, aber nach Tibet konnte sie nicht einreisen, denn dafür hatte sie nicht den richtigen Pass. Und so war sie in diese Stadt gekommen, von der aus sie die Gipfel ihrer Heimat sehen und wo sie etliche Landsleute treffen konnte, darunter auch Mönche.

Tara erzählte das alles ganz ruhig, aber ihre Geschichte war ziemlich ergreifend, und Hector und Clotilde wussten eine Zeit lang nicht, was sie sagen sollten.

Plötzlich aber griff Clotilde nach Taras Hand, schaute die junge Frau an und sagte: »Was für eine Freude, dir begegnet zu sein!«

Und Tara erwiderte lächelnd: »Ganz meinerseits.«

Hector kam sich plötzlich ziemlich überflüssig vor; die beiden jungen Frauen schienen ihn nicht mehr zu beachten als Mumdalu. Der Junge hatte endlich sein Lassi zu trinken begonnen, ließ Clotilde und Tara dabei aber nicht aus den Augen. Es war, als erwartete er ein unmittelbar bevorstehendes Wunder, das er auf keinen Fall verpassen durfte.

Schließlich standen Clotilde und Tara auf, um gemeinsam ein paar Runden um den Stupa zu drehen. Vielleicht wollten sie dem Erleuchteten oder Jesus Christus dafür danken, dass sie einander begegnet waren, oder aber sie wollten einfach in Ruhe ein paar Dinge unter Frauen besprechen.

Mumdalu ging wieder zu der kleinen Erdnussverkäuferin hinüber, sodass jedermann beschäftigt war und nur Hector allein am Tisch saß.

Er bestellte noch ein Lassi, schlug sein Notizbüchlein auf und schrieb ein paar frische Gedanken hin, die ihm gekommen waren, als Tara und Clotilde über die Unterschiede zwischen Buddhismus und Christentum gesprochen hatten. Schau an, dachte er, jetzt bin ich bloß noch so etwas wie ein mittelalterlicher Kopist.

Buddha und Jesus: Ähnlichkeiten

Beide haben nichts aufgeschrieben, sondern das ihren Jüngern überlassen.

Beide haben sich in die Wüste zurückgezogen, wo der Teufel sie versucht hat: Bei Jesus war es Satan, in Buddhas Fall Mara.

Sie haben eine Lehre entwickelt, die die Gleichheit der Menschen predigt: Einzig die Taten zählen, nicht die Abstammung oder der soziale Status.

Buddha akzeptiert Jünger aus allen Schichten, selbst welche aus den untersten Kasten.

Jesus holt sich Fischer, einen Steuereinnehmer und einen Zimmermann an seine Seite. Als leuchtendes Vorbild führt er einen guten Samariter an, obwohl die Samariter damals in Israel nicht einmal als richtige Juden angesehen wurden; mit ihnen war es ungefähr so wie mit den Unberührbaren im Hinduismus.

Beide haben Frauen unter ihren Jüngern akzeptiert – und nicht nur Frauen aus guten Verhältnissen, sondern auch Bettlerinnen oder ehemalige Kurtisanen.

Beide sind auf Distanz zu den Riten jener Religion gegangen, mit der sie aufgewachsen waren.

Buddha erklärt seinen Jüngern, dass es völlig unnütz und sogar schädlich sei, Tiere zu opfern. Dabei ist das bei den Hindus ein sehr wichtiges Ritual.

Jesus entgegnet dem Gesetzeslehrer, dass unter all den 613 Geboten des Deuteronomiums nur zwei wirklich zählen: Du sollst Gott von ganzem Herzen lieben, und deinen Nächsten sollst du lieben wie dich selbst. Ein jahrelanges Studium brauche man dafür nicht.

Hello!«

Hector blickte von seinem Notizbuch auf. Da stand Noémie und lächelte ihn an.

Diesmal war sie sittsam gekleidet, mit T-Shirt und Shorts, die zu erkennen gaben, dass sie sehr hübsche Beine hatte. Noémie war klein, aber wunderbar gebaut. Sie war in Begleitung von Thor unterwegs, der einen Sari trug und auf seinen langen Beinen leicht schwankte; es sah aus, als wollte er sich gleich in die Lüfte erheben.

Weil Hector ein wohlerzogener junger Mann war, lud er sie ein, sich zu ihm an den Tisch zu setzen. Sie bestellten eine weitere Runde Lassi.

»Weshalb bist du eigentlich nach Nepal gekommen?«, fragte Noémie.

Wie schön es doch war, den warmen Blick einer jungen Frau, die sich für einen interessierte, auf sich ruhen zu spüren! Sie hatte reizende goldene Flitter in ihren Pupillen.

»Um das Land zu entdecken.«

»Ja, aber du wirkst nicht wie ein Tourist, und ein Hippie bist du auch nicht – das sieht man gleich!«

Sie lachte und zeigte dabei ihre hübschen Zähne.

»Und ihr, seid ihr denn Hippies?«

»Ja, kann man so sagen. Wir sind inzwischen schon zwei Jahre hier.«

»Aber jetzt reicht es auch!«, warf plötzlich Thor, der eigentlich Karsten hieß, schroff ein.

Als Karsten ihn anschaute, las Hector in seinen Augen so etwas wie Verzweiflung.

»Och«, sagte Noémie, »bleib mal auf dem Teppich. Hier lebt es sich doch ganz schön.«

»Ich hatte mich so gefreut, nichts mehr zur Produktion beizutragen …«, begann Karsten.

»Stimmt, wir arbeiten hier nicht wirklich …«

»… und mich nicht mehr an diesem beschissenen Wirtschaftssystem zu beteiligen, das die Leute entfremdet und die Welt mit seinem Müll überzieht …« Allmählich schien Karsten von Verzweiflung in den Wutmodus zu wechseln. »Ich war stolz darauf, nicht zu arbeiten!«, rief er und schlug sich dabei an die Brust.

»Seine Familie war ziemlich sauer auf ihn«, erläuterte Noémie. »Die sind nicht gerade cool.«

»Aber was bringt das alles?«, fuhr Karsten fort, nun wieder mit leerem Blick. »Was bringt das?« Er verstummte und sah dabei aus wie ein Mann, dem plötzlich etwas bewusst geworden ist, das er sich nicht erklären kann. Als er den jungen Kellner vorbeikommen sah, bestellte er ein Bier.

»So früh am Tag solltest du kein Bier trinken«, sagte Noémie.

Karsten zuckte die Schultern. Dann, als fühlte er sich plötzlich beleidigt, erhob er sich mit einem Ruck und steuerte auf den Stupa zu. Vielleicht hatte er ja eingesehen, dass ein paar morgendliche Runden besser für ihn waren als das lokale Bier, obwohl es doch mit Gebirgswasser gebraut war.

»Warum ist er so traurig?«, fragte Hector.

»Oh, das hat viele Gründe. Seine Familie hat ihm den Geldhahn zugedreht … Und dann hat er zwar alles ausprobiert, aber die Gegenwart des Göttlichen trotzdem nie gespürt … ich meine, so etwas wie eine Erleuchtung oder Gott … ein neues Bewusstsein eben. Und dabei hat er wirklich alles versucht …«

Hector sagte sich, dass Karsten bestimmt an Doktor Chins Tee interessiert wäre.

Der Kellner kam mit der Bierflasche und stellte sie vor Hector hin. Sie blieb unberührt stehen, von einem feinen Film Kondenswasser überzogen, und Hector schaute lieber anderswo hin, weil sie so verlockend aussah, er aber nicht schon am Vormittag trinken wollte.

»Und was ist mit dir?«, fragte er Noémie.

»Och«, meinte sie, »ich glaube, ich bin von all diesen Dingen nicht so … nicht so besessen wie Karsten. Ich finde es herrlich, hier zu leben, die Menschen sind so freundlich. Und Karsten ist wirklich nett zu mir … Und dann rauche ich auch gern was, selbst wenn es nicht mehr so einfach ist wie früher …«

»Wieso ist Kiffen jetzt schwieriger geworden??«

Noémie erklärte ihm, dass Ausländer in Kathmandu einstmals alle Drogen kaufen konnten, nach denen ihnen der Sinn stand; es gab dafür sogar einen richtigen Markt unter freiem Himmel in einer Straße, die jeder kannte. Aber die ausländischen Botschaften hatten es irgendwann satt, immerzu junge Leute, die ihr ganzes Geld und oft auch ihre Gesundheit verloren hatten, in ihre Heimatländer ausfliegen zu müssen. Also hatten die Regierungen bei den nepalesischen Behörden interveniert und darauf bestanden, dass wie bei ihnen zu Hause der Drogenhandel verboten würde. Und plötzlich war der berühmte Markt geschlossen, und man riskierte eine Gefängnisstrafe, wenn man Drogen kaufte oder verkaufte.

»Dadurch hat sich natürlich alles total verändert«, fuhr Noémie fort. »Aber wenn ich bedenke, wie oft ich miterlebt habe, dass supersympathische Typen Junkies geworden sind oder *speed*-abhängig, dann ist es vielleicht doch nicht nur schlecht. Und wir haben ja immer noch Hasch, das wächst hier wie Unkraut. Wenn man sich ein bisschen umschaut, findet man leicht welches … und Pilze auch!«

»Was für Pilze?!«

»Na ja, *magic mushrooms* und so …«

Hector war klar, was Noémie meinte. Psilocybe – er hatte diesen und andere Namen für seine Prüfungen lernen müssen, und so nickte er wissend wie jemand, der das Zeug schon ausprobiert hatte, obwohl das gar nicht der Fall war. Wenngleich er normalerweise nicht wie ein Hippie wirken wollte – jetzt sollte Noémie ihn auch nicht für allzu brav halten.

»Ich wusste gar nicht, dass es diese Pilze hier gibt«, sagte er.

»Und ob! Du wirst ja sehen, wir können das gern mal ausprobieren. Und sie wachsen sogar auf alten Kuhfladen, das ist echt witzig!« Und Noémie lachte auf eine reizende Weise los; bestimmt hatte sie zum Frühstück schon etwas geraucht. Dann aber fragte sie Hector: »Was hast du eigentlich gemacht, bevor du hierhergekommen bist?«

Hector erklärte es ihr, ohne jedoch Doktor Chin und das Ziel seiner Reise zu erwähnen.

»Psychiater, oha, das ist ja was richtig Ernsthaftes. Glaubst du, du könntest mit mir eine Psychoanalyse machen?«

»Ich weiß nicht, ob ich bei dir neutral genug bleiben könnte«, erwiderte Hector, der Noémie immer reizender fand.

Sie lächelte ihm zu.

»Ah, schau an, ihr habt euch wiedergefunden!« Vor ihnen stand Clotilde und warf Hector einen belustigten Blick zu. In einer perfekten Welt hätte es sie eigentlich ärgern müssen, dass sich Hector mit Noémie so angeregt unterhielt ... aber nein, nicht die Spur.

Hinter ihr unterhielt sich ihre dunklere Doppelgängerin mit Mumdalu.

»Na schön«, meinte Clotilde, »wir sollten uns langsam mal auf die Suche nach Doktor Chin machen.«

Sie lächelte noch immer, aber nun fand Hector, dass sie doch ein bisschen verstimmt klang.

»Was für ein Doktor Chin?«, fragte Noémie.

»Da haben wir Sie ja endlich!«, tönte plötzlich eine unangenehme Stimme.

Armand sah aus wie ein Tourist aus dem Bilderbuch – mit Regenhut, Shorts, einem Hemd mit vielen Taschen, an dem man noch die Bügelfalten sah, und herrlichen, brandneuen Bergwanderschuhen aus Nubukleder.

Hinter ihm standen zwei Männer mit sehr kurzem Haarschnitt, weißen Hemden und Krawatte. Sie machten den Eindruck, als hätten sie gerade erst die Anzugjacken abgelegt. Hector fand, dass sie wie Zeugen Jehovas wirkten, aber sie hatten keine Broschüren zum Verteilen dabei, und einen besonders liebenswürdigen Eindruck machten sie auch nicht.

»Wissen Sie, wo sich Doktor Chin aufhält?«, fragte Armand.

»Nein«, antwortete Hector, »sonst würden wir ja hier nicht untätig herumsitzen.«

Armand bedachte ihn mit einem prüfenden Blick, und Hector sah, dass er ihm nicht glaubte.

»Wenn Sie sich uns anschließen, werden Sie ihn finden. Wir können eine Expedition auf die Beine stellen.«

»Eine Expedition?«

»Genau«, sagte Armand und setzte sich ungefragt zu ihnen. Die beiden Weißhemden blieben stehen und musterten die Umgebung. War Armand inzwischen so wichtig, dass er Leibwächter brauchte?

»Wir haben Doktor Chins Foto ausgewertet«, sagte er.

»Also haben wirklich Sie es aus der Schublade genommen!«, sagte Clotilde.

Armand zuckte mit den Schultern und überging diesen Vorwurf. »Nur gibt es in diesen Bergen leider Dutzende solcher kleiner Tempel. Deshalb haben wir zwar eine ungefähre Vorstellung von der Gegend, konnten den exakten Ort aber noch nicht ausfindig machen.«

»Da geht es Ihnen genau wie uns«, meinte Hector.

»Ach«, sagte Armand, »das nehme ich Ihnen nicht ab. Aber wenn wir Ihnen helfen, können Sie dorthin gelangen.«

»Wer ist ›wir‹?«

»Oh, pardon«, sagte Armand. Und er stellte ihnen seine beiden Begleiter vor, Ron und Jeffrey, die für Armands Lieblingspharmakonzern arbeiteten, dessen Sitz sich in den Vereinigten Staaten befand. Vielleicht gehören sie wirklich zu dem Konzern, dachte Hector, aber ganz bestimmt machen sie dort keine Experimente mit Reagenzröhrchen und Mäusen.

»Wir haben von Doktor Chin noch kein Lebenszeichen«, sagte Hector. »Da muss ich Sie enttäuschen.«

»Wo sind Sie untergebracht?«, wollte Armand wissen.

»Geht Sie das denn etwas an?«, fragte Hector, der langsam sauer wurde.

Armand sprach zu ihm in einem Befehlston, als würden die Regeln der Krankenhaushierarchie hier genauso gelten. »Wenn Sie mit uns nicht kooperieren wollen, kann ich Sie von der Polizei festnehmen lassen!«, schrie er nun sogar. Die Geschichte mit dem Tee und dem neuen Wirkstoff hatte bei Armand offenbar ein paar Schrauben gelockert; er war wie ein Goldsucher, der auf dem Grund seines Schürflochs schon etwas glitzern sieht.

»Uns festnehmen? Aber weshalb denn bloß?«

»Sie und Doktor Chin machen sich zu Komplizen eines Handels mit Drogen.«

»So ein Vorwurf würde sich doch schnell in Nichts auflösen.«

»Die Vereinigten Staaten sind hier sehr einflussreich«, sagte Armand auf Englisch, damit die Amerikaner dem Gespräch besser folgen konnten.

Ron und Jeffrey nickten lächelnd, als handele es sich um eine Selbstverständlichkeit, die niemand ernsthaft anzweifeln konnte.

»Lassen Sie uns in Ruhe, Armand«, sagte Hector. Und zu Ron und Jeffrey gewandt, wiederholte er: »*Leave us alone*.«

»Wir verstehen Französisch«, sagte Ron mit schrecklichem Akzent. »Es wäre besser, wenn Sie uns sagen, wo Doktor Chin ist.«

»Sie sind aber nicht die Polizei.«

Jeffrey zog ein Walkie-Talkie hervor und hielt es Hector unter die Nase.

»Wenn ich anrufe, kommt die Polizei.«

»Nicht nötig«, meinte Armand. »Also, wo wohnen Sie?«

»Komm, lass uns gehen«, sagte Clotilde.

Aber als sie sich erhob, versperrte Ron ihr den Weg. Sie wollte um ihn herumgehen, aber er versuchte, sie am Arm zu packen.

Clotilde machte sich wütend los. »Also wirklich, Sie spinnen ja wohl!«

»Fassen Sie sie nicht an«, sagte Noémie und schubste Ron weg. Blitzschnell und wie aus einem Reflex heraus drehte der Amerikaner ihr einen Arm auf den Rücken, sodass sie sich nicht mehr rühren konnte.

»Sie tun mir weh, Sie Idiot!«, schrie Noémie, und Ron lockerte seinen Griff ein wenig.

Hector war aufgesprungen und hielt nach Karsten Ausschau. Und da sah er ihn auch schon mit flatterndem Sari herbeieilen. Der Donnergott Thor kam schnurstracks auf Noémie und Ron zugeschossen, und der Amerikaner hatte ihn noch nicht einmal bemerkt.

»Armand, pfeifen Sie Ihre Pharmafreunde lieber schleunigst zurück!«, sagte Hector.

Armand wirkte ratlos; er kannte sich mit solchen Situationen nicht aus, und Hector spürte, dass Ron und Jeffrey, die den auf sie zustürzenden Karsten gerade erblickt hatten, nicht zögern würden, selbst die Initiative zu ergreifen. Wenn es eine Schlägerei gab, würde die Polizei kommen, und vielleicht war es ja genau das, was die beiden Amerikaner wollten. Aber Ron ließ Noémie los, und während Jeffrey sein Walkie-Talkie zückte, warf sie sich Karsten in die Arme.

»Warten Sie«, sagte Armand, »wir sollten noch einmal mit ihnen reden.«

In der Aufregung hatte Hector nicht richtig auf Tara geachtet, aber plötzlich tauchte neben ihnen ein Mönch auf, dann waren es zwei, dann drei, dann jede Menge Mönche, die Armand und seine beiden Handlanger umzingelten.

Die Mönche wirkten nicht bedrohlich, aber ein Lächeln hatten sie auch nicht auf den Lippen, und es waren viele, richtig viele, und manche von ihnen hatten Stöcke in den Händen, Spazierstöcke natürlich.

»Gehen wir«, sagte Tara.

Im Fortgehen sah Hector aus den Augenwinkeln noch die wütenden Gesichter von Armand und seinen Begleitern, die aus der kleinen Menschenansammlung herausragten. Und jetzt lächelten die Mönche, während sie ihnen nachschauten.

In der zweiten Nacht im *honeymoon room* hatte sich Clotilde jenseits des Wandschirms schon schlafen gelegt und ihre Lampe ausgemacht, ohne ein Wort zu sagen.

Hector hatte gefragt, ob etwas nicht in Ordnung sei, aber Clotilde hatte gesagt, sie wolle einfach nur schlafen, denn morgen müssten sie früh aufstehen. Das stimmte auch.

Aber Hector war hellwach, und so ließ er seine Lampe brennen und holte sein kleines Heft hervor, um sich ein paar Notizen zu machen. Die Gespräche beim Abendessen waren ziemlich anspruchsvoll gewesen, und es war um den Buddhismus gegangen. Natürlich hatte ihnen Tara viele Einsichten vermittelt, aber auch Karsten und Noémie hatten die Unterhaltung mit ihren Bemerkungen und Fragen bereichert. Auf ihrem Weg von Benares nach Kathmandu hatten sie genug Zeit gehabt, sich zu diesem Thema zu bilden.

Hector schlug sein Notizbuch auf und stieß darin auf … Clotildes Schrift!

Ich hoffe, es schockiert dich nicht, dass ich dein Notizheft gelesen habe, aber ich wusste ja, dass es kein persönliches Tagebuch war: Du hast immer wieder vor meinen Augen etwas hineingeschrieben, und jetzt gerade habe ich es aufgeschlagen auf deinem Bett gefunden.

Ich möchte mich auf deinen Seiten gern mit einbringen; so kommen wir schneller voran. Manchmal habe ich nämlich keine Lust auf theologische Gespräche. Im Grunde habe ich das Gefühl, dass all dies im Vergleich zu der Erfahrung des Glaubens und der Liebe unseres Herrn Jesus Christus nicht wirklich von Belang ist.

Du hast die Ähnlichkeiten von Buddhismus und Christentum gut beschrieben, aber wie ich neulich schon sagte, gibt es in den Lehren beider Religionen auch fundamentale Unterschiede.

Ich beginne gleich mit dem grundlegendsten: Jesus ist Gott, der Mensch wurde. Der historische Buddha war ein Mensch.

Aber ganz so einfach ist es in Wahrheit nicht: Im Buddhismus des Großen Fahrzeugs (also dem von Tara, denn der tibetische Buddhismus ist eine Strömung davon) hinterlässt uns Buddha ein transzendentes Gesetz, den Dharma, und so ist eigentlich auch er selbst transzendent, und das Wesen Buddhas ist in jedem von uns – ein bisschen so, wie das himmlische Königreich in uns ist.

Hector nahm sich vor, die genaue Bedeutung des Worts »transzendent« nachzuschlagen, aber er erinnerte sich vage, dass es dabei um ein Prinzip ging, das über allem Existierenden stand, und dass es für die Materialisten, also auch für einen Marxisten wie seinen Kollegen Raphaël, nichts Transzendentes gab.

Das wird einem ja auch schon klar, wenn man sich anschaut, dass in den Tempeln und Pagoden (selbst denen des Kleinen Fahrzeugs) die Leute nicht einfach nur meditieren: Sie beten und bringen dem, den sie Unseren Herrn Buddha nennen, Opfergaben dar.

Manchmal frage ich mich, ob nicht nur die Bewohner der westlichen Welt darüber nachdenken, ob der Buddhismus überhaupt eine Religion sei. In Asien ist er ganz sicher eine!

Noch ein Unterschied: Als Christ bist du eine Person, du hast nur ein irdisches Leben, und am Tag des Jüngsten Gerichts wirst du auferstehen – sogar mit Fleisch und Blut, wenn du katholisch bist und an die Auferstehung des Fleisches glaubst. (Ich bin in diesem Punkt vielleicht ein wenig häretisch.)

Als Buddhist bist du eine unbeständige Zusammenballung einzelner Elemente: Das Ich ist eine Illusion, und die einzelnen Bestand-

teile werden sich zu anderen Formen zusammenfinden und in anderen Leben wiedergeboren werden. Das ist nicht so leicht zu verstehen – wer genau wird da eigentlich wiedergeboren? Im Buddhismus der Älteren gibt es Texte (zum Beispiel den, den du bei mir gelesen hast), in denen es Buddha ausdrücklich vermeidet, auf diese Frage zu antworten. Er sagt, es sei keine wirklich nutzbringende Frage.

Als Christ sollst du die anderen lieben, denn sie alle sind Geschöpfe eines Gottes, der uns liebt, und Christus ist in jedem von uns. Du musst deinem Nächsten dabei helfen, das ebenfalls einzusehen.

Als Buddhist sollst du die anderen lieben, denn wir alle sind Teil eines Kontinuums – du, die anderen und die Welt: Alles ist das Eine. (Variante im Großen Fahrzeug: Du sollst die anderen lieben, denn das Wesen Buddhas ist in jedem von uns, und du musst den anderen dabei helfen, das ebenfalls einzusehen.)

Die Erleuchtung bedeutet, dass du zu dieser Bewusstheit der absoluten Realität gelangst; die Welt, das Gesetz und der Dharma sind alles eins – und all dies ist auch leer, denn alles ist Einheit und Leere zugleich. Ich gebe zu, dass ich hier nicht mehr mitkomme; wahrscheinlich muss man viel meditiert haben, um sich dieser Dinge bewusst zu werden. (Und natürlich muss man hoffen, dieses Ziel zu erreichen, was man als Christ natürlich nicht von ganzem Herzen tut!)

Am Ende noch eine wichtige Ähnlichkeit: Wir sollen Freude, Liebe und allumfassendes Mitgefühl leben (etwa Mildtätigkeit im christlichen Sinne). »Allumfassend« bedeutet dabei, dass wir es ohne eine persönliche Bindung tun sollen. Daher kommt auch das Ideal der Keuschheit für katholische und buddhistische Mönche und Nonnen. Anders als die Leute glauben, ist das keine Frage der Sünde – nein, fleischliche Liebe ist ein Hindernis auf dem Weg zum allumfassenden Mitgefühl; man läuft dabei immer Gefahr, einen geliebten Menschen den anderen vorzuziehen, während das Mitgefühl doch idealerweise für alle gedacht ist, selbst für unsere Feinde.

Und dann natürlich die innere Ruhe (Buddhismus) und die Hoffnung (Christentum).

Nun, ich hoffe, du bist nicht verärgert, weil ich dein Notizbuch gelesen habe; du hast noch andere interessante Fragen aufgeschrieben, über die wir vielleicht gelegentlich reden können.

Diese Reise ist die schönste meines Lebens, unsere Begegnung mit Tara halte ich für ein Zeichen der Vorsehung, und mit dir zu reisen ist schön.

Gute Nacht
Clotilde

Schön, sagte sich Hector, sie hat *schön* geschrieben. Das freute ihn natürlich sehr, aber wünscht man sich nicht auch gegenseitig *schöne Ferien*?

Der Himmel war einmal mehr von tiefem Blau, als könnte man daran schon sehen, dass man der Stratosphäre näher war. Nur hier und da trieben ein paar schneeweiße Wolken. Die schönen grünen Wiesen, die Tannen und Lärchen, die Azaleen und all die anderen Blumen, deren Namen Hector nicht kannte, ließen bei den Reisenden das Gefühl aufkommen, sie befänden sich in den guten alten Alpen.

Und dann begegneten sie plötzlich einer Gruppe von karamellbraunen Kindern mit nackten Füßen und mandelförmigen Augen, und sie erinnerten sich wieder daran, in welchem Gebirge sie tatsächlich herumstiegen. Sie waren unterwegs nach Namjang, dem Ort, an dem sich Doktor Chin aufhielt und der auf der Landkarte, die sie sich besorgt hatten, nicht einmal eingezeichnet war. Aber Tara hatte die Mönche gefragt und wusste nun, wo Namjang lag.

»Ist es noch weit?«, fragte Hector.

»Gleich hinter dem Pass«, sagte Tara.

Aber wie es in den Bergen immer ist – wenn man endlich einen Gipfel erklommen hat, sieht man, dass sich ein Stück weiter gleich der nächste auftürmt. So war es ihnen seit fünf Uhr morgens ergangen, als ein Minibus sie nach zweistündiger Fahrt am Fuß des Himalaja abgesetzt hatte.

Sie hatten ihr Hotel zu so früher Stunde verlassen, weil sie vor Sonnenuntergang ankommen wollten, aber auch, um Armand und seine beiden Handlanger abzuschütteln.

Es war keine Klettertour, einfach eine schöne Wanderung im Gebirge, auch wenn sie auf manchen Geröllhalden oder an sehr steilen Stellen die Hände zu Hilfe nehmen mussten. Hector fragte sich, wie Doktor Chin diese Tour überlebt hatte; er selbst war noch nicht einmal halb so alt und fand sie schon mächtig anstrengend. Er versuchte, nicht an das Gewicht seines Rucksacks zu denken, es zu vergessen, sich innerlich davon zu entfernen, und er bedauerte, dass er die Techniken der Meditation nicht erlernt hatte, denn eine ihrer Formen, das meditative Wandern, hätte ihm gewiss dabei geholfen, seinen Körper und seine unangenehmen Empfindungen zu vergessen.

Ersatzweise hätte er sich auch mit solchen Drogen begnügt, wie die Radfahrer sie schlucken. Aber er hatte sich schon erkundigt – Karsten nahm welche von der anderen Sorte. Er mochte solche, die einen schweben ließen, und nicht die, die einen vorantreiben.

Bei der Abreise hatte Tara ihnen erklärt, sie würden am Zielort Unterkunft und Verpflegung vorfinden; es sei also nicht nötig, eine komplette Campingausrüstung mitzuschleppen. Warum trug Hector dann aber einen so schweren Rucksack? Weil Tara Doktor Chin versprochen hatte, einen ganzen Vorrat an Arzneimitteln mitzubringen. Er hatte die Medikamente vor seiner Abreise in der einzigen Apotheke der Stadt bestellt und wollte mit ihrer Hilfe die Menschen aus den Dörfern rund um seinen Zufluchtsort behandeln.

Zuerst hatten sie Doktor Chins Fracht auf die drei jungen Frauen – Clotilde, Tara und Noémie – und die beiden Männer – Karsten und Hector – verteilt. Aber bald hatten die Frauen mit ihrer Last Probleme bekommen, und Karsten und Hector waren so ritterlich gewesen, den Inhalt der anderen Rucksäcke größtenteils in ihre eigenen zu stopfen.

Und auch wenn Karsten viel stämmiger aussah als Hector und überhaupt als alle Leute, denen Hector je begegnet war (von Roger vielleicht abgesehen), war es überhaupt nicht infrage gekommen, weniger Gewicht zu tragen als der große Thor. Und so musste Hector nun eben leiden, und der Schweiß lief ihm in die Augen, während Clotilde und Tara munter vorausschritten und er sich höchstens mit ihrem reizenden Anblick trösten konnte.

Noémie und Karsten waren ein Stück zurückgeblieben und sprachen kein Wort. Gleich zu Beginn hatten sie Hector erklärt, sie wollten sich im meditativen Wandern üben.

Bei dieser Meditation löste man sich von seinen Schmerzen und seiner Müdigkeit ab und nahm zugleich die Wirklichkeit um sich herum mit voller Bewusstheit wahr, ohne sich sonst noch um etwas zu kümmern.

Hector hatte auch schon daran gedacht, es zu versuchen, aber ständig war ihm der Gedanke daran, dass Clotilde etwas in sein Notizbuch geschrieben hatte, in die Quere gekommen, und so hatte er es schließlich aufgegeben.

Mumdalu hingegen rannte von einer Gruppe zur anderen und flitzte die Hänge hinauf und herab. Sein strahlendes Lächeln tat allen gut. Er hatte darauf bestanden, sie zu begleiten, denn die Expedition sollte durch sein Heimatdorf führen.

Die ersten Dörfer, die sie durchquert hatten, waren noch einigermaßen wohlhabend gewesen, umgeben von kleinen Getreideäckern und terrassierten Reisfeldern, aber mit zunehmender Höhe wurde die Landschaft immer steiniger, und sie kamen durch immer elendere Weiler. Man spürte, dass die Bewohner dort um die nackte Existenz kämpfen mussten. Sie hatten nichts als ein paar Ziegen und Hühner, und doch lächelten die Kinder, wenn sie die Reisenden erblickten.

Auch die Tatsache, dass weder die Briten noch die Chinesen dieses kleine Land jemals kolonisiert hatten, sprach dafür, dass es nicht viel zu holen gab in diesen Gegenden mit ihren kargen Böden und dem eisigen Winter.

Um das harte Leben hier besser ertragen zu können, hatten die Leute ihre Gottheiten – Hindugötter und lokale Zauberwesen –, und von den wenigen Hühnern und Ziegen, die sie besaßen, brachten sie ihnen noch Opfergaben dar. (Zum Glück verspeisten sie sie hinterher selbst, wie ihnen Tara erklärte.)

Je weiter man sich aus dem Tal entfernte, desto seltener stieß man auf hinduistische Dörfer. Hier oben waren die Menschen buddhistisch, aber Tiere opferten sie trotzdem. Tara nannte das »Nepalismus«: Man nimmt von jeder Religion ein bisschen; das Leben ist so schwer, dass man versucht, seine Chancen mit allen Mitteln zu erhöhen.

Schließlich kamen sie in Mumdalus Dorf, das aus einer Handvoll steinerner Bruchbuden bestand, und die Leute stellten sich auf ihre Türschwellen, um die Neuankömmlinge zu betrachten. Mumdalu hüpfte stolz voran; es entzückte ihn ganz offensichtlich, dass man ihn in einer so wichtigen Funktion sah – als Führer von wohlhabenden Ausländern, unter denen drei junge Frauen in Shorts waren.

Ein kleiner Junge kam ihnen entgegengerannt; er sah aus wie Mumdalus jüngerer Bruder, und der war er tatsächlich. Die beiden Jungen führten sie in ihr Elternhaus, das Wände aus Stein und ein Dach aus Holz hatte und vor dessen Eingang ein paar gerupft aussehende Hühner herumpickten.

Drinnen stand im Dämmerlicht die Familie um ein kleines Mädchen, das auf einer Matte lag. Eltern, Kinder und Großeltern hatten sich eingefunden und ließen das Mädchen nicht aus den Augen. Es wachte nicht auf, als die Reisenden hinzutraten.

Clotilde und Hector beugten sich über das Kind. Es war fieberheiß, sehr abgemagert und nicht bei Bewusstsein. Es atmete nur noch schwach, und sein kleines Gesicht war von den Schmerzen krampfhaft verzogen. Mumdalu warf Hector und Clotilde einen flehenden Blick zu. »*Sister*«, sagte er, aber das hatten sie schon verstanden. Und in den Augen des kleinen Jungen sah Hector den Glauben, den Jesus einst in den Augen des römischen Legionärs gesehen haben musste.

Clotilde und Hector untersuchten das kleine Mädchen und stellten den Eltern ein paar einfache Fragen, die Tara übersetzte. Dann holte Clotilde ein Stethoskop aus dem Gepäck und horchte den mageren Körper ab. Beide waren sich in ihrer Diagnose einig: Das arme Kind litt an einer weit fortgeschrittenen Tuberkulose, die die Lungen und vermutlich auch die Hirnhaut befallen hatte. Selbst die beste Therapie der Welt wäre zu spät gekommen. In einem modernen Krankenhaus hätte das Kind es vielleicht mit schweren Folgeschäden schaffen können, aber hier hatte es trotz der mitgebrachten Medikamente nur noch wenige Stunden zu leben.

Während die Eltern mit unglücklicher und zugleich hoffnungsvoller Miene auf die Ärzte schauten, legten Hector und Clotilde dem dehydrierten kleinen Mädchen kurze Zeit mit einer der für Doktor Chin bestimmten Flaschen eine Infusion. Sie gaben auch ein Opiumderivat mit hinein, um die Schmerzen des Kindes zu lindern. Denn schon im Studium hatten sie gelernt, dass niemand mit Durst und Schmerzen allein gelassen werden durfte. Das kleine Mädchen atmete weiterhin nur schwach, aber sein Gesichtsausdruck wurde friedlicher.

Tara übersetzte den Eltern, dass Hector und Clotilde das Leiden ihrer Tochter nur lindern, sie aber nicht mehr retten konnten. Die Eltern nickten unmerklich; andere Kinder im Dorf waren auf die gleiche Weise gestorben. Sie hatten auf ein Wunder gehofft, verstanden aber, dass es dieses Wunder nicht geben würde. Die Mutter lächelte ihnen zu und wollte damit zeigen, dass sie es ihnen nicht übel nahm. Dann verbarg sie das Gesicht in ihrem Sari.

Noémie war schon aus dem Zimmer geschlüpft. Die anderen fanden sie beim Hinauskommen tränenüberströmt in Karstens starken Armen.

Man präsentierte ihnen weitere Kranke, zum Glück weniger schlimme Fälle, und Clotilde und Hector desinfizierten Wunden, nähten eine Verletzung mit ein paar Stichen und verteilten an einige Kranke sogar Antibiotika.

Als sie das Dorf verließen, kamen alle Bewohner aus ihren Häusern und schauten ihnen nach. Sie hatten ihnen ein wenig Tee mitgegeben und auch ein wenig Cannabisharz, von dem Karsten unterwegs hin und wieder ein Stückchen kaute, wie es die Afghanen tun.

Mumdalu hatte sie noch einige Minuten aus dem Dorf hinausbegleitet. Dann hatte es eine herzzerreißende Abschiedsszene gegeben, und er war zu seiner Familie und seiner sterbenden Schwester zurückgegangen.

Während sie sich wieder an den steilen Anstiegen abmühten, erklärte ihnen Tara, dass die Tuberkulose hierzulande noch zahlreiche Menschen tötete, auch wenn die Regierung und große internationale Organisationen sie einzudämmen versuchten. Aber man musste kein Experte sein, um zu verstehen, wie schwierig es war, in einem sehr armen Land sehr arme Menschen zu behandeln, die auch noch weit verstreut an abgelegenen und im Winter unzugänglichen Orten lebten.

Nachdem sie eine weitere Stunde gegangen waren, sagte Clotilde zu Hector: »Du machst so ein seltsames Gesicht.«

»Mache ich das?«

»Ja, und du hast noch kein Wort gesagt, seit wir das Dorf verlassen haben. Das kleine Mädchen, nicht wahr?«

Hector nickte. Er erzählte Clotilde von seinem prägendsten Erlebnis in der Kinderklinik – von dem Anblick der Mutter und ihres Kindes unter dem Sauerstoffzelt. Die Begegnung mit dem kleinen Mädchen hatte die Erinnerung wieder hochkommen lassen.

»Ja, ich weiß«, sagte Clotilde. »Ich erinnere mich auch noch an mein Praktikum in dieser Abteilung. Und an deine Frage aus dem Notizbuch: ›*Warum lässt Gott es zu, dass Babys sterben?*‹«

»Ein Gott, von dem es heißt, er sei gut und allmächtig«, fügte Hector hinzu. »Ich glaube, das ist einer der Gründe, weshalb ich mir den Glauben meiner Kindheit nicht bewahren konnte.«

»Du meinst das Leid der Unschuldigen?«

»Ja. Selbst wenn ich an deine Theodizee der Kompensation denke – wie soll man sich vorstellen, dass das Leid der Mutter, die wir gerade gesehen haben, eines Tages kompensiert werden könnte?«

»Ich könnte dir antworten, dass das ein Mysterium ist«, sagte Clotilde, »aber da ist noch etwas anderes.«

Und während sie auf Pfaden, die immer schwerer zu erkennen waren, zwischen den Felsen hindurch bergan stiegen, während der Himmel immer noch blauer wurde und sie sich den höchsten Bergen der Welt näherten, erklärte Clotilde Hector, warum die Existenz des Bösen kein Hindernis für den Glauben ist, und schon bald schaltete sich Tara ins Gespräch ein und stützte Clotildes Argumente.

Und bei jeder Rast machte Hector sich Notizen.

Als der Weg weniger steil wurde und man miteinander reden konnte, ohne außer Atem zu geraten, begann Clotilde: »Letztens waren wir bei der Theodizee, die das Böse für den Preis der Freiheit hält. Warum hat Gott den Menschen nicht so geschaffen, dass er gut ist? Nun, Leibniz ist der Ansicht, dass ...«

»Nein«, sagte Hector, »ich möchte, dass wir noch einmal auf das Leid zurückkommen, das nicht vom Menschen verursacht wird.«

»Wie bei dem kleinen Mädchen? Einverstanden, Robert Kochs Bazillus ist keine Erfindung des Menschen ...«

»Lassen wir das kleine Mädchen in Frieden. Nehmen wir lieber ein anderes Beispiel, etwa das berühmte Erdbeben von Lissabon.«

»Das, von dem Voltaire in *Candide* erzählt? Aber da sind wir gleich wieder bei Leibniz!«

»Meinetwegen«, seufzte Hector.

Das Erdbeben von Lissabon im Jahre 1755 war eine schlimme Katastrophe, die für die gläubigen Christen jener Zeit ein großes Problem aufwarf. Die Bewohner dieser schönen großen Stadt waren nämlich brave römisch-katholische Christen und hielten sich für die Glaubensgemeinschaft, die dem wahren Gott am nächsten stand. Wie sollte man es also erklären, dass gerade sie in so großer Zahl ausgelöscht und auch manche ihrer Kirchen und Kathedralen in Schutt und Asche gelegt wurden? Eigentlich galt diese Frage für alle Erdbeben und Tsunamis seit Urzeiten, denn der Mensch hatte mit denen nichts zu schaffen. Natürlich konnte er sie als göttliche Züchtigung für seine Sünden betrachten, aber ein Gott der Liebe sollte doch eigentlich nicht zu solchen Kollektivstrafen greifen. (Vom zürnenden Gott des Alten Testaments musste man sie hingegen immer befürchten.)

»Ja«, rief Clotilde aus, »aber es geht um die beste aller möglichen Welten! Laut Leibniz jedenfalls.«

»Kannst du das ein bisschen genauer erklären?«

»Also: So ziemlich jeder wird zugeben, dass Abwechslung besser ist als Einförmigkeit ...«

»Das stimmt, Einförmigkeit langweilt auch mich.«

»... und dass andererseits eine geordnete, von Gesetzen gelenkte Welt besser ist als eine anarchische ... Es gilt also idealerweise, eine Welt zu schaffen, die mit möglichst wenig Gesetzen auskommt. Es ist wie in der Mathematik: Die einfachste Lösung ist die beste und die schönste.«

»Ja, klar, und man brauchte erst einmal physikalische Gesetze, also eine gewisse Ordnung, damit das Leben entstehen konnte.«

»Richtig, und dementsprechend sagt Leibniz, dass Gott in seiner unendlichen Güte die beste aller möglichen Welten erschaffen wollte, also eine, die so abwechslungsreich wie möglich ist und zugleich so geordnet wie nötig. In seiner unendlichen Weisheit – denn Gott ist allwissend – habe er gleichzeitig alle nur denkbaren Kombinationen voraussehen können. Er hätte auch Welten erschaffen können, in denen es geordneter zugeht, die mehr Gesetze haben und in denen das Böse nicht existiert, aber die wären längst nicht so abwechslungsreich gewesen. Oder er hätte abwechslungsreichere Welten schaffen können, aber die wären anarchischer gewesen, weniger geordnet, und das Böse hätte in ihnen vielleicht mehr Raum eingenommen.«

»Willst du damit sagen, dass unsere Welt Gottes bester Kompromiss zwischen Ordnung und Vielfalt ist?«

»Richtig. Auf jeden Fall dachte Leibniz so.«

»Und genau darüber hat sich Voltaire lustig gemacht.« Hector erinnerte sich noch gut: Jedes Mal, wenn Candide einen neuen Schrecken der Welt entdeckte, versuchte sein Hauslehrer, der Doktor Pangloss, ihn damit zu trösten, dass er immerhin in der »besten aller möglichen Welten« lebe.

»Stimmt«, sagte Clotilde, »aber das ist nun mal das Problem all dieser Theodizeen und auch solcher rationalistischen Philosophen wie Leibniz oder Descartes: Sie wollen mit Vernunftgründen überzeugen.«

»Und du glaubst nicht, dass man das kann?«

»Was ist der menschliche Verstand angesichts des göttlichen Mysteriums? Der heilige Augustinus hat einmal gesagt: ›Wenn du glaubst, Gott zu begreifen, dann ist es nicht Gott.‹«

Das war eine ziemlich radikale Antwort, dachte Hector; sie machte all die Diskussionen, die Philosophen und Theologen über Jahrhunderte hinweg geführt hatten, zu einem eitlen Zeitvertreib.

Tara war sogar noch radikaler: »Auf jeden Fall macht ihr euch das Leben richtig kompliziert, wenn ihr von einem persönlichen Schöpfergott ausgeht.«

»Glauben die Buddhisten denn nicht an einen Weltschöpfer?«

»Das Universum hat schon immer existiert«, sagte Tara.

Da aber manifestierte sich das Eine in Gestalt eines steileren Pfads, und das Gespräch musste unterbrochen werden.

Später hatte Clotilde noch andere Theodizeen angeführt, und Hector hatte sich dazu notiert:

Theodizee »Der Tod ist kein Übel«: Wenn wir sterben, kehren wir nämlich wieder zu unserem Herrn zurück und treten ins ewige Leben ein (mit einigen oder vielen Zwischenstationen, da widersprechen sich die heiligen Texte manchmal). Also ist der Tod nichts Schlimmes.

Das rief in Hector eine Erinnerung wach. Eines Tages war er zum Begräbnis einer Mitschülerin aus dem Gymnasium gegangen, die bei einem Autounfall ums Leben gekommen war. Alle Freunde dieses wunderbaren Mädchens konnten nur mit Mühe ihre Tränen zurückhalten, und manchmal konnten sie es auch nicht. Aber zu ihrer großen Überraschung schienen die Eltern des Mädchens weniger traurig zu sein; sie empfingen die Schüler sogar mit einem Lächeln. Der Vater der Verstorbenen erriet, weshalb Hector so ein erstauntes Gesicht machte, und flüsterte ihm ins Ohr: »Sie ist zu unserem Herrn Jesus heimgegangen.« Hector hoffte, dass auch Clotilde fest daran glaubte, wenn sie an ihren Bruder dachte, der auf dem Meer umgekommen war.

Tara war Clotilde zur Seite gesprungen und hatte eine Theorie präsentiert, die Hector gern »buddhistische Theodizee« genannt hätte. Allerdings hatte ihn Tara darauf hingewiesen, dass dies kein passender Name war, denn anders als für die Hindus gibt es für die Buddhisten, wie gesagt, keinen Weltenschöpfer und damit auch keine Probleme mit einem unendlich guten, allmächtigen und allwissenden Gott.

Tara: Es gibt weder Geburt noch Tod. Das Bild der Welle im Ozean. Die Welle glaubt zu entstehen und zu vergehen, aber sie ist einfach nur Wasser in verschiedenen Formen. Wir werden nicht wirklich geboren und sterben nicht wirklich – nicht mehr, als solch eine Welle entsteht oder vergeht. Alles ist nur wie Meerwasser, das verschiedene Zustände durchläuft.

Selbst Clotilde war überrascht gewesen von diesem Bild, und Hector sagte sich, dass man damit wieder ein bisschen bei der existenziellen Drehtür war, diesmal aber ohne einen wirklichen Tod oder eine wirkliche Wiedergeburt, denn man verblieb ja im Fluss desselben großen Kontinuums. Tara sagte, dass diese Dinge in »Das zweite Drehen des Dharma-Rades« erklärt wurden, jenen Sanskrittexten, die den Ausschlag für die Entstehung des Buddhismus des Großen Fahrzeugs gegeben hatten, des Mahayana.

Denn laut diesem Text bestand die absolute Wahrheit (und nicht die relative, wenn Sie mir folgen können) im allertiefsten Grunde darin, dass es weder Geburt noch Tod gibt, sondern nur ein Kontinuum und Wechselbeziehungen in Raum und Zeit – Einheit und Leere zugleich. Um diese letzten Wahrheiten zu erkennen und damit zur Erleuchtung zu gelangen, musste man viel meditieren, womit Noémie und Karsten ja schon begonnen hatten. Hector erinnerte sich an die Worte des jungen Mannes aus seinem Traum: »Gar nicht so viel, wenn du es schaffst, dich richtig zu konzentrieren. Du wirst sehen, dass alles eins ist, du wirst die Einheit der Welt wahrnehmen …«

Okay, hatte Hector gesagt, der Tod war vielleicht wirklich kein Übel. Aber dann blieb noch das Problem des Leidens im Leben. Warum gab es eine solche Menge Leid?

Diese Frage hatte Tara überhaupt nicht aus der Fassung gebracht: Das Leiden sei nur der Unwissenheit geschuldet! Wir leiden, weil wir an dem Gedanken hängen, nicht leiden zu wollen, obwohl es doch unvermeidlich sei, und auch, weil es uns schwerfällt, die richtige Konzentration zu wahren, zu der wir durch Meditation vordringen können und die es uns sogar erlaubt, Abstand zum Schmerz zu gewinnen. Tara führte als Beispiel die buddhistischen Mönche an, die sich vor einigen Jahren in Vietnam selbst verbrannt hatten und mitten in den Flammen starben, ohne mit der Wimper zu zucken. Und in Tibet hatten noch mehr Mönche so etwas getan, aber es war niemand vor Ort gewesen, der ihren Opfertod hätte filmen können.

Clotilde hatte dazu gesagt, dass der buddhistische Standpunkt sie an die stoischen Philosophen erinnere, die übrigens zur gleichen Zeit wie der historische Buddha gelebt hatten, allerdings in Griechenland. Ihnen zufolge muss man nicht mehr leiden, wenn man sich von dem gut verständlichen Wunsch frei macht, dem Leiden zu entgehen und bei guter Gesundheit zu bleiben. Außerdem sollte man sich nicht zu sehr an die anderen binden, die ja auch irgendwann sterben werden. Hector hatte diese Haltung nie sehr sympathisch gefunden.

Aber Clotilde war aufs Christentum zurückgekommen und hatte ergänzt, dass es für die Christen noch einen anderen Grund gab, das Leiden zu akzeptieren: Alles Leid wird dereinst im himmlischen Königreich durch ein wesentlich größeres Glück aufgewogen werden.

»Wie für den guten Schächer«, hatte Hector angemerkt, um zu beweisen, dass er noch ein paar Bibelkenntnisse hatte. Jesus hatte zu diesem Mann, der neben ihm ans Kreuz geschlagen worden war, gesagt, noch am selben Abend würden sie sich beide im Paradies wiederfinden.

»Ja«, erwiderte Clotilde, »allerdings ...«

Gewiss werde der gute Schächer erleben, wie sein Leiden durch den direkten Aufstieg ins Paradies großzügig kompensiert wird, er muss ja nicht einmal das Jüngste Gericht abwarten, aber der Grund dafür sei nicht, dass er am Kreuz so sehr gelitten hatte, sondern dass er die Göttlichkeit von Jesus Christus anerkannte. »Herr, gedenke an mich, wenn du in dein Reich kommst«, hatte er gesagt.

Und Hector notierte:

Theodizee der Negation des Bösen: Das Leiden existiert nicht, es ist nur eine Fehleinschätzung. (Buddhisten und Stoiker)

Für die Hindus: Durch Leiden können wir die Fehler aus unseren früheren Leben abbüßen, und das kleine Mädchen wird als Prinzessin wiedergeboren – oder besser noch, als Brahmane aus der obersten Kaste.

Theodizee der Kompensation: Das Leiden existiert, aber es wird uns unendlich aufgewogen werden. (Christen)

Und da hatte Hector endlich die Frage gestellt, die ihm jedes Mal durch den Kopf ging, wenn von der Theodizee der Kompensation die Rede war: »Und das Leiden der Kinder? Und das Leiden der Mutter, die wir vorhin kennengelernt haben? Wie kann ein solches Maß an Leid jemals aufgewogen werden?«

Genau in diesem Moment waren sie auf einem Bergpass angekommen, und vor ihnen breitete sich ein weites Tal aus, das schon im Schatten lag und in dem man einen guten Hirten gebraucht hätte. Clotilde aber zitierte aus dem Johannes-Evangelium: »Ein Weib, wenn sie gebiert, so hat sie Traurigkeit; denn ihre Stunde ist gekommen. Wenn sie aber das Kind geboren hat, denkt sie nicht mehr an die Angst um der Freude willen, dass der Mensch zur Welt geboren ist.«

Hector fand das wunderbar, und doch überzeugte es ihn nicht.

Die Sonne war fast schon bis auf den Gebirgskamm gesunken, die Luft kühlte sich ab, und plötzlich hörte man Glocken läuten.

Vielleicht erwarten Sie jetzt, dass es Klosterglocken waren, aber nein, es waren Kuhglocken wie in der Schweiz mit ihren schönen Bergen voll grüner Almen und murmelnder Bächlein.

Denn nachdem sie einen steinigen Pass überquert hatten – Karsten hatte dort erst einmal verschnaufen müssen, der große Thor war also nicht unbesiegbar; wahrscheinlich hatte das viele Kiffen ihn etwas geschwächt –, waren sie auf der Gegenseite wieder hinabgestiegen, und allmählich traten sie aufs Neue in eine Landschaft mit Gras, Tannen und grünen Kräutern ein.

Plötzlich tauchte ein Yak auf, ein dunkles, zottig behaartes Tier mit einer großen Glocke um seinen Hals. Dann kamen andere Yaks hinzugelaufen, darunter eine Mutter mit ihrem Jungen, und beäugten die Neuankömmlinge.

Im Licht der untergehenden Sonne bildeten die Yaks, die Tannen und in der Ferne die schneebedeckten Gipfel eine herrliche Szenerie. Hector dachte, dass es sich auf jeder Tafel Schokolade bestens gemacht hätte.

»Gut, dass es keine wilden Yaks sind, die hätten uns angegriffen«, sagte Tara, »aber in dieser Gegend gibt es keine mehr.«

Am Ende beschlossen die zahmen Yaks, dem Grüppchen Wanderer, das da in der Abenddämmerung anrückte, keine weitere Beachtung zu schenken, und die Tiere drehten sich alle wie auf Kommando um und strebten in langsamem Trab ihrem Stall entgegen. Denn da gab es einen richtigen Bauernhof mit mehreren an eine Felswand geschmiegten kleinen

Steinhäusern. Eine Tür ging auf, und heraus trat Doktor Chin. Er war wie die Einheimischen gekleidet und trug eine dieser typisch tibetischen Mützen mit gebogenen Ohrenklappen, die sie unterwegs immer wieder gesehen hatten.

»Meine Freunde!«, rief er.

Und er kam ihnen entgegen und schüttelte Hector und Clotilde die Hand. Dann wechselte er mit Tara ein paar freundliche Worte auf Tibetisch und dankte ihr dafür, dass sie die Wanderer hergebracht hatte.

Hector wunderte sich, dass Doktor Chin nicht überrascht war von ihrer Ankunft, aber es stellte sich heraus, dass sich Neuigkeiten schnell von einem Tal zum nächsten verbreiteten und dass ihr chinesischer Freund schon seit Stunden wusste, dass eine Gruppe von jungen Leuten aus dem Westen in Begleitung einer Englisch sprechenden Tibeterin eintreffen würde. Da hatte er schon erraten, um wen es sich handelte.

Im Haus hatte man Öllampen angezündet, denn inzwischen war die Sonne tatsächlich untergegangen. Hector freute sich, den Inhalt seines Rucksacks auf dem Tisch ausbreiten zu können und dabei zu sehen, was für ein glückliches Gesicht Doktor Chin machte, als er den üppigen Nachschub an Medikamenten erblickte. Der alte Arzt erklärte ihm, dass er bei einem früheren Besuch in Namjang eine Art Ambulanz eingerichtet hatte und die Bewohner der Nachbardörfer mit ihren Kranken hierherkamen, manchmal viele Kilometer weit. Ein Schweizer Arzt hatte ihn vor einigen Jahren abgelöst, aber er war gerade in Urlaub gefahren, um seine eigenen Berge wiederzusehen, und so passte es gut, dass Doktor Chin hier Zuflucht gesucht hatte.

»Es ist ein großes Vergnügen, wieder richtig als Arzt zu arbeiten«, sagte Doktor Chin fröhlich, »ich nehme sogar kleine chirurgische Eingriffe vor.«

Als er Hectors und Clotildes erstaunte Mienen sah, erklärte er ihnen, dass er ganz am Anfang, noch ehe er sich der Psychiatrie zugewandt hatte, seinen Facharzt in Chirurgie hatte machen wollen. Daher kannte er noch die wichtigsten Handgriffe für einfache Operationen.

Hector nahm sich vor, Doktor Chin gelegentlich nach den Gründen für seinen Wechsel in die Psychiatrie zu befragen. War seinem Kollegen bewusst geworden, dass es ihn letztendlich mehr interessierte, mit seinen Patienten zu sprechen, als in ihrem Inneren herumzuschneiden?

Nun hatten alle Platz genommen, und Doktor Chin servierte ihnen Tee – ganz normalen Tee. Allerdings war er mit Yakbutter aromatisiert, und Hector wusste nicht recht, ob er das mochte, und er sah, dass es Karsten ähnlich ging. Aber es hatte wohl keinen Sinn, um ein Bier zu bitten, denn hier würde es ganz bestimmt keins geben, und Doktor Chin wäre verlegen gewesen, seinen Gästen diese Freude nicht machen zu können.

Als Nächstes servierte er ihnen mit einer großen Kelle eine Art Getreidebrei, der auf dem Herd vor sich hinkochte, und Hector wurde klar, dass dies ihr Abendessen sein würde.

Die Tür öffnete sich, und ein Mann kam herein. Sein Gesicht unter der tibetischen Mütze war so quadratisch wie ein Pflasterstein, und seine Haut war zerfurcht von den tiefen Falten, wie sie vielleicht nur Gebirgsbewohner oder Hochseefischer haben.

»Das ist Tenzin«, erklärte Doktor Chin.

Tenzin war der Eigentümer der Yaks und des Bauernhofs. Er sprach nur tibetisch. Doktor Chin erläuterte, dass sie sich schon einige Jahre kannten und dass Tenzin ein Freund des alten Mönchs war, den Clotilde und Hector in Kathmandu getroffen hatten.

Dann kam Tenzins Frau hinein; sie ähnelte ihm wie eine Schwester, trug lange Zöpfe und hatte ein wunderbares Lächeln. Tara begann, sich mit ihr zu unterhalten.

Noémie und Karsten schienen ganz entzückt zu sein, für sie war es ein Abenteuer; wahrscheinlich war ihnen das Leben im Tal allmählich eintönig vorgekommen.

Als Hector sich gerade fragte, ob er noch einen Teller von dem Brei nehmen sollte, der ihm nicht besonders schmeckte, oder ob er es besser sein ließ, auf die Gefahr hin, nachts vor lauter Magenknurren nicht schlafen zu können, ging Frau Tenzin zu einem großen Möbelstück aus massivem Holz und entnahm ihm einen riesigen Käselaib. Aus einem anderen Schrank holte sie ein Brot, und Herr Tenzin drehte den Hahn eines großen Kupferkessels auf, und heraus floss hausgebrautes Bier, ein bisschen trübe und mit wenig Schaum, aber für durstige Leute ganz hervorragend.

Wie im Paradies, dachte Hector später, als er den Blick über die Tischgesellschaft schweifen ließ: Doktor Chin führte ein lebhaftes Gespräch mit den beiden Engeln, die sich so gut verstanden; Karsten und Hector blödelten herum und prosteten sich immer wieder zu; Noémie warf ihm hin und wieder verstohlene Blicke zu; Frau Tenzin wirbelte unermüdlich herum, obwohl Tara und Clotilde sie unablässig drängten, sich endlich zu ihnen zu setzen; Herr Tenzin schließlich erhob seinen Metallkrug und stieß mit Hector und Karsten an; er freute sich, dass ihnen sein Bier schmeckte.

Aber wie schon Buddha sagte – alles ist flüchtig, und es kann nur Leiden schaffen, wenn man versucht, etwas festzuhalten. Das wusste Hector inzwischen, und so begnügte er sich damit, diese Momente einfach zu genießen, wobei ihm das Bier eine große Hilfe war.

Zum zweiten Mal seit dem Beginn seiner Reise brachte ihn Clotildes ferne Nähe nicht aus dem Gleichgewicht. Er nahm den gegenwärtigen Augenblick so, wie er war.

Später, auf seinem Zimmer, machte sich Hector im Bett beim Schein einer Butterlampe noch einmal Notizen in sein Büchlein.

Der Ort lud zur Reflexion ein, denn der umtriebige Herr Tenzin mochte sich nicht damit begnügen, dass er vor einigen Jahren von Schweizer Bergsteigern die Herstellung von Käselaiben aus Yakmilch erlernt hatte – er wollte aus seinem Bauernhof auch eine Herberge machen und hatte dazu im Obergeschoss ein paar kleine Zimmer eingerichtet, die Mönchszellen ähnelten. Das war nicht überraschend, denn Herr Tenzin hatte noch nie den Fuß in ein Hotel gesetzt, wohl aber hatte er sich wie die meisten Tibeter schon einmal in ein Kloster zurückgezogen.

Hector war ein wenig enttäuscht, keine neuen Eintragungen von Clotilde vorzufinden, aber sie hatte ja auch kaum Gelegenheit gehabt, mit seinem Notizbüchlein unbeobachtet Zeit zu verbringen.

Er wollte den Rest seines Gesprächs mit Tara und Clotilde über die Gründe für das Böse aufs Papier bringen, ehe die Müdigkeit und das Bier alles aus seiner Erinnerung fortgewischt hatten. Er dachte über die Bibelstelle mit den Wehen nach, deren Schmerzen die Mutter vergesse, wenn sie sich über die Geburt des Kindes freut.

Plötzlich klopfte es sacht an die Tür. War es Clotilde, die das theologische Gespräch fortsetzen wollte? Er hätte es sich gewünscht, glaubte aber nicht wirklich daran. Oder war es Doktor Chin, der ihm Tee vorbeibringen wollte – und zwar den bewussten Tee? Beim Abendessen hatte niemand das Thema angeschnitten, obgleich sie doch eigentlich deshalb hier waren.

Nein, es war Noémie, die Hector strahlend anlächelte und wieder den Sari trug, der die Aufmerksamkeit auf das lenkte, was er eigentlich verhüllen sollte.

Hector schlug sein Büchlein zu und wollte etwas sagen, aber er brachte kein Wort heraus.

Noémie schloss die Tür und schlüpfte zu ihm ins Bett.

»Karsten und ich machen es schon lange nicht mehr«, flüsterte sie. »Er raucht zu viel, es interessiert ihn nicht mehr.« Und sie schlang ihre Arme um Hector, der nur ganz wenig Widerstand leistete.

Noémie hatte es tatsächlich lange nicht mehr gemacht, aber mit Hector machte sie es ziemlich lange. Hector versuchte leise zu sein, denn die anderen schliefen direkt nebenan; Noémie aber kümmerte das offenbar wenig.

Später wachte er noch einmal auf und sah im Schein der Lampe die nackte Noémie, die ganz in die Lektüre seines Notizbüchleins vertieft war.

»Gar nicht übel«, sagte sie. »Sogar echt interessant.«

»Findest du?«

»Ja, vor allem das über die Theodizeen. Ich kannte sie nicht alle, nur die von Leibniz, über die ich an der Uni etwas gehört habe.«

»Ich hab noch längst nicht alle aufgeschrieben.«

»Auf jeden Fall beweisen sie überhaupt nichts!«, sagte Noémie.

»Wahrscheinlich nicht. Aber ich habe den Eindruck, dass noch nicht einmal Clotilde ihnen große Bedeutung beimisst. Sie hat einfach ihren Glauben und Punkt.«

»Und Kant sagt, solche Versuche, die Existenz Gottes zu beweisen, seien sogar moralisch verwerflich!«

Es war das erste Mal, dass Hector eine nackte junge Frau von Kant sprechen hörte. »Verwerflich? Warum denn das?«

»Weil es kein moralisches Leben mehr gäbe, wenn wir die Existenz Gottes wirklich beweisen könnten! Es wäre kein Verdienst mehr, seine Gebote zu befolgen. Wir würden einfach in der Furcht leben, ihm ungehorsam zu sein, und würden unseren Nächsten lieben, damit wir sicher ins Paradies kommen. Für Kant ist es gerade die Unmöglichkeit, die Existenz Gottes zu beweisen, die unseren Taten Wert verleiht.« Und mit Begeisterung in der Stimme fügte sie hinzu: »Kant, das ist übrigens *mein* Gott!«

»Echt?!«

»Na ja, er war es jedenfalls, denn inzwischen habe ich mich

mehr der Weisheit des Ostens zugewandt. Aber sag mal, Clotilde ist ziemlich mystisch, oder?«

»Mystisch?«

»Ich weiß nicht – mit ihrem Interesse für Religion und all dem. Mich würde nicht wundern, wenn sie mal ins Kloster geht.«

Hector hielt den Mund.

»Und vielleicht ist sie ja schon Nonne«, fuhr Noémie fort, »weißt du, eine von denen, die nicht in Ordenstracht herumlaufen.«

Hector war überrascht, dass Noémie solche Dinge überhaupt wusste.

»Eine meiner Schwestern ist Nonne«, erklärte sie ihm. »Außerdem habe ich zwei Cousins, die Priester sind.«

Hector war bereits aufgefallen, dass unter den indischen Ringen an Noémies Fingern auch einer mit einem Wappen war, der aussah wie ein Siegelring. Und so war es tatsächlich, denn Noémie gehörte zu einer jener Familien, bei denen sich zu Hochzeiten und Geburtstagen ganze Heerscharen von Cousins und Cousinen zusammenfinden – Familien, die jeden Sonntag zur Messe gehen und ihre Trauungen von Priestern aus der Verwandtschaft zelebrieren lassen.

»Ich habe vor alledem die Flucht ergriffen«, sagte Noémie. »Standesgemäßer Verlobter, Heirat, Kinderkriegen: So eine Laufbahn ist nichts für mich, das langweilt mich zu sehr.«

»Und der Glaube?«, wollte Hector wissen.

»Das ist etwas anderes«, meinte Noémie. »Ich fühle, dass es einen Schöpfergott gibt.«

Wie Clotilde sagte sie nicht *ich glaube*, sondern *ich fühle*.

»Einen Gott, der unendlich gut und allmächtig ist?«

»Nein, das glaube ich nicht.«

Noémie erklärte ihm, dass sie sich dem Hinduismus näher fühle. Überhaupt fand sie, dass von dieser Religion in Hectors Notizbuch bisher zu wenig die Rede gewesen sei.

»Aber nicht so sehr wegen der vielen Götter und der komplizierten Riten. Mich interessiert eher die Vorstellung vom Karma, von der Wiedergeburt, davon, dass unsere Taten in diesem Leben einen Einfluss auf unser nächstes Leben haben, und so weiter. Und dann die Idee, zu der Sichtweise zu gelangen, dass das Ich und das Nicht-Ich des Universums ein und dasselbe sind, dass es keine Dualität gibt, sondern nur die Einheit, das Brahman. Alles ist sozusagen in allem … Dahin wollten Karsten und ich kommen. Wir hatten das Buch von Huxley gelesen, *Die Pforten der Wahrnehmung*.«

Auch Hector hatte es gelesen. Der geniale Autor von *Schöne neue Welt* hatte ein Buch über die Wirkungen des Psilocybins geschrieben, jener halluzinogenen Substanz, die man in den Pilzen findet, die zu nehmen Noémie ihm schon einmal vorgeschlagen hatte. Huxley meinte, dass unser Geist verschlossen sei, weil er sich viel zu sehr mit der Alltagsbewältigung beschäftigen müsse. Aber durch diese Droge, die schon die Schamanen der Indianer verwendet hatten, klappte unser Geist plötzlich seine Muschelschalen auf, und man hatte endlich Zugang zur Wirklichkeit von All und Ich in ihrer ganzen Kontinuität und Einheit, denn das eine war natürlich in allem – und umgekehrt genauso, wie Noémie unterstrich.

»Und seid ihr bis dahin vorgedrungen?«

»Nein, nicht wirklich. Mit den Pilzen haben wir verdammt spannende Trips gemacht, aber wenn du davon zurückkehrst, fühlst du dich nicht anders als vorher, höchstens eine Zeit lang ein bisschen kaputt. Und dann war Karsten mal auf einem richtig schlimmen Trip; er hat überall Dämonen gesehen und wollte mitten in der Nacht in die Berge ausreißen. Es war im Winter, und wir mussten ihn mit zehn Mann festhalten.«

»Das kann passieren«, sagte Hector.

»Na ja, und danach haben wir uns einen Guru gesucht, einen richtigen.«

»Und habt ihr einen gefunden?«

»Ja, sogar mehrere. In Indien sind wir in verschiedenen Aschrams gewesen.«

»Und das hat funktioniert?«

»Was soll ich sagen … Nach mehreren Stunden Meditation spürst du, dass du an die wahre Realität stößt, an die kosmische Einheit und so … Und du fühlst dich endlich frei, befreit, es ist herrlich …«

»Das hat euch also verändert?«

»Ja, zumindest solange wir im Aschram waren und meditierten … Aber sobald du wieder rauskommst, siehst du draußen das ganze Elend, die bettelnden Kinder, die Krüppel, die Sterbenden auf dem Gehweg, und dann ist es, als wenn das Leid der Welt über dich herfällt, und dein Gefühl der Befreiung verflüchtigt sich …«

Das erinnerte Hector an seine Empfindungen, als er neben dem sterbenden Mädchen gestanden hatte.

»Aber wir haben uns nicht entmutigen lassen, sondern weiter nach dem richtigen Guru gesucht.«

»Und habt ihr ihn gefunden?«

»Na ja, in Benares, einen auf den ersten Blick echt eindrucksvollen Inder. Karsten liebte die Yogasitzungen mit ihm. Ich hingegen habe mich gelangweilt, aber das traute ich mich nicht zu sagen.«

»Ich glaube, so was funktioniert nicht bei jedem«, sagte Hector und dachte dabei, dass er selbst bestimmt nicht genug Konzentrationsfähigkeit fürs Meditieren mitbrachte und nicht gelenkig genug war für Yoga.

»Das stimmt. Der Guru hat es übrigens gemerkt und mir eine Einzelsitzung vorgeschlagen. Er wollte mir den tantrischen Weg zeigen – nach der indischen Lehre, nicht nach der tibetischen.«

»Und das war besser?«

»Ich weiß es nicht … denn eigentlich hieß das nichts anderes, als dass ich Sex mit ihm haben sollte – Vereinigung von Yoni und Lingam und so weiter. Ich bin aber das Gefühl nicht losgeworden, dass er einfach scharf auf mich war.«

Hector blickte auf die nackte Noémie und sagte sich, dass man wirklich ein Heiliger sein musste, um nicht scharf auf sie zu sein, und dass dieser Guru wahrscheinlich kein Heiliger war.

»Und als er schließlich gesagt hat, dass ich mich ausziehen soll, ist Karsten gekommen und hat ihm eine reingehauen.«

»Ach so?«, sagte Hector beunruhigt.

»Idiot!«, prustete Noémie los und legte ihm die Hand auf die Brust. »Mach dir keine Sorgen! Das ist doch schon ewig her.«

Noémies Streicheln konnte ihn nicht vollends beruhigen, brachte ihn aber plötzlich wieder zurück auf die sinnlichen Begierden – jenes große Hindernis für die Erleuchtung, wenn man Buddha glauben durfte.

Später hielt Noémie den Moment für gekommen, ein bisschen zu rauchen. Sie zündete zwei Joints an, die sie bereits vorbereitet hatte.

»Oha«, sagte Hector hustend, »starkes Zeug.«

»Es ist *Bombay Black*«, meinte Noémie, als erklärte das alles.

Hector beschloss, nicht zu sehr an seinem Joint zu ziehen, er wollte morgen früh wieder wach werden.

»Was du in deinem Notizbuch geschrieben hast, ist interessant«, sagte Noémie mit träumerischem Blick, »aber es ist eine etwas zu … mythologische Sicht auf den Hinduismus.«

Hector hatte die wichtigsten Hindugötter aufgelistet, was gar nicht so einfach gewesen war, denn manche änderten mit ihrer Gestalt auch ihren Namen; man spricht dann passenderweise von »Avataren«.

»Ich habe versucht, mich bei all den Göttern zurechtzufinden«, sagte Hector.

»Ja, das war auch der Reflex der englischen Kolonialherren, als sie nach Indien gekommen sind. Sie haben den Hinduismus als Sammelsurium von Göttern betrachtet … Brahma, Vishnu, Shiva, Krishna … als einen Polytheismus mit Götzenanbetung also. Sie haben sich das alles von oben herab angeschaut, die Briten. Aber dabei haben sie nur *eine Seite* gesehen …«

»Welches ist denn die andere?«

»Die ganze Sache ist viel metaphysischer! Es gibt zum Beispiel eine ›Upanischad‹, die dir sagt, dass es in Wahrheit nur ein einziges Lebensprinzip gibt, dass alle Götter nur Erscheinungsformen des Einen sind und dass auch wir zu diesem Einen gehören … Und manche Hindus sagen sogar, dass diese Wahrheit dem Kastensystem zuwiderläuft …«

»Aber in den Tempeln sieht man doch trotzdem, wie die Leute vor Statuen all dieser verschiedenen Götter beten, oder?«

»Ja, aber man sieht auch Katholiken ihre Heiligen anbeten. Das ist doch nur ein Aspekt des Christentums, nicht sein tiefer Sinn.«

Nackt und vom Rauch des *Bombay Black* umhüllt, hielt Noémie das Gespräch auf einer bemerkenswerten Höhe.

»Und dann ist da auch noch der moralische Aspekt. Der ist quasi kantianisch!«, sagte sie und zog mit ihrem Joint eine unsichtbare Linie in die Luft. »Nun komme ich doch wieder auf Kant zurück!«

»Warum kantianisch?« Hector hatte Kant als Philosophen schon immer ein bisschen radikal gefunden. Er hatte mehr für die utilitaristischen Philosophen übrig: Der Wert einer Handlung bemesse sich nach dem Guten, das sie einer größtmöglichen Zahl von Menschen bringt oder nicht bringt. Daran lag es wohl auch, dass es ihn nicht verlegen machte, für eine gute Sache zu lügen, was Clotilde ja schon bemerkt hatte.

»Ja, man soll nach einem gerechten Prinzip handeln und sich, was die Folgen dieses Handelns angeht, von aller Furcht und allem Begehren frei machen. Das ist Yoga des Handelns, Karma-Yoga – genau das, was Krishna dem Fürsten Arjuna erklärt.«

»Wer war denn das?«

Noémie erläuterte ihm, dass Fürst Arjuna neben dem Gott Krishna die zentrale Figur in der »Bhagavad Gita« ist, einem langen Gedicht, in welchem der Gott die Gestalt eines Wagenlenkers angenommen hat und dem Fürsten kurz vor einer Schlacht etwas über die Prinzipien der Moral beibringt und über den inneren Gleichmut beim Handeln.

»Er sagt dem Fürsten, dass er seine Kriegerpflicht erfüllen solle, und die bestehe darin, immer für eine gerechte Sache zu kämpfen, denn das sei sein Dharma, sein Gesetz im hinduistischen Sinne. Die Folgen dürfe er niemals bedenken oder fürchten. Im konkreten Fall ist das die Gefahr, dass Arjuna seine Cousins töten könnte, die in der feindlichen Armee kämpfen …«

»Gibt es nicht noch ein anderes indisches Gedicht, irgendwas mit Maraba…?«, fragte Hector.

»Ja, das *Mahabharata*! Die ›Bhagavad Gita‹, von der ich gerade gesprochen habe, ist ein Bestandteil des *Mahabharata*. Im Grunde behandeln alle hinduistischen Epen Fragen der Moral!«

Noémie begann, Hector das *Mahabharata* nachzuerzählen, das in etwa zweihunderttausend Versen den berühmten Krieg zwischen den Kauravas und den Pandavas schildert, in dem Krishna zugunsten der Letzteren interveniert. Aber während Noémie vor ihm dieses große Fresko nachzeichnete, das ihn ein wenig an die Geschichte vom Trojanischen Krieg erinnerte, musste er immer härter darum kämpfen, die Augen offen zu halten. Irgendwann schliefen sie beide tatsächlich ein, ob zuerst er oder Noémie kurz vor ihm, das ist schwer zu sagen.

Im Schlaf glaubte Hector, den Lärm eines Hubschrauberrotors zu hören, aber er sagte sich, dass er das bestimmt nur träumte.

Der massige Kopf des Elefanten neigte sich über sein Bett. Hector stützte sich auf dem Ellenbogen hoch. Sein Kopf tat ihm weh. Noémie war nicht mehr da.

»Wo bin ich?«, fragte er.

»Du bist immer noch dabei, dir Fragen zu stellen«, erwiderte der Elefant mit einem kleinen Zucken seines Rüssels, das seine Worte wohl unterstreichen sollte.

Hector war frappiert davon, wie zutreffend diese Antwort war. Ja, er stellte sich Fragen über den Sinn des Lebens, die Existenz Gottes und die Gefühle von Clotilde, aber Antworten fand er keine. Sicher, er hatte sich kaum noch Fragen gestellt, als Noémie in sein Zimmer gekommen war ... Aber jetzt wachte er neben einem Elefanten auf, der zu ihm sprach und vielleicht Antworten wusste.

Denn es war ein ziemlich ungewöhnlicher Elefant: Nicht nur, dass er eine schöne ziegelrote Farbe hatte – Hector war auch gerade aufgefallen, dass sein Körper nicht der eines Elefanten war, sondern der eines Riesenbabys. Und trotz des Schummerlichts sah Hector, dass er vier Arme hatte ...

»Sie haben ja mehr als zwei Arme!«, sagte Hector, der seinen Augen nicht traute.

»Du hältst dich zu sehr mit den Details auf«, sagte der Elefant. »Erzähl mir lieber etwas Interessantes.«

Er hatte eine tiefe Bassstimme, also wirklich die eines Elefanten und nicht die eines Babys, so riesenhaft es auch sein mochte.

»Ich weiß nicht mehr, wo mir der Kopf steht«, sagte Hector.

»Das brauchst du mir nicht zu sagen«, meinte der Elefant, »das sieht man doch.«

»Ich glaube, ich bin auch verliebt ...«

»Ah«, sagte der Elefant, »was für ein Pech.«

»Waren Sie denn niemals verliebt?«, fragte Hector.

»Ich bin verheiratet«, entgegnete der Elefant, als wäre das eine hinreichende Antwort.

Hector versuchte, sich zu konzentrieren, um eine gute Frage zu formulieren; so eine Gelegenheit durfte man nicht ungenutzt verstreichen lassen; aber Kopfschmerzen und eine große Müdigkeit hinderten ihn daran, einen klaren Gedanken zu fassen. »Ich bin aufgebrochen, um Antworten zu finden«, begann er.

»Antworten auf welche Frage?«

»Auf die Frage, ob es noch etwas anderes gibt.«

»Etwas anderes?!«

»Gibt es noch eine andere als die materielle Welt? Gibt es nach diesem Leben ein anderes? Gibt es einen Gott?«

Der Elefant zwinkerte ihm zu. »Aber sag mal, hast du diese Reise nicht eher unternommen, weil du eben verliebt bist?« Und er drehte seinen großen Kopf zur Seite, als wollte er sich Hector mit einem Auge genauer anschauen und prüfen, ob er eine ehrliche Antwort gab.

»Ja, das auch …«

»In diesem Fall ist es etwas anderes. Die Suche nach der höchsten Wahrheit ist ein ehrenhaftes Unterfangen, aber wenn man seinen Leidenschaften folgt, ist das längst schon nicht mehr so ehrenhaft … Aber normal ist es trotzdem, und es passt ganz zu deinem Alter.«

»Kommen wir doch auf meine Fragen zurück. Gibt es einen Gott?«

»Ja, was glaubst du denn, wer ich bin?«, erwiderte der Elefant.

»Sie sind ein Gott, aber Sie sind auch ein Traum, ich meine, ein Bestandteil meines Traums.«

»Die Götter sind den Menschen immer im Traum erschienen.«

Hector fand, dass das eine brillante Art war, seine Frage unbeantwortet zu lassen. »Man hat mir gesagt, dass Sie ein wohlwollender Gott sind …«

Der Elefant nickte. »Ja, kann man so sagen. Nicht alle Götter sind wohlwollend.«

»Aber warum gibt es überhaupt so viele verschiedene?«

»Ich weiß, dass es in deiner Religion anders ist«, sagte der Elefant. *»Du sollst keine anderen Götter neben mir haben …«*

»Ja, aber in Ihrer Religion?«

»Jedem Gott seinen guten Grund und seine Anhänger. Habt ihr nicht auch eure Heiligen? Den heiligen Christophorus für die Reisenden, nicht wahr? Den heiligen Antonius, wenn man etwas verlegt hat?«

»Ja, das stimmt. Die heilige Rita für aussichtslose Fälle …«

»Vielleicht solltest du mal zu ihr beten«, meinte der Elefant.

»Halten Sie meinen Fall wirklich für aussichtslos?«

»Leute wie du neigen dazu, immer nur die äußere Erscheinung zu sehen und uns als Polytheisten und Götzenanbeter zu betrachten.«

Schon wieder diese Masche, nicht auf die Frage zu antworten. »Aber bei Ihnen gibt es doch wirklich viele Götter?«

»In gewisser Weise schon; man braucht nur unsere Tempel zu besuchen, um Statuen aller möglichen Götter zu sehen, darunter auch meine …«

»Mich erinnert das an die griechischen Götter. Zeus, Poseidon, Athene …« Hector versuchte, sich daran zu erinnern, welche es sonst noch gab.

»Vielleicht gehören wir zur selben Familie …«

»Glauben Sie?«

»… aber auf einer anderen Ebene sind wir alle nur Erscheinungsformen des Einen.«

»Und das Eine, das ist also Gott?«

»Oh, da gibt es Probleme mit dem Vokabular. Die Griechen hätten wohl vom Lebenshauch gesprochen, vom Kosmos … Wie immer gibt es auch hier eine relative und eine absolute Wahrheit.«

»Wie meinen Sie das?«

»Das wirst du noch begreifen«, antwortete der Elefant. »Aber zuerst solltest du dir einen guten Guru suchen und zu meditieren beginnen …«

Hector hätte gern erfahren, woran man einen guten Guru erkennt, aber eine Woge von Müdigkeit schwappte über ihn, und ehe er dem Elefantengott Ganesha noch weitere fundamentale Fragen stellen konnte, war er bereits eingeschlafen.

Hector erwachte. Im Zimmer war es nicht mehr so dunkel, draußen dämmerte der Morgen. Noémie war verschwunden. Nachdem die junge Frau gegangen war, musste die Temperatur im Bett gesunken sein, und so hatte die Kälte ihn geweckt.

Er stand auf, verließ das Zimmer, ging an dem Raum vorbei, den sich Tara und Clotilde teilten – die Nonnenzelle, wie er sich sagte –, und dann an dem von Noémie und Karsten. Er hörte keinen Laut, nicht einmal ihre Atemgeräusche.

Eigentlich wollte er im Bad am Ende des Korridors ein paar Waschungen vornehmen, aber als er vor dem Kessel mit eiskaltem Wasser stand, verzichtete er doch lieber darauf. Sicher konnte man Frau Tenzin bitten, es in einem ihrer riesigen Wasserkessel etwas anzuwärmen?

Er stieg hinunter in den großen Wohnraum. Vielleicht gab es auf dem Herd noch ein wenig warmen Tee? Nein, als gute Hausfrau hatte Frau Tenzin alles weggeräumt. Dann hörte er draußen ein Yak muhen und eine menschliche Stimme etwas sagen. Es kam aus dem Stall.

Hector trat aus dem Haus und stieß auf Frau Tenzin, die auf einem Hocker saß und eine Yakkuh molk, wobei sie ihr ein Wiegenlied für Yaks vorsang. Die Milch schoss kräftig hervor; sie sah ganz so aus wie Kuhmilch. Als Frau Tenzin Hector erblickte, lächelte sie ihm zu und wies mit einer Kopfbewegung auf eine offene Tür in der Stallwand.

Hector ging hinein, und da saßen Herr Tenzin und Doktor Chin an einem Tisch, auf dem eine Flasche, Metallbecher und eine Schale mit kleinen Käsewürfeln standen.

»Lieber Hector«, sagte Doktor Chin, »Sie sind ja früh auf den Beinen!«

»Mir war ein bisschen kalt.«

»Probieren Sie mal das hier – das wird Sie aufwärmen!«

Es war stark, aber nicht unangenehm, ein bisschen wie Likör. Herr Tenzin schaute Hector beim Trinken zu. Der zog eine anerkennende Miene, als wollte er sagen: »Ganz fabelhaft!«

»Das ist Haferschnaps«, sagte Herr Tenzin. »Aromatisiert mit Azaleen und ein paar Fichtennadeln.«

»So etwas könnte auch bei uns Anklang finden«, meinte Hector, »mit einem schönen Bild vom Himalaja auf dem Etikett.«

Doktor Chin lachte. »Wenn Sie das Tenzin sagen, wird er sich bestimmt gleich ans Werk machen. Er hat ja schon einen schwungvollen Handel mit seinen Käselaiben aufgemacht. Er lässt sie mit Maultieren in zwei große Hotels der Hauptstadt liefern und exportiert sogar welche.«

Hector fragte sich, ob er schon die Gewohnheiten des Landlebens annahm. Er musste mit Doktor Chin über zwei wichtige Themen reden – über den Tee und über Chins Sicherheit: Wäre es besser, wenn er sich wieder unter den Schutz des Chefs und der Polizei begab, oder sollte er hierbleiben, von niemandem erkannt, aber ein wenig zu nah an der chinesischen Grenze? Aber nein, sie nahmen sich erst einmal die Zeit, über erfreulichere Themen zu sprechen – den Käse, Herrn Tenzins Schnaps und natürlich das Wetter.

Da Doktor Chin übersetzen musste, was Herr Tenzin sagte, verlangsamte sich der Rhythmus des Gesprächs noch mehr; es war so beschaulich wie eine Gebirgslandschaft mit Kühen. Aber irgendwann hatten sie alle einfachen Themen ausgeschöpft.

»Und Ihr Tee?«, fragte Hector schließlich.

Doktor Chin lächelte. »Kommen Sie mal mit«, sagte er.

Er wandte sich kurz an Herrn Tenzin, und dann folgte Hector ihnen in einen anderen Raum, der eigentlich ein in den Fels gehauener Keller war.

»Hier schwankt die Temperatur nicht so«, sagte Doktor Chin.

Im Halbdunkel erkannte Hector die kreisförmigen Umrisse

von großen, blassen Käselaiben, die auf Stellagen ruhten. Sie waren noch beinahe weiß, und ihre Reifung begann erst.

In der Reihe dahinter lagen andere Käselaibe, die schon weiter waren, bereit zum Verschicken.

Hector fand das interessant, aber eigentlich beantwortete es seine Frage nach dem Tee nicht.

Sie öffneten eine weitere Tür und kamen in einen Raum, der wie eine große Küche aussah. Dort gab es einen alten gusseisernen Herd, auf dem Hector einen deutschen oder elsässischen Namen entzifferte.

Der Herd erwärmte sacht eine Wanne voller Milch. Herr Tenzin tauchte eine große Kelle mit Löchern hinein, zog sie wieder heraus und schüttete den Inhalt, der aussah wie lauter kleine Quarkkügelchen, in Hohlformen, die schon die Größe der künftigen Laibe hatten. Da betrat ein prachtvoll aussehender junger Mann das Zimmer, der Sohn von Herrn Tenzin; er war ein wenig größer und breiter als sein Vater. Er grüßte Hector mit einer Verbeugung und begann dann unverzüglich, die Hohlformen zu füllen.

»Ich möchte Ihnen ja keinen Vortrag halten«, sagte Doktor Chin, »aber Tenzin hat ganz früh am Morgen das Lab in die Milch gegeben. Sie ist bei der richtigen Temperatur geronnen, und jetzt wird die Dickete in die Formen gegossen. Frau Tenzin kommt im Lauf des Tages mehrmals vorbei, um sie umzudrehen, damit die Flüssigkeit gut abtropft. Morgen nehmen wir das weiße Zeug aus den Formen, und nach einer Reifezeit von einigen Tagen oder auch mehr werden schöne Käselaibe daraus.«

»Und was hat das mit Ihrem Tee zu tun?«, fragte Hector.

Doktor Chin wies auf ein kleines Regal, und dort entdeckte Hector eine Reihe von Teetüten, die genauso verpackt waren wie die, mit der das ganze Abenteuer begonnen hatte. Der alte Herr gab Tenzin ein Zeichen, und der gab seinem Sohn ein Zeichen, und der griff nach einem Teepäckchen, steckte es in einen Plastikbeutel und versenkte das Ganze rasch in einer Form voller Dickete.

»Trotz der Plastiktüte nimmt das Teepäckchen ein wenig

den Käsegeruch an«, sagte Doktor Chin. »Das ist der Nachteil.«

»Aber wo wird der Tee hergestellt, ich meine, diese besondere Mischung?«

Doktor Chin legte den Zeigefinger an die Lippen. »Das ist ein großes Geheimnis.«

Und Hector sagte sich, dass dieser Tee inzwischen hier in der Umgebung gemischt werden musste und nicht mehr auf der chinesischen Seite des Gebirges, wo es zu gefährlich geworden war.

Im Grunde waren nämlich überall auf der Welt die Menschen und Pflanzen diesseits wie jenseits einer Grenze die gleichen.

Hector ließ Doktor Chin und Vater und Sohn Tenzin für ihre Käselaibe sorgen, ging wieder durch den Stall, wo Frau Tenzin längst eine andere Yakkuh molk, und strebte auf das Wohnhaus zu. Im blassen Licht der Morgenfrühe sah er die Fenster von sanftem Licht erhellt – man hatte die Lampen angezündet.

Alle saßen bereits bei Tisch. Tara und Clotilde taten so, als würden sie Hector gar nicht bemerken; Noémie schaute ihn über ihre Trinkschale hinweg an, und Karsten bat ihn mit breitem Lächeln, ihm gegenüber Platz zu nehmen.

Wenn er vorhätte, mir *eine reinzuhauen*, würde er sich anders benehmen, sagte sich Hector.

»Hast du gut geschlafen?«, erkundigte sich Karsten.

»Ähm … ja.«

Und Karsten lachte lauthals los, so sehr, dass Hector ziemlich sicher war, dass er schon etwas geraucht hatte. Noémie lächelte Hector zu, als wollte sie ihm sagen: Siehst du, mach dir keine Sorgen, ich hab es dir ja gleich gesagt.

Clotilde aber drehte sich zu Hector um und fragte ihn mit strenger Miene: »Und wie soll es jetzt weitergehen? Bitten wir Doktor Chin, mit uns nach Europa zurückzukehren? Und was ist mit dem Tee?«

Hector fand, dass sie den gereizten Tonfall hatte, mit dem man sich an einen verantwortungslosen Typen wendet, der sich um rein nichts kümmert, obwohl es doch dringende Probleme zu lösen gibt. »Ich habe gerade mit ihm gesprochen«, sagte Hector. »Er fühlt sich in Namjang sicher.«

»Will er hier wohnen bleiben?«

»Er kommt sich nützlich vor, wenn er die Dorfbewohner behandeln kann, und außerdem sieht man jeden Fremden, der hierher unterwegs ist, schon fünf Kilometer vorher. Und wenn es nötig werden sollte, kann er immer noch in die Berge abhauen.«

Wenn man bedachte, was für ein Leben Doktor Chin in Frankreich führte, in seiner winzigen Wohnung, konnte man verstehen, dass er in Tibet glücklicher war. Als Arzt konnte er hier helfen, und die Aussicht auf die schönsten Berge der Welt sowie die freundliche Präsenz der Familie Tenzin taten ein Übriges.

Natürlich musste er, um hier zu leben, die Vergnügungen der Großstadt aufgeben, außerdem die intellektuellen Gespräche, die Diskussionen mit seinen Fachkollegen oder Landsleuten, aber waren diese Freuden unbedingt notwendig? Abgelöstheit und Mitgefühl, ein wenig Bier oder gelegentlich ein Haferschnaps zum Warmwerden. Und natürlich der magische Tee, um die Einheit von Ich und Nicht-Ich zu spüren, das Wesen Buddhas, das in jedem von uns war, oder die Gegenwart des himmlischen Königreichs, je nachdem, welcher Lehre er den Vorzug gab. Konnte man sich mehr erträumen? Jedenfalls nicht ab einem gewissen Alter, dachte Hector.

Trotz seiner Erklärungen runzelte Clotilde immer noch die Stirn; der Engel war heute Morgen mürrisch.

»Ich kann Doktor Chin verstehen«, sagte Karsten. »Ich glaube, ich würde auch gern hierbleiben …«

Noémie warf Hector einen Blick zu, der zu sagen schien: Siehst du, er spinnt wirklich.

»In der Stadt leben, das bringt doch nichts«, fuhr Karsten fort. »Wir waren total auf dem Holzweg. Hier oben kann man die Einheit spüren!«

Hector konnte sich gut vorstellen, wie Karsten mit einer tibetischen Mütze über den Ohren und einem Yakkälbchen auf den Schultern durch die Gegend stapfte – ein Hirtenidyll vor der Kulisse des Himalaja –, aber Noémie passte irgendwie nicht in dieses Bild. Noémie liebte das Leben in der Stadt und lernte gern neue Menschen kennen.

»Und der Tee?«, fragte Tara.

Clotilde musste von ihrer Ekstase erzählt haben, und offensichtlich wollte Tara ebenfalls diese überwältigende Erfahrung machen, die ihr bei den Mönchen für immer verwehrt bleiben würde, weil sie eine Frau war und noch nicht mal eine Nonne.

»Doktor Chin ist einverstanden, dass wir ihn trinken, aber heute Abend – und alle gemeinsam.«

»Was für ein Tee?«, fragte Noémie.

»Der, von dem man die Gegenwart Gottes spürt«, sagte Clotilde.

Der Engel war ein guter Mensch und hatte gerade beschlossen, dass Karsten und sogar Noémie das Recht auf diese großartige Erfahrung haben sollten. Und doch war Hector sicher, dass letzte Nacht alle mitgehört hatten, wie Noémie durch eine ganz andere Art von Ekstase gegangen war. Dieser Gedanke ließ ihn knallrot werden.

»Relax, man!«, sagte Karsten und versetzte ihm einen freundschaftlichen Rippenstoß, der ihn beinahe vom Hocker geworfen hätte.

Sie mussten sich also nur noch eine Beschäftigung für den Tag suchen und warten, bis es Abend wurde. Dabei hatten sie die Wahl zwischen einer Wanderung im Gebirge mit Herrn Tenzins Sohn als Führer, einer Besichtigung des Käsekellers mit Verkostung, einer Auslegung der heiligen Schriften durch Tara oder Clotilde sowie einer Yogasitzung mit Karsten. All das ähnelte einem wunderbaren Programm für einen Kultururlaub. Doch wie wir wissen, ist nichts auf Erden von Dauer, und so kam plötzlich Tenzins Sohn ins Zimmer und sprach in beunruhigtem Ton mit Tara.

»Da sind Leute, die uns suchen«, sagte sie.

Alle gingen vor die Tür. Etwa fünfhundert Meter talwärts, auf der einzigen kleinen Wiese, die sich für ein solches Manöver eignete, war ein Hubschrauber gelandet. Hector erinnerte sich an das Geräusch der Rotorblätter, das er am frühen Morgen im Schlaf gehört hatte. Da musste der Hubschrauber sie bereits gesucht haben.

Es war ein ziemlich großer, in Armeekhaki gespritzter amerikanischer Helikopter mit Knollennase. Hector kannte das Modell aus den Fernsehnachrichten, dort hatte es viele solche Hubschrauber zu sehen gegeben, und zwar immer wenn über den Vietnamkrieg berichtet worden war.

Mehrere Männer kletterten hinaus, zuerst ein großer, dicker in einer roten Montur für Bergexpeditionen, der beim Aussteigen fast auf die Nase fiel, dann zwei schlankere mit unauffälligerem Outfit, und schließlich zwei Polizisten in olivgrüner Uniform, die wahrscheinlich aus der Hauptstadt kamen. Die kleine Gruppe begann, den Hang hinaufzusteigen. Dem Dicken in seiner roten Kombi schien das einige Mühe zu bereiten, und die anderen mussten manchmal stehen bleiben, um auf ihn zu warten.

»Die sind ja wie Kletten«, sagte Clotilde.

»Wie haben sie rausbekommen, dass wir hier sind?«, fragte Tara.

Da trat Herr Tenzin aus seinem Haus. Er hielt ein Gewehr mit Zielfernrohr in der Hand und reichte es wortlos an Hector weiter. Hector war sehr überrascht. Wollte Herr Tenzin, dass man auf die Neuankömmlinge ballerte, und gebührte es Hector als Ehrengast, den ersten Schuss abzugeben? Dabei war ihm Tenzin bisher wie ein besonnener Familienvater vorgekommen.

Herr Tenzin bemerkte sein Erstaunen. Nein, er wollte doch bloß, dass Hector sich die Männer durchs Zielfernrohr anschaute.

Und natürlich war es Armand, den Hector im Fadenkreuz erkannte. Er schwitzte und keuchte in seiner roten Hochgebirgsmontur, und neben ihm liefen die beiden Pharmaleute, für die es ein Spaziergang zu sein schien und die Armand von Zeit zu Zeit stützten. Hinter ihnen gingen zwei Polizisten mit dunklen Gesichtern, Schnurrbärten und schwarzen Baretten. Sie sahen aus wie die nepalesische Variante von Schulze und Schultze aus *Tim und Struppi*. In Armands Tempo würden sie eine halbe Stunde bis zum Bauernhof brauchen, vielleicht etwas länger.

Hector drehte sich zu Tara um, die ihren Blick auf die Ankömmlinge geheftet hatte, und zum ersten Mal sah er Zorn in ihren Zügen. Würde sie wieder Mönche zu Hilfe rufen oder eher tibetische Gottheiten beschwören, um diese Eindringlinge in Yaks zu verwandeln?

Wo ist … Doktor Chin?«, schnaufte Armand.

Er hatte sich vor dem Stall auf eine von den ersten Sonnenstrahlen beschienene Bank plumpsen lassen. Er rang immer noch nach Luft, was alle ein wenig beunruhigte, besonders Ron und Jeffrey. Falls der schwere Armand an Höhenkrankheit litt, wäre es alles andere als ein Vergnügen, ihn den Hang hinunterzuschleppen und in den Helikopter zu hieven.

»Er ist gestern zur Jagd aufgebrochen«, sagte Hector. »Mit dem Sohn des Hauses.«

Clotilde schaute ihn an. Hector erkannte in ihrem Blick eine Spur von Feindseligkeit. Ob es daran lag, dass er mit solcher Leichtigkeit Lügen erzählte, oder eher an seiner Nacht mit Noémie?

Aber jetzt hatte er andere Sorgen: Doktor Chin und der junge Tenzin hatten nicht einmal eine halbe Stunde Vorsprung, und wenn Armand oder die Polizisten beginnen sollten, die Berghänge oberhalb des Hauses mit einem Fernglas abzusuchen, könnten sie die beiden sicher immer wieder mal ausmachen, egal, wie sehr sie in Deckung zu bleiben versuchten. Man musste diese Eindringlinge abwimmeln.

»Wir … wir sollten … miteinander reden«, keuchte Armand. Er hatte sich seiner Schuhe und Strümpfe entledigt und stellte nun angeschwollene Zehen zur Schau, vor allem aber zwei riesige aufgescheuerte Blasen an den Fersen – das Ergebnis seines ersten richtigen Marsches aus einer Stadt heraus. Fürs Gebirge war er nicht gemacht.

Während alle darauf warteten, dass Armand wieder zu Atem kam, wechselte Hector einige Worte mit den Amerikanern, denn sie sollten ja das Gelände oberhalb des Bauernhauses nicht so genau inspizieren.

Jeffrey und sein Kollege Ron waren nach ihrer Rückkehr aus Vietnam vom Pharmakonzern eingestellt worden. Wie sie betonten, hatten sie in jenem Krieg aber nicht gekämpft, sondern Medikamente in den Dörfern verteilt, Ambulanzen aufgebaut und Toiletten errichtet. »Die Köpfe und die Herzen der Menschen gewinnen« – das war ihre Aufgabe gewesen, während ihre Landsleute den Vietcong mit Napalm bombardierten. Hector konnte schwer glauben, dass diese humanitäre Mission ihre einzige gewesen war; aus ihren Blicken und ihrem Benehmen las er eine andere Vergangenheit. Aber an diesem Morgen waren Jeffrey und Ron richtig herzlich, als wollten sie die schlechte Erinnerung an ihre erste Begegnung auslöschen.

Die beiden nepalesischen Polizisten waren währenddessen ins Haus gegangen; Hector hörte, wie sie mit Herrn Tenzin und seiner Frau sprachen. Wenig später kamen sie wieder heraus, um den Stall und die Käserei zu inspizieren – sie konnten ja nicht wissen, dass die Zeit gereicht hatte, um die Teepäckchen in die Käselaibe oder anderswohin verschwinden zu lassen.

Die Polizisten befragten dann Tara in schlechtem Englisch zu Doktor Chin. Sie konnten kein Tibetisch, und Tara sprach nicht *Newari*, die Sprache der Hauptstadt. Tara antwortete ihnen auf Oxfordenglisch und mit der ganzen Selbstsicherheit eines Menschen, der den Pass eines ehemaligen Weltreichs, über dem die Sonne nie unterging, in der Tasche trägt.

Ja, Doktor Chin war am Vortag auf die Jagd gegangen, und das mit dem Drogenhandel sei eine absurde Erfindung.

Die beiden Polizisten standen verlegen da; sie waren von Armand und den Amerikanern in die Sache hineingezogen worden, aber weil sie auf dem Bauernhof nichts gefunden hatten, überlegten sie jetzt, wie sie ihr Gesicht wahren konnten.

Karsten und Noémie hatten sich ein Stück abseits auf eine Bank gesetzt und betrachteten die Landschaft, und plötzlich merkte Hector, dass sich Karsten einen dicken Joint angesteckt hatte, denn mit jedem Windstoß drang der Geruch zu ihnen hinüber. Auch einer der Polizisten hatte es mitbekommen; er sprach mit dem anderen, und dann schritten sie zu Karsten hinüber. So mussten sie doch nicht unverrichteter Dinge abziehen.

»Sorgen Sie dafür, dass die Polizei unsere Freunde nicht behelligt …«, sagte Hector zu Armand.

Karsten sah die Polizisten auf sich zukommen, schien aber nicht zu kapieren, was sie von ihm wollten. In der Hauptstadt wäre man nie im Leben festgenommen worden, weil man in der Öffentlichkeit Haschisch rauchte. Noémie begriff es ein bisschen schneller und gab ihm ein Zeichen, damit er den Joint wegwarf, aber es war schon zu spät.

»… denn Sie wollen von uns doch ein wenig mehr erfahren, oder?«, fügte Hector hinzu.

Armand gab Jeffrey einen Wink, und der redete mit den Polizisten. Die ließen von Karsten ab und diskutierten eine Weile miteinander; schließlich kamen sie zu Armand hinüber.

»*We have to go*«, sagten sie in eher unzufriedenem Ton.

»*Okay*«, erwiderte Armand, »*thank you for everything.*«

Die beiden Polizisten steuerten auf den Hubschrauber zu. Armand blieb auf seiner Bank sitzen, zu beiden Seiten flankiert von Ron und Jeffrey, die erleichtert feststellten, dass er endlich wieder normal atmete.

»Und Sie, wollen Sie denn nicht mitfliegen?«, fragte Clotilde.

»Wir wollten hier eigentlich unsere Ruhe haben«, sagte Tara.

Die beiden Engel hatten ihre strenge Miene aufgesetzt, und wenn man sie so Seite an Seite stehen sah, hätte man es für möglich gehalten, dass es in ihrer Macht stand, einen Fluch über Armand und die beiden Amerikaner auszusprechen. Die allerdings schienen davon nichts mitzubekommen.

»Jetzt haben wir endlich Zeit, die Sache zu bereden«, sagte Armand. »Es ist mir ein großes Anliegen, dass Sie meinen Standpunkt verstehen …«

Armand wollte also seine Beweggründe erklären, und warum eigentlich nicht? Während sie ihm zuhören würden, hätten Doktor Chin und der junge Tenzin genügend Zeit, in den Bergen unsichtbar zu werden.

Die Sonne spendete jetzt eine milde Wärme, und sie waren alle draußen sitzen geblieben. Frau Tenzin hatte ihnen Schalen mit dampfendem Haferbrei und einen Teller mit kleinen Käsewürfeln gebracht.

»Ich habe den Eindruck, dass Sie mich als den Bösewicht in dieser Geschichte betrachten«, sagte Armand. »Dabei habe ich die besten Absichten – oder vielmehr, *wir* haben die besten Absichten.« Den letzten Halbsatz hatte er auf Englisch gesagt, und Jeffrey und Ron nickten eifrig.

»Gute Absichten ... Sind Sie gläubig, Armand?«, fragte Clotilde plötzlich.

Armand schaute sie verblüfft an. »Ich weiß nicht ... Jedenfalls glaube ich an ein schöpferisches Prinzip.«

»Aber Sie sind doch sicher mit einer bestimmten Religion aufgewachsen?«

»Ja, meine Eltern waren Protestanten, sogar Lutheraner«, sagte Armand, »aber inzwischen gehe ich kaum noch in die Kirche.«

»Warum interessieren Sie sich dann für Doktor Chins Tee?«

»Natürlich aus wissenschaftlichen Gründen«, gab Armand zur Antwort.

»Wollen Sie uns einreden, dass der Pharmakonzern, der Sie hergeschickt hat, diese Expedition nur für den Ruhm der Wissenschaft finanziert hat?«

»Ich ... oder, ich meine, das Pharmalabor wird sicher praktische Anwendungen finden, aber für mich persönlich steht das wissenschaftliche Interesse im Vordergrund!«

Clotilde seufzte und zuckte die Schultern, aber Armand schien das nicht zu entmutigen.

»Es wäre eine ganz wichtige Entdeckung, wenn man herausbekäme, welche Mechanismen im Gehirn gläubiger Menschen wirken. Mit dieser Droge könnte man es erforschen.«

»Sie wollen sozusagen eine Art Biologie des Glaubens aufdecken?«, fragte Tara.

»Genau«, sagte Armand, »Sie haben den Nagel auf den Kopf getroffen!«

Jeffrey und Ron hörten schweigend zu und umklammerten ihre dampfenden Schüsseln wie zwei artige Jungen, die nur den Mund aufmachen, wenn sie gefragt werden.

»Wollen Sie den Glauben auf biochemische Prozesse im Gehirn reduzieren?« Tara blickte so streng drein, als würde sie zu einem Dämon niederen Ranges sprechen.

»Ähm ... nicht nur«, sagte Armand, der begriff, dass er einen Fehler gemacht hatte.

»Sie sind also ein Materialist«, warf Clotilde ein, »Sie glauben, dass nichts als die materielle Realität existiert, dass es keine Transzendenz gibt.«

»Ich weiß nicht«, sagte Armand. »Mit diesem Tee könnte man vielleicht gerade in eine andere Realität vordringen. Das würde beweisen, dass es ... dass es noch etwas darüber hinaus gibt. Damit würde der Glaube in den Bereich der Wissenschaften eintreten ...«

»Sie wollen doch bloß die Leute manipulieren!«, rief Karsten plötzlich.

Armand schaute überrascht zu ihm hinüber; er hatte überhaupt nicht damit gerechnet, dass sich dieser große Bursche mit der Hippiefrisur in die wissenschaftliche Debatte einschalten würde. Dann sah er den Joint und glaubte zu wissen, was er da für einen Typen vor sich hatte. »Aber würden Sie diesen Tee nicht selbst gern trinken?«

»Ja, natürlich«, sagte Karsten. »Aber das ist meine persönliche Angelegenheit, es ist ein Teil meiner Suche. Ich möchte Kontakt aufnehmen zu ... zu all dem hier!« Und er wischte mit einer ausladenden Geste über die Landschaft hinweg.

»Na sehen Sie! Wenn wir es schaffen, den Wirkstoff dieses Tees zu analysieren, können wir ihn synthetisch herstellen, damit er Menschen wie Ihnen zur Verfügung steht.«

»Aber dafür brauche ich kein *big pharma*! Dieser Tee steht am Ende meiner persönlichen Suche, er kommt genau in dem Moment, wo ich ihn mir endlich verdient habe! Ich gehe nicht in die Apotheke, um ihn bei Leuten wie Ihnen zu kaufen!«

Karsten war immer lauter geworden. Jeffrey und Ron hatten ihre Schüsseln abgestellt und musterten ihn wie zwei Wachhunde, die plötzlich die Ohren spitzen.

Karsten drehte sich zu ihnen hinüber. »Und eure CIA-Fressen kann ich ebenso wenig ausstehen!«, rief er. »Geht doch zurück nach Vietnam, da könnt ihr weiterkillen!«

Die Gesichtszüge der Amerikaner verkrampften sich; wahrscheinlich war es nicht das erste Mal, dass sie nach ihrer Rückkehr aus einem unpopulären Krieg beleidigt wurden. Die Aussicht auf ein Handgemenge mit dem norwegischen Hünen schien sie nicht zu beunruhigen, ganz im Gegenteil.

Auch Armand geriet in Rage. »Hören Sie mal, mischen Sie sich hier nicht ein! Das ist ein Gespräch unter Fachkollegen!«

»Ach so, und was ich zu sagen habe, zählt also nicht?«, sagte Karsten, der jetzt wirklich zornig war. Noémie musste ihn am Arm festhalten, damit er sitzen blieb.

»Stopp«, sagte Hector und beugte sich mit einem Ruck zwischen die Streithähne, ganz so, wie man es in der Gruppentherapie machen soll. Und es funktionierte.

»So geht es doch nicht!«, sagte er.

Alle wechselten verlegene Blicke. Auch Karsten schien zu bemerken, dass er ein wenig von seinem spirituellen Weg abgekommen war.

»So würden Buddhisten sich nie streiten«, sagte Tara, und alle waren überrascht. Sie erhob sich. »Ich komme gleich zurück, und nutzen Sie meine Abwesenheit nicht aus, um wieder anzufangen!«

»Armand«, sagte Hector, »erzählen Sie mir doch ein bisschen über Ihren Glauben. Was verstehen Sie unter einem schöpferischen Prinzip?«

Armand war erleichtert über dieses Ablenkungsmanöver – und Hector erst recht, denn wenige Sekunden zuvor hatte er oben in den Bergen die winzigen Silhouetten von Doktor Chin und dem jungen Tenzin erblickt, die von einem Felsen zum nächsten huschten.

»Es genügt schon, wenn man vernünftig nachdenkt«, sagte Armand. »Die Wissenschaft sagt es uns.«

Clotilde zuckte die Schultern. »Wissenschaftliche Beweise für die Existenz Gottes?«

»Lassen wir ihn doch ausreden«, sagte Tara, die mit einem Tablett voller Tassen zurückgekommen war, gefolgt von Frau Tenzin, die eine große kupferne Teekanne trug.

Armand begann sich zu erklären.

Diesmal holte Hector sein Notizbüchlein allerdings nicht heraus, denn vor Armand wollte er nicht wie ein Schüler sitzen.

Also«, sagte Armand, »als ich immer deutlicher spürte, dass ich nicht mehr gläubig war, habe ich mich für die Beweise für die Existenz Gottes interessiert. Wissen Sie, dass die katholische Kirche behauptet, man könne rein vernunftmäßig an Gott glauben?«

Clotilde nickte. »Das ist die Traditionslinie des heiligen Thomas von Aquin«, sagte sie. »Die Enzyklika *Fides et ratio.* Aber ich denke nicht, dass diese Enzyklika hieb- und stichfest ist.«

»Genauso wenig wie die von der Unfehlbarkeit des Papstes!«, sagte Armand und lachte hämisch.

»Welche Argumente für die Existenz eines Gottes haben die Katholiken denn?«, wollte Tara wissen. Für sie, die Tibeterin, Buddhistin und Britin war, waren der Katholizismus und sein Papst genauso exotisch wie der Dalai Lama für die Europäer.

»Im Grunde sind es fünf«, sagte Armand. »Erstens: Der Beweis aus der Bewegung. Das Universum, die Planeten, das Leben … alles ist in Bewegung. Aber jede Bewegung wird doch durch eine vorangegangene Bewegung ausgelöst, also muss es am Anfang einen Fixpunkt gegeben haben, von dem die erste Bewegung ausging.«

»Man spricht dabei auch vom ›unbewegten Beweger‹«, sagte Clotilde. »Das kommt von Aristoteles.«

»Aber wenn das Universum schon immer in Bewegung war, wozu braucht man dann einen ersten Anstoß?«, fragte Tara und zuckte die Schultern angesichts einer solchen Absurdität.

»Ich lege Ihnen nur die Argumente dar, ich verteidige sie nicht«, sagte Armand. »Das zweite ist ziemlich ähnlich: Alles in unserer Welt ist eine Folge von Ursache und Wirkung. Wenn Sie also von einer Ursache zur nächstfrüheren zurückgehen und immer so weiter, dann muss es am Anfang jener unendlichen Reihe notwendigerweise eine erste Ursache gegeben haben.«

»Gleicher Einwand«, sagte Tara. »Ja, alles hängt miteinander zusammen und bildet damit eine Ursache-Wirkung-Kette. Das hat uns auch Buddha gesagt. Aber warum muss das einen Anfang haben? Wozu braucht man eine erste Ursache, wenn das Universum in Ewigkeit zyklisch ist?«

»Es hat sehr wohl eine erste Ursache gegeben«, mischte sich plötzlich Ron ein. »Das, was den *big bang* ausgelöst hat.«

Niemand hatte damit gerechnet, dass sich Ron an einer theologischen Diskussion beteiligen würde. Aber man durfte nicht vergessen, dass die USA ein Staat waren, den gläubige Menschen gegründet hatten.

»Aber man weiß doch nicht, was vor dem *big bang* passiert ist«, sagte Tara. »Vielleicht ist da das vorige Universum zu einem winzigen Punkt zusammengestürzt, was ja auch mit unserem Universum geschehen kann – es könnte also zyklisch wiederkehrende *big bangs* geben!«

Hector sagte sich, dass jeder die Wissenschaft ein Stück in seine Richtung zerren konnte.

»Warum nicht ...«, sagte Armand in einem Tonfall, der verriet, dass er Taras Hypothesen keine große Bedeutung beimaß. »Aber bringen wir die Sache zu Ende! Der dritte Beweis ist schon metaphysischer. Alles Seiende, also Tiere, Pflanzen, wir selbst und auch diese Berge hier,« – und dabei machte er eine weit ausholende Geste mit den Armen – »könnten existieren oder auch nicht existieren. Die Philosophen nennen das Kontingenz. Damit sie also existieren, musste es schon vorher etwas geben, etwas, das nicht *existieren oder nicht existieren* kann, etwas, das von nichts abhängt und nicht kontingent ist. Das aber ist Gott. Denn warum sonst gibt es etwas und nicht nichts?«

»Diese Frage hat Leibniz gestellt«, sagte Clotilde.

»Ich finde, das ist wieder ein bisschen wie bei den beiden

anderen Beweisen. Buddha sagt uns, dass alles miteinander in Wechselwirkung steht, dass es – wenn Sie so wollen – kontingent ist (bei uns sagt man eher ›bedingt‹) und dass es gleichzeitig unbeständig und flüchtig ist. Dieser Tatsache kann sich nichts entziehen, und so gibt es nichts Dauerhaftes und Nichtkontingentes.«

»Nur das Gesetz«, sagte Clotilde, »den Dharma.«

Tara wirkte verlegen. »Ähm … ja«, sagte sie. »Der Dharma ist das einzig Transzendente. …«

»Der Dharma ist ewig«, sagte Clotilde, »er hängt von keiner Ursache ab und ist dem Leiden nicht unterworfen. Und damit ist er ein bisschen wie Gott, oder?«

»Ja, aber nicht wie der Gott der Christen. Eher wie der von Spinoza. Ich habe lange darüber nachgedacht, denn es war das Thema meiner Abschlussarbeit. Für Spinoza gibt es keinen Gott, der über der Welt steht oder der diese Welt erschaffen haben könnte. Gott ist die Welt, die Natur, Gott ist in allem enthalten.«

»Das ist Pantheismus«, sagte Clotilde.

»Ja, so kann man es nennen«, befand Tara.

»Aber wollen Sie denn die beiden letzten Argumente nicht hören?«, fragte Armand leicht verärgert.

Armand war jemand, der immer alles loswerden musste, was er sich zu sagen vorgenommen hatte; Hector war das schon in den Beratungen in der Klinik aufgefallen.

»Aber natürlich«, sagte er deshalb schnell. »Bitte, Armand …«

»Viertens: Die Perfektion des Seienden. Wie kann man sich etwas Perfekteres zum Sehen vorstellen als ein Auge, zum Hören als ein Ohr? Selbst unsere Maschinen bekommen das nicht so gut hin. Es war also ein perfektes Wesen nötig, um all diese perfekten Dinge zu schaffen.«

»Ich weiß nicht, ob ich mich so perfekt fühle«, meinte Hector. »Und dann gibt es ja auch schrecklich perfekte Parasiten, die die Leute quälen und umbringen. Außerdem lassen sich all diese Perfektionen auch mit der Evolutionstheorie erklären.«

Jeffrey verkrampfte sich. »Aber die Evolutionstheorie kann auch nicht alles erklären«, sagte er. »Zuallererst einmal sind wir Geschöpfe Gottes …«

Hector hatte ganz vergessen, dass manche Amerikaner die Lehre Darwins immer noch nicht akzeptiert hatten. Vielleicht kam Jeffrey aus dem *Bible Belt*, jenen Landstrichen der USA, in der manche gläubige Christen die Schöpfungsgeschichte noch wörtlich nahmen? Und gleichzeitig arbeiteten in den USA die wahrscheinlich weltbesten Forschungsteams auf dem Gebiet der Evolution der Arten.

»Die Evolution ist doch ein ganz anderes Thema«, unterbrach ihn Armand (was Jeffrey ärgerte, aber das merkte Armand nicht). »Also, der fünfte Beweis. Er geht ein bisschen in die gleiche Richtung, denn auch er beruht auf der Beobachtung der Natur: In der Natur gibt es eine Ordnung, also muss ein vernunftbegabtes Wesen diese Ordnung geschaffen haben. Und schwuppdiwupp, da haben wir wieder Gott!« Und einmal mehr ließ Armand sein meckerndes Lachen ertönen.

Clotilde runzelte die Stirn; sie mochte es nicht, wenn man sich über das Glaubensbemühen des Menschen lustig machte oder über Gott. Überhaupt war das Armands Problem: Selbst wenn er sich gütlich einigen wollte, schaffte er es immer, alle gegen sich aufzubringen. Das ist der Fluch, der in dieser Welt auf ihm liegt, dachte Hector, vielleicht kommt das von einem schlechten Karma …

»Ich weiß noch von der Uni, was Voltaire dazu geschrieben hat«, sagte Tara. »*Das Universum bringt mich in Verwirrung; ich kann nicht verstehen, wie ein solches Uhrwerk bestehen kann ohne Uhrmacher.*«

»Wo sind denn meine Schuhe abgeblieben?«, fragte plötzlich Armand.

Armand war sich sicher, dass er seine Schuhe zum Trocknen in die Sonne gestellt hatte, nur ein paar Meter weiter, an den Rand einer Wiese, auf der die Yaks grasten. Aber jetzt waren sie verschwunden.

Ron und Jeffrey waren sofort aufgesprungen und hatten alles abgesucht. Keine Schuhe, so weit das Auge reichte.

Man rief nach Herrn Tenzin, und er kam aus seinem Haus. Tara redete mit ihm. Nein, weder er noch seine Frau hatten Armands Schuhe irgendwohin geräumt.

»Aber das ist doch unglaublich!«, tobte Armand. »Die können sich doch nicht in Luft aufgelöst haben!«

»Vielleicht ist das ja ein Wunder«, meinte Hector. »Unser Gespräch hat die Aufmerksamkeit einer höheren Macht geweckt, und nun beschert sie uns einen Beweis dafür, dass es noch etwas anderes gibt als die wirkliche Welt.«

Das entspannte die Lage ein wenig, und alle lächelten, selbst über die Gesichter von Jeffrey und Ron sah Hector einen Hauch von Amüsiertheit huschen. Armand hingegen fand das alles überhaupt nicht komisch. »Helfen Sie mir lieber, die Dinger wiederzufinden – ich kann schließlich nicht barfuß herumlaufen!«

Hector fiel auf, dass in einiger Entfernung ein Yak auf etwas herumkaute. Er sah, dass auch Herr Tenzin es bemerkt hatte und auf das Tier zulief. Der ertappte Yak schreckte hoch und ließ seine Beute fallen. Herr Tenzin hob etwas auf, das einem großen Butterbrot aus Kautschuk ähnelte, dann ein zweites Teil von derselben Form. Es waren die Sohlen von Armands Schuhen.

»Nein, nein, das ist doch nicht möglich!«, jammerte Armand.

Und er humpelte mit nackten Füßen auf Herrn Tenzin zu, der ihm mit bestürzter Miene die Überreste reichte.

Karsten flüsterte Hector zu: »Das muss das Salz sein. Wahrscheinlich hat das Salz den Yak angezogen. Ihr Kollege muss brutale Schweißfüße haben!«

Und dann bekam er einen Lachkrampf, der alle ansteckte – Noémie, Tara, Clotilde, Hector und sogar Ron und Jeffrey, während Armand im Gras herumstand, in den Händen zwei unförmige Fetzen, die einmal sehr schöne Wanderschuhe gewesen waren, und so niedergeschlagen wirkte wie jemand, der einen unverdienten Schicksalsschlag erlitten hat.

Letztlich hatte dieses Missgeschick Armand den anderen etwas sympathischer gemacht, und sie schämten sich ein bisschen über ihren nicht sehr barmherzigen Lachanfall. Hector nahm sich vor, ab jetzt netter zu ihm zu sein. Frau Tenzin hatte Armand Filzpantoffeln über die Füße geschoben, während ihr Mann ein paar Bierkrüge auf den Tisch gestellt hatte, damit alle bei guter Stimmung zusammensaßen.

Nur Ron und Jeffrey rührten das Bier nicht an, sondern blieben bei ihrem Tee. Sie wollen im Dienst nicht trinken, dachte Hector.

Armand schien von der allgemeinen Aufmerksamkeit getröstet, und nach dem zweiten Bier wollte er sogar einen Scherz machen: »Im Grunde ist das ein Beweis für die Kontinuität. Die Schuhe sind aus Leder, das von Wiederkäuern kommt. Der Yak zerkaut die Schuhe, und ihre kleinen Bestandteile gehen wieder in den Wiederkäuer ein. Das ist der Zyklus der Reinkarnationen, das ist das Samsara!«

Tara warf ihm einen strengen Blick zu. »Hören Sie – ich finde, Sie sollten bei den Gottesbeweisen des heiligen Thomas von Aquin bleiben. Das ist Ihr Kenntnisbereich und Ihre Tradition.«

Armand blieb der Mund offen stehen. Er wusste nicht, wo er Tara einzuordnen hatte. War sie eine lokale Fremdenführerin, eine Studentin?

»Ich mache schließlich auch keine Witze über die heilige Dreifaltigkeit!«, fügte Tara hinzu.

Selbst Karsten verspürte nun den Wunsch, Armand zu Hilfe zu kommen: »Armand, Sie wissen natürlich, dass man in dieser Geschichte mit dem großen Uhrmacher noch weiter gehen kann. Die vier Konstanten …«

Armand nickte, offensichtlich erleichtert, jemanden gefunden zu haben, mit dem er sich verständigen konnte. Er hoffte vermutlich immer noch, die anderen von seiner Gutwilligkeit zu überzeugen, damit sie ihn zu Doktor Chin und seinem Wundertee führten.

»Die vier Konstanten«, sagte Tara, »ja, ich glaube, darüber habe ich etwas gelesen. Aber das ist Physik …«

»Im Universum gibt es vier große Arten von Wechselwirkung«, erklärte Karsten, »jedenfalls im *materiellen* Universum. Mit denen kann man jedes Phänomen erklären.«

»Wechselwirkungen«, unterstrich Tara. »Also hängt wirklich alles von allem ab.«

»Kann man so sagen. Jede Art von Interaktion äußert sich in einer Kraft, der Schwerkraft zum Beispiel, und für diese Kraft gibt es die wohlbekannte Gravitationskonstante *g*, mit der sich berechnen lässt, mit welcher Kraft sich die Körper gegenseitig anziehen …«

Hector erschauerte, denn bei der gegenseitigen Anziehung der Körper musste er an Noémie denken.

»… und mit welcher Geschwindigkeit dieses Stück Käse hinabfallen wird …« Karsten legte sich einen Käsewürfel auf den Handteller, warf ihn hoch und ließ ihn sich in den offenen Mund fallen.

»Bravo!«, sagte Clotilde.

»Das habe ich immer mit meinen Schülern gemacht«, meinte Karsten, »so etwas fesselte ihre Aufmerksamkeit.«

»Sind Sie denn Lehrer gewesen?«

»Oh, nicht sehr lange … Also, die Konstante *g* kennt jeder, aber es gibt noch andere Wechselbeziehungen, die auch ihre Konstanten haben. Zunächst mal die elektromagnetische Wechselwirkung: Wir alle leben inmitten von Magnetfeldern, und das ist auch gut so, denn sonst würden wir zu viel Sonnenstrahlung abbekommen und an Ort und Stelle gegrillt werden – oder vielmehr, es wäre erst gar kein Leben auf der Erde entstanden … Und dann gibt es auf der Ebene des ganz Winzigen zwei weitere Wechselwirkungen zwischen den Atomkernen: die schwache Wechselwirkung, die zum Beispiel

Radioaktivität hervorruft, und die starke Wechselwirkung, die schwieriger zu erklären ist ... Wenn aber die vier Konstanten dieser Wechselwirkungen, also beispielsweise *g*, nur ein bisschen anders aussähen, würde nichts mehr funktionieren; das Weltall und die Atome würden nicht so existieren, wie wir sie kennen; es gäbe dann andere Universen, in denen es uns Menschen auch nicht gäbe.« Karsten holte tief Luft und trank ein paar Schlucke aus seinem Bierkrug, den Herr Tenzin gerade frisch gefüllt hatte.

»Aber warum könnte es dann nicht andere Wesen geben, die Gott anbeten?«, fragte Hector.

»Eigentlich würde dann sogar das Leben, wie wir es kennen, nicht existieren, also ein auf Kohlenstoffatomen basierendes Leben. Fragt sich, *wer* dann noch Gott anbeten könnte.«

Armand schaute Karsten begeistert an. Es war, als würde ein Lehrer plötzlich entdecken, dass einer seiner undiszipliniertesten Schüler mehr draufhatte als gedacht und dass ein Gespräch mit ihm doch möglich war. »Genau«, sagte er. »Das, was Sie da gerade erklärt haben, lässt mich an ein schöpferisches Prinzip glauben, an einen Schöpfergott, wenn Sie so wollen. Dass diese vier Konstanten perfekt aufeinander abgestimmt sind, um zu unserem Erscheinen auf der Erde zu führen, obwohl es doch Millionen von möglichen Kombinationen gibt. Aber abgesehen davon, dass dieses Prinzip ein Schöpfer ist, sehe ich nicht, dass es große Ähnlichkeit mit dem Gott der Bibel hat ...«

»Na ja«, wandte Karsten ein, »aber selbst die Harmonie dieser vier Konstanten beweist nicht unbedingt, dass es ein schöpferisches Prinzip gibt, einen göttlichen Plan.«

»Aber wenn doch die ...«

Armand blickte zu Hector hinüber, als wollte er ihn zu Hilfe rufen. Der aber wollte lieber wissen, warum nicht einmal diese vier so fein aufeinander abgestimmten Konstanten für Karsten bewiesen, dass es einen Schöpfergott gegeben hatte, dessen Plan es gewesen war, eines Tages das Leben entstehen zu sehen und später auch den Menschen.

»Ganz einfach«, sagte Karsten, »man kann sich nämlich

auch vorstellen, dass es schon eine Menge anderer Universen mit anderen Konstanten und physikalischen Gesetzen gegeben hat, und dass wir hier heute miteinander sprechen können, weil wir das einmalige Glück haben, uns im einzigen Universum zu befinden, dessen Gesetze überhaupt Leben erlauben … Aber es wäre dann alles nur eine Frage des Zufalls: Unter Millionen und Abermillionen von Universen gibt es ein einziges, in dem der Homo sapiens auftreten konnte. Und eine Frage der Notwendigkeit: Alles ereignet sich gemäß den physikalischen Gesetzen, die in jedem dieser Universen herrschen. Da ist also kein Gott, der einfach mal ein Universum erschaffen hat, um darin den Menschen auftauchen zu sehen. So eine Vorstellung bezeichnet man ganz zutreffend als ›anthropozentrische‹ Theorie des Universums; *anthropos* ist ja das griechische Wort für ›Mensch‹.«

»Ein Universum, das für den Menschen geschaffen ist«, sagte Hector, »so steht es in der Bibel.«

»Ja, natürlich, und im Gegensatz dazu steht die Theorie vom Multiversum: Unter Millionen von Universen, die sich zufällig bilden, ist eine einzige Gewinnkombination, bei der Leben entstehen kann. Das ist der allergrößte Zufall – so, als wenn man beim Spielautomaten vier Kirschen in einer Reihe hat! Oder eher – wenn man bedenkt, wie viele Kombinationsmöglichkeiten es gibt – so, als ob Tausende und Abertausende Automaten alle gleichzeitig die vier Kirschen zeigen würden.«

Selbst Clotilde wirkte beeindruckt von dieser Theorie.

»Im Grunde kann man sagen, dass die Hypothese vom Multiversum ein Versuch der Atheisten ist, die Existenz eines Schöpfergottes zu verneinen«, sagte Karsten zum Beschluss und leerte mit zufriedener Miene seinen Bierkrug.

Ron schien eine Entgegnung auf der Zunge zu liegen, aber er machte den Mund nicht auf.

»Na gut«, sagte jetzt Clotilde, »all diese Beweise für die Existenz oder Nichtexistenz Gottes sind Erklärungen, die wir mit unserem menschlichen Verstand liefern. Wie können wir aber sicher sein, ein Wesen zu *verstehen*, das unendlich größer und vollkommener ist als wir?«

»Einverstanden«, sagte Karsten, »auch wenn ich nicht mehr an den Gott der Bibel glaube.«

»Die Wege des Herrn sind unergründlich«, sagte Hector, dem gerade diese Theodizee wieder einfiel, die er nicht mehr in sein Notizbüchlein hatte schreiben können, weil Noémie in sein Zimmer gekommen war.

»Genau«, sagte Clotilde.

»Außerdem wäre kein moralisches Leben mehr möglich, wenn man die Existenz Gottes beweisen könnte!«, rief Noémie aus.

Hector hätte es gefreut, wenn Noémie allen den Kant'schen Standpunkt erklärt hätte, Armand aber bewies sein übliches Taktgefühl und wechselte das Thema.

»Na schön«, sagte er, »ich freue mich, dass wir eine so gute Diskussion hatten, aber jetzt müssen wir Doktor Chin finden. Wann kommt er zurück?«

»Das weiß keiner«, sagte Tara.

»Dann warten wir eben auf ihn. Ein Mann in seinem Alter kann ja nicht ewig in den Bergen bleiben.«

»Es hat Sie niemand eingeladen.«

»Ach«, meinte Jeffrey, »wir haben Zelte dabei und alles, was wir sonst noch brauchen.«

Frau Tenzin hatte dem Gespräch zugehört, ohne etwas zu verstehen. Als Tara ihr Jeffreys Worte übersetzte, sah Hector die Verlegenheit im Gesicht dieser freundlichen Dame. Sie war hin- und hergerissen zwischen den Pflichten der Gastfreundschaft und der Tatsache, dass die Neuankömmlinge bei ihren anderen Gästen nicht willkommen waren. Sicher bedauerte sie, dass ihr Mann nicht neben ihr stand.

Hector fragte sich, wo Herr Tenzin eigentlich abgeblieben war.

»Und wenn wir euch nun rauswerfen?«, sagte Karsten und erhob sich langsam. »Wenn ich euch in den Arsch trete, dann landet ihr irgendwo da unten im Tal!«

Er hielt sich wirklich für Thor.

Noémie klammerte sich an ihn. »Du wirst doch nicht schon wieder anfangen ...«, sagte sie flehentlich.

»Machen Sie sich doch nicht lächerlich«, sagte Armand. Er drehte sich zu Ron und Jeffrey und fragte: »Übernehmen Sie ihn?«

Aber wie seltsam – Ron und Jeffrey reagierten nicht.

Sie saßen mit geschlossenen Augen auf ihrer Bank, so still, dass Hector einen Moment glaubte, sie wären eingeschlafen, was solchen Profis natürlich nicht passieren durfte.

Plötzlich aber begann Ron halblaut vor sich hin zu singen, ohne dabei die Augen zu öffnen:

»Amazing grace, how sweet the sound,
That saved a wretch like me!
I once was lost but now I'm found,
Was blind, but now I see …«

Jeffrey schlug die Augen auf und betrachtete seinen Kollegen mit einem seligen Lächeln. Dann ließ er sich im Gras auf die Knie fallen und stimmte mit ein:

»'Twas grace that taught my heart to fear,
And grace my fears relieved.
How precious did that grace appear
The hour I first believed.«

Und Hector sah, dass Tara lächelte.

So sieht das Glück aus«, sagte Noémie.

Sie hatte sich ein paar Azaleenblüten ins Haar gesteckt und ähnelte einer Nymphe der Wälder und Wiesen, während Karsten gerade einen Arm voll Hanfpflanzen geerntet hatte, die hier überall wie Unkraut wuchsen.

Nach dem Mittagessen hatten Clotilde und Tara eine Diskussion in vergleichender Religionswissenschaft begonnen. Es ging darin um die drei Körper Buddhas und die heilige Dreifaltigkeit. Konnte man den *Dharmakaya*, den Wahrheitskörper Buddhas, mit Gottvater vergleichen oder ganz einfach mit dem Wort? Und seinen Manifestationskörper, den *Nirmanakaya*, mit Jesus, also mit dem Wort, das laut Johannes Fleisch geworden war?

Hector kam schon bald nicht mehr mit; selbst in seiner Religion fehlten ihm die nötigen Vorkenntnisse. Und als er Clotilde um Auskunft gebeten hatte, hatte sie ihm die in leicht gereiztem Ton erteilt, als habe er sie in ihrer so fruchtbringenden Diskussion mit Tara gestört. Da beschloss er, sich ein Stück von ihnen entfernt hinzusetzen, um sich Notizen zu den fünf Beweisen des Thomas von Aquin und zur Theorie der Multiversen zu machen.

Von Zeit zu Zeit schaute er zu den beiden jungen Frauen hinüber, die aber immer noch in ihr Gespräch vertieft waren. Er bemühte sich, es nicht allzu betrüblich zu finden, dass sie bald Nonnen sein würden. »Für sie ist es eben der richtige Weg«, versuchte er sich einzureden.

Alle warteten darauf, dass der Nachmittag zu Ende ging, denn dann wollten sie den magischen Tee trinken. Außer Armand, den man einstimmig davon ausgeschlossen hatte, und natürlich Ron und Jeffrey, die ja schon ihre Dosis bekommen hatten und nun friedlich ihre Ekstase durchlebten, nachdem man sie in eines der Zimmer des Bauernhauses gesperrt hatte.

Hector hatte vorgeschlagen, sie sollten den Tee nacheinander in zwei Gruppen trinken, damit nicht alle gleichzeitig in einer anderen Welt weilten. Außer Herrn und Frau Tenzin sollten immer noch einige von ihnen bei klarem Verstand bleiben, damit sie eventuellen Vorkommnissen die Stirn bieten konnten. Clotilde, Noémie und Karsten würden den Tee vor dem Abendessen trinken, Hector und Tara vor Mitternacht, sobald die anderen wieder einigermaßen auf die Erde zurückgekehrt waren.

Einen Großteil des Nachmittags hatte Hector damit verbracht, Armand zu besänftigen, dessen Stimmung zwischen Wut und Angst schwankte. »Wie konnten Sie mir das antun? Mir, einem Kollegen?!«

»Ihnen haben wir doch gar nichts getan. Es gefiel uns nur nicht, dass Ron und Jeffrey da waren – ich meine das nicht persönlich, ich bin sicher, die beiden sind eigentlich reizende Burschen.«

»Und nun veralbern Sie mich auch noch!«

»Aber nicht doch, Armand. Machen wir lieber einen kleinen Spaziergang, das wird Sie beruhigen.« Und Hector drehte mit ihm ein paar Runden um den Bauernhof.

Armand hatte inzwischen eingesehen, dass er nicht nur Doktor Chin hier nicht zu Gesicht bekommen würde, sondern zu alledem die Nacht auf dem Bauernhof würde verbringen müssen, denn für einen Rückmarsch war es zu spät am Tag, ganz abgesehen davon, dass er keine geeigneten Schuhe für den steilen Abstieg ins Tal hatte und Ron und Jeffrey noch nicht wieder so weit in diese Welt zurückgekehrt waren, um ihn tragen oder auch nur begleiten zu können.

In ihrem Zimmer psalmodierten die beiden Amerikaner weiterhin im Chor, und Armands Zorn schwoll jedes Mal an, wenn er mit Hector am Bauernhof vorbeikam und hörte, wie ihr Gemurmel durch die Jalousien drang. »Ich verabscheue diesen Ort! Ich verabscheue das Landleben, ich verabscheue die Berge, und ich hasse es, hier über Nacht bleiben zu müssen!«

Armand sehnte sich nach seinem Reiche-Leute-Hotel in der Hauptstadt, wo es Warmwasser, eine große Badewanne und hübsche Kellnerinnen im Sari gab, die einem das Abendmenü servierten.

»Versuchen Sie doch lieber, es zu genießen«, sagte Hector. »Es ist nicht jedem vergönnt, ein paar Stunden inmitten all dieser Schönheit zu verbringen.«

»Und wenn die beiden morgen nicht wiederhergestellt sind, werde ich noch eine zweite Nacht in diesem Loch zubringen müssen!«

»Tara hat keine zu starke Dosis gewählt«, sagte Hector. »Morgen bekommen wir sie bestimmt wieder wach. Natürlich werden wir Herrn Tenzin bitten müssen, Sie mit Ron und Jeffrey zusammen einzuschließen. Wir brauchen ja einen kleinen Vorsprung … Und Ihre Ausrüstung werden wir auch mitnehmen, tut mir leid. Wir möchten Sie nicht gleich wieder an den Hacken haben.«

Ihr Plan war es, sich mit Doktor Chin an dem Ort zu treffen, den er und der junge Tenzin vielleicht schon erreicht hatten – in einem Kloster hoch oben in den Bergen, drei Gebirgspässe von hier entfernt.

»Sie spinnen doch!«, schrie Armand. »Merken Sie das denn nicht?«

»Aber Armand …!«

Hector sah, wie sich Armands Gesicht zusammenzog; er hatte den Eindruck, dass sein Kollege gleich zuschlagen würde. Er trat ein Stück zur Seite und bereitete sich darauf vor, Armand wegzustoßen, denn der schien nicht sehr fest auf seinen Filzpantoffeln zu stehen.

Armand kam auf ihn zu – mit geballten Fäusten und flackerndem Blick.

Plötzlich vernahm man ein gleichbleibendes Brummen, dann ein zweites, ein Echo.

Hector blickte zum Horizont. Ein Helikopter.

»Sie kommen zurück!« Armands Zorn war auf einen Schlag

verflogen, er lächelte. Die nepalesische Polizei musste es sich anders überlegt haben oder einen besseren Grund gefunden haben, um zu Verhaftungen schreiten zu können.

Karsten warf sein Bündel Hanf hinter einen Strauch und gesellte sich zu Hector und Armand.

»Wenn das die Polizei ist, dann werden Sie denen doch wohl keine abstrusen Geschichten erzählen«, sagte er zu Armand und rückte ihm dabei ganz nahe auf den Pelz.

»Nein, nein«, antwortete Armand verängstigt, »wo denken Sie hin?«

»Vielleicht sollten wir ihn jetzt gleich einschließen«, sagte Karsten zu Hector.

Hector aber reagierte nicht, sondern starrte auf den näher kommenden Hubschrauber.

Es war nicht der von heute früh.

Dies war ein älteres Modell sowjetischer Bauart, deutlich größer, mit kleinen Tragflächen, an denen verschiedene Waffen angebracht waren, was ihm ein recht bedrohliches Aussehen verlieh. Er landete weiter weg als der andere, denn er brauchte mehr Platz für seine längeren Rotorblätter.

Herr Tenzin war schon herausgekommen und schaute durch das Zielfernrohr seines Gewehrs. Dann stieß er einen kleinen Schrei der Überraschung aus und reichte die Waffe an Hector weiter.

Und im Fadenkreuz des Visiers sah Hector, wie ein Mann nach dem anderen den Hubschrauber verließ. Er zählte insgesamt acht. Ihre weißgraue Camouflage-Kleidung war an die Farben des Hochgebirges angepasst; sie trugen Gewehre und sahen sehr nach Militär aus. Die Chinesen kamen.

Tara schritt fast beschwingt aus, als machten sie nur eine Wanderung. Dabei wollten sie doch einen möglichst großen Abstand zu den Chinesen gewinnen, bevor die Nacht hereinbrach.

Sie waren jetzt sehr viel höher, und der Blick auf die Schönheit der Landschaft raubte Hector den Atem. Im Licht der untergehenden Sonne zeichneten sich die rosa schimmernden Bergkuppen vor einem tiefblauen Himmel ab. Von Zeit zu Zeit erblickte er in der Ferne einen Gletschersee, der bereits die Farbe der Nacht angenommen hatte.

Bäume gab es schon lange nicht mehr. Tara und Hector stiegen inmitten von Felsen weiter, die mit Flechten bewachsen waren. An manchen Stellen musste man die Hände zu Hilfe nehmen.

»Die Nacht beginnt«, sagte Tara, »lange können wir nicht mehr weiterlaufen.« Sie hatten zwar die Taschenlampen der Amerikaner mitgenommen, aber Tara hatte gesagt, dass ihr die Orientierung schwerfiele, wenn sie die Gipfel nicht mehr erkennen könnte. Und man sollte es unbedingt vermeiden, sich nach Einbruch der Dunkelheit im Gebirge zu verirren.

Plötzlich entdeckte Hector auf einem Felsen eingravierte Schriftzeichen.

»Ein Mantra«, rief Tara, »wir sind auf dem richtigen Weg!«

Aber weil sie im Weitergehen immer noch auf das Mantra schaute, machte sie einen Schritt zu viel. Hector bekam sie gerade noch zu fassen, als sie das Gleichgewicht verlor. Er blickte lieber nicht in den Abgrund, in den sie beinahe gestürzt wäre.

»Man muss immer aufpassen!«, sagte sie, als würde sie sich selbst tadeln. »Vielen, vielen Dank.«

»Ist es noch weit?«, fragte Hector.

Sie betrachtete den Engpass, der sich vor ihnen auftat. Es war ein schmaler Durchgang zwischen riesigen Felsen. »Heute Abend schaffen wir es nicht mehr.«

»Müssen wir die Nacht im Freien verbringen?«

»Nicht direkt. Rasch, wir müssen uns beeilen.«

Auf dem Bauernhof der Tenzins hatten sie alles schnell entschieden: Tara sollte mit Hector zu dem Bergkloster aufbrechen, in das sich Doktor Chin geflüchtet hatte. Clotilde, Noémie, Karsten und Armand würden, von Herrn und Frau Tenzin geführt, einen Querpfad einschlagen, um schnell vom Bauernhof wegzukommen und in ein Dorf zu gelangen, das weiter unten im Tal lag. Dort gab es auch eine Polizeiwache. Jeffrey und Ron waren aus ihrer Betäubung gerissen worden, aber nicht aus ihrer Ekstase. Sie folgten den anderen mit einer so seligen Miene, als wären sie auf einer Pilgerreise kurz vor dem Ziel.

Wenn die Chinesen ankamen, würden sie den Bauernhof verlassen vorfinden – von den Yaks einmal abgesehen. Und es würde dort auch keinen einzigen Krümel Tee geben. Danach würde es schon so finster sein, dass der Helikopter nicht mehr starten konnte. Und am nächsten Tag hätten die Chinesen so viele Spuren zu verfolgen, dass sie trotz aller professionellen Vorteile viel Zeit verlieren würden und Tara und Hector ihren Vorsprung halten konnten.

Seit einigen Minuten spürte Hector, dass die Lufttemperatur von »kalt« auf »sehr kalt« wechselte. Sie hatten zwar die Rettungsdecken aus der Ausrüstung von Ron und Jeffrey mitgenommen, aber nicht die Zelte, deren Gewicht ihren Marsch zu sehr verlangsamt hätte. Allmählich sah er Tara nur noch als Umriss im Dämmerlicht. Und schließlich verknackste sich Hector auch noch einen Knöchel. Man kam immer schlechter voran, ohne die Lampen anzumachen.

Aber da hörte er Tara sagen: »Wir sind angekommen.«

Zuerst glaubte Hector, sie wären am Kloster, ihrem Reiseziel, angelangt, aber dem war nicht so.

An der Spitze eines Felsvorsprungs, angelehnt an eine steinerne Wand, stand eine kleine Hütte.

»Eine Einsiedelei«, sagte Tara.

Es gab keine Tür; nur ein Filzvorhang bedeckte den Eingang. Im Innern knipste Tara ihre Taschenlampe an. »Das ist das Domizil eines Eremiten. Weil er letzten Winter aber krank wurde, hat man ihn ins Kloster geholt.«

Hector war fast genauso bestürzt wie Armand, als er begriff, dass er hier die Nacht zubringen musste. Auf dem Boden lag eine Matte, durch die Fugen der Bretterwand strich ein eiskalter Luftzug. Auf einem kleinen Bord stand ein bronzener Buddha – oder war es eher ein Heiliger?

»Milarepa«, sagte Tara.

In einer dunklen Ecke, halb verdeckt durch ein Brett, befand sich eine große bemalte Holzstatue, eine schwarze und bedrohliche Gottheit mit einem wütenden Gesichtsausdruck und Raubtierzähnen. »Mahakala?«, fragte Hector.

»Nein«, sagte Tara, »Shri Devi, das weibliche Äquivalent zu Mahakala.«

Sie breiteten ihre Rettungsdecken aus. Tara formte aus einem Paket alter Filzsachen, das nach Yak roch, so etwas wie Kopfkissen. Sie schien sich hier wohlzufühlen, als wäre es für sie normal, ihre Nächte an solchen Orten zu verbringen.

Neben einem kleinen Ofen fand Hector zwischen allerlei Dingen eine Öllampe, die aber eigentlich eine Yakbutterlampe war.

»Sehr schön. So schonen wir unsere Taschenlampen, und es wärmt uns zugleich ein wenig.«

Erneut wurde Hector die Eiseskälte bewusst, die sie umgab. Der Eremit hatte versucht, die Spalten zwischen den Brettern mit Filz und Papier abzudichten, aber er war alles andere als ein Perfektionist. Doch gleichzeitig, und das war so etwas wie ein ästhetischer Trost, nahm Taras Gesicht im goldenen Schein der Lampe eine wildere und buddhistischere Schönheit an. Es war wie eine Maske, deren Vorlage man in den höchsten Gebirgen der Welt über Generationen weitergetragen hatte. Sie lächelte ihn an – ein heller Blitz im Halbdunkel.

»Lass uns schlafen«, sagte sie. »Morgen müssen wir früh aufbrechen.«

Anfangs glaubten sie, sie könnten einschlafen. Aber es war zu kalt. Es gab, wie Tara sofort bemerkt hatte, kein Heizmaterial für den kleinen Ofen. Auch die Butterlampe würde vermutlich bald verlöschen.

»Wir müssen enger aneinanderrücken«, sagte Tara.

Hector hätte nicht gewagt, so etwas vorzuschlagen, aber daran gedacht hatte er auch. Schließlich lagen sie eng umschlungen im Dunkel und versuchten, ihr Schlottern zu unterdrücken. Irgendwann war ihnen ein bisschen weniger kalt. Einer wurde zur Wärmequelle des anderen. Es herrschen eben überall Wechselbeziehungen, dachte Hector. Aber mit dem Einschlafen klappte es immer noch nicht, und so nutzte Hector die ruhigen Stunden, um sich weiterzubilden.

»Was sind eigentlich die wichtigsten Unterschiede zwischen dem tibetischen Buddhismus und den anderen Ausprägungen?«, fragte er. »Ist es der Tantrismus?«

»Oje, das ist keine einfache Frage. Unser Land liegt zwischen China und Indien, und ich denke, es hat beide Kulturen absorbiert. Und dann haben wir unsere eigenen Gottheiten«, sagte sie und wies auf Shri Devi, deren hervortretende Augäpfel sie im Halbdunkel zu überwachen schienen.

»Und der Tantrismus kommt aus Indien?«

»Ja, es gibt einen tantrischen Hinduismus. Die Tantras sind heilige Texte. Wenn du sie laut liest, verändern sie dich. Wir haben auch vieles, was ihr als Magie bezeichnen würdet, aber in Wahrheit ist es etwas anderes.«

Hector gefiel diese Vorstellung sehr: Man las, um sich zu verändern. Das leuchtete ihm mehr ein als das stundenlange Meditieren. Er hatte schon immer gern gelesen.

»Ein großer Unterschied ist, dass wir bereit sind, Gefühle zu nutzen, um zur Erleuchtung zu gelangen, sogar ein Gefühl wie die Lust. Und wir meditieren auch über manche unserer Gottheiten.«

»Und liest du Tantras?«

»Ja, wenn ich erst einmal Nonne bin, dann werde ich oft welche lesen.«

»Und du willst immer noch Nonne werden?«

»Warum sollte ich meine Meinung geändert haben?«

Er hätte erwidern können: Um mit einem Mann glücklich zu sein, um Kinder zu bekommen …, aber er sagte sich, dass er dann wie ein Vollidiot dastehen würde, also schwieg er lieber.

»Ich möchte diesen Weg gehen, weil er für mich das schnellste Mittel ist, um die Erleuchtung zu erreichen, und um auch anderen zu helfen, dorthin zu gelangen.«

»Wie Clotilde«, seufzte Hector.

»Man kann ja auch im Christentum für das Heil der anderen beten und ihnen helfen, Jesus in sich zu finden. Auch bei uns soll man die anderen entdecken lassen, dass die Natur Buddhas in ihnen ist.«

Es war seltsam, sich über all das zu unterhalten, eng aneinandergeschmiegt, während der Wind leise pfiff, unter den Augen der Göttin im Hintergrund und umringt von der eisigen und unendlichen Dunkelheit des Hochgebirges.

»Man darf es nicht bedauern«, sagte Tara. »Es ist ihr Weg.«

Tara hatte also erraten, dass Clotildes Berufung Hector nicht gleichgültig war. »Ja, sicher.«

»Und sie kann trotzdem Ärztin werden.«

»Natürlich.« Hector wollte nicht, dass seine Enttäuschung herausklang. Aber als er sich reden hörte, sagte er sich, dass ihm das nicht gelungen war.

»Ich denke, auch du wirst bald deinen Weg finden«, sagte Tara.

»Meinen Weg? Hab ich doch schon – den Arztberuf.«

»Ja, aber im Moment siehst du nur die materielle Welt, nicht die andere. Du bist noch immer in der Welt der Illusionen gefangen, wenn auch nicht vollständig. Ich spüre, dass du zweifelst.«

»Aber nicht alles in dieser materiellen Welt ist nur Illusion!«

»Natürlich nicht. Und gerade im Tantrismus kann man diese beiden Welten zusammenbringen: die Wirklichkeit der materiellen Welt, das ist das männliche Prinzip, und die andere Welt, die der höchsten Weisheit, die Wahrnehmung der Leere von allem, das ist das weibliche.«

Hector wusste dank seines *Lexikons der Religionen*, dass diese Begegnung manchmal im Lauf einer sexuellen Beziehung zwischen einem eingeweihten Mann und einer eingeweihten Frau stattfinden konnte. Das hatte der Guru ja auch Noémie vorgeschlagen – wohl aber nicht nur aus spirituellen Gründen. »Das ist seltsam: Euer Buddhismus erlaubt nicht die Priesterweihe von Frauen, aber gleichzeitig betrachtet er die höchste Weisheit als weibliches Prinzip ...«

»Genau. Und darum bin ich sicher, dass auch Nonnen eines Tages geweiht werden können. Aber ich werde nicht mein Leben lang darauf warten, dass ein Komitee alter Lamas seine Meinung ändert!«

Man konnte verstehen, dass die Lamas zögerten, eine Person wie Tara unter sich aufzunehmen; in ihren Versammlungen würde es dann sicher nicht mehr so ruhig und abgelöst zugehen.

»Lass uns endlich schlafen«, sagte Tara. »Morgen müssen wir aufbrechen, sobald man etwas sehen kann.«

Sie lagen reglos da und schwiegen. Hector spürte Taras regelmäßigen Atem an seiner Wange.

Sie war schon eingeschlafen.

Aber Hector war in dem jugendlichen Alter, in dem ein Teil des Körpers manchmal ein Eigenleben zu führen scheint. Der Körperkontakt und die Wärme machten diesen Teil lebendig.

Hector hätte sich wegdrehen können, aber er tat es nicht. Er fürchtete, Tara zu wecken und auch, ihre Wärme zu verlieren. Außerdem war es keine Sünde, da er keine schlechten Absichten hatte. Das hatte ihnen der Geistliche beim Katechismus einmal erklärt. Auch hier, an den Körper einer künftigen Nonne geschmiegt, eine Erektion zu bekommen war also keine Sünde – einmal vorausgesetzt, dass man an die Sünde glaubte.

Er hoffte einfach, dass nicht nur er bald einschlafen würde, sondern auch der Teil von ihm, der sich selbstständig gemacht hatte. Aber das geschah nicht. Es würde eine sehr lange Nacht werden.

Einige Zeit darauf veränderte sich Taras Atmung. Im Schummerlicht sah er, dass sie die Augen offen hatte und ihn anblickte. Sie lächelte ihm zu. Und dann ergriff sie wortlos jenen gewissen Teil von Hector.

Was für eine große Zivilisation!, sagte sich Hector später. Er versuchte die Erinnerung an jeden Augenblick zu bewahren, weil er das Gefühl hatte, dass diese Erfahrung einzigartig war.

Trotz ihrer englischen Erziehung entstammte Tara einer tausendjährigen Kultur, in der das männliche Begehren als Äußerung des Lebenshauchs respektiert wurde. Die Verbindung von Yoni und Lingam galt als Mittel, um ein Bewusstsein für das Universum zu erreichen – in seiner Realität und zugleich seiner Leere.

Hector hatte den beunruhigenden Eindruck gehabt, sie würde sich seiner bedienen, um diesen anderen Bewusstseinszustand zu erreichen. Tara hatte den Rhythmus für ihre Vereinigung vorgegeben und schien doch woanders zu sein. War er nur das Fahrzeug für Taras Reise gewesen? Ein Fahrzeug, das sie länger in Gang gehalten hatte, als Hector es je zuvor erlebt hatte. Und nun schlief sie.

Als Hector ihren ruhigen Schlaf und ihr leichtes Lächeln sah, fragte er sich, ob Clotilde unter diesen Umständen einen ebenso friedlichen Schlaf gefunden hätte. Und damit war er in Gedanken schon wieder bei Clotilde.

Draußen blies der Wind immer stärker, und mitunter wehte es durch die Bretterwand, sodass die Flamme des Lämpchens erzitterte. Hector machte sich neben der schlafenden Tara Notizen.

IST BUDDHA IM HIMMEL?

Nein, sagt der Buddhismus der Älteren.

Buddha ist beim Eintritt ins Nirwana erloschen, so, wie eine Kerzenflamme erlischt.

Er sagte seinen Schülern, sie sollten nach seinem irdischen Tod dem Dharma folgen, dem Gesetz, aber nicht ihm, denn er werde nicht mehr da sein, und es wäre nutzlos, zu ihm zu beten oder ihm Rituale zu widmen.

Allerdings ist diese Empfehlung genauso schwer zu befolgen wie die, seine Feinde zu lieben. Aus diesem Grund betet man sogar in den Ländern des Buddhismus der Älteren vor den Buddha-Statuen und legt dort Opfergaben ab.

Für jeden liegt das Ideal darin, zur Erleuchtung zu gelangen und im Nirwana zu verlöschen. Aber es ist nicht jedem gegeben. Um dorthin zu gelangen, braucht es mehrere Leben, darunter mindestens eines als Mönch. Für das Heil der anderen kann man nichts tun, als sie zu ermutigen, diesem Weg zu folgen.

Ja, er ist im Himmel, sagt der Buddhismus des Großen Fahrzeugs (Mahayana).

Buddha existiert in transzendenter Weise weiter, selbst wenn sein physischer Körper verschwunden ist. Das Wesen Buddhas lebt sogar in jedem von uns fort, und es ist an uns, es zu entdecken. (Es ist ein wenig wie mit dem himmlischen Königreich, das in jedem gläubigen Christen wohnt.)

Um uns zu helfen, diese Natur Buddhas in uns zu entdecken, gibt es die Bodhisattvas. Sie haben sich entschieden, ihre Fortschritte kurz vor dem Erreichen des Nirwanas (dem Ende der Wiedergeburten) zu stoppen, um unter uns wiedergeboren zu werden und uns armen Sterblichen zu helfen, zur Erleuchtung zu gelangen, indem sie ihre Weisheit und ihre Verdienste verbreiten.

Er hob die Augen von seinem Heft und betrachtete die junge Frau, die ganz nahe bei ihm schlief.

Unter den Bodhisattvas ist Tara, die Befreierin, die es bereits im Hinduismus gibt. Tara soll geboren sein aus einer Träne des Mitgefühls, die der größte Bodhisattva vergossen hat, Avalokiteshvara, der von Land zu Land verschiedene Namen hat und im Tibetischen Chenrezig heißt.

Tara hatte darauf bestanden, bei all ihren Reinkarnationen eine weibliche Gestalt zu behalten, obwohl eine Wiedergeburt als Mann für besser erachtet wurde, wenn man zur Erleuchtung gelangen wollte.

Und wenn Tara nun seine Befreierin war? Die Lampe erlosch, und der Schlaf übermannte ihn.

Zwischen den Donnerschlägen hörte er ein dumpfes, regelmäßiges Geräusch. Ein Hubschrauber?

Aber nachts fliegen Hubschrauber doch nicht?! Plötzlich war Hector hellwach. Der Morgen dämmerte. Und Tara war nicht mehr da.

Er stürzte ins Freie. Nichts von einem Hubschrauber – er hatte wohl geträumt. Draußen konnte man allmählich die Landschaft erkennen. Irgendwo in der Nähe rauschte ein Flüsschen. Nun fiel ihm wieder ein, dass die Einsiedlerhütte am Eingang eines engen Tals lag, das wie eingeschnitten war zwischen zwei Felswänden.

Wo war Tara hin? Zum Fluss? Wollte sie sich im eiskalten Wasser waschen? Hector ging in diese Richtung.

Auf einem großen Felsen, der über das wirbelnde Wasser ragte, erkannte er eine schmale Silhouette, die in Meditationshaltung vor dem Fluss saß. In der Ferne dröhnte ein Donnerschlag. Hector lief noch auf Tara zu, als auf der anderen Flussseite ein Blitz aufzuckte und die Landschaft erhellte.

Tara sprang nicht auf. Hector wollte sie anflehen, zurück in die Hütte zu kommen, nicht auf diesem Felsen so nahe am Wasser sitzen zu bleiben. Aber er war noch zu weit entfernt, als dass sie ihn hätte hören können, und sie schien schon wieder anderswo zu sein.

Dann hörte er zwischen zwei ohrenbetäubenden Donnerschlägen ein dumpfes Knattern. An der Talbiegung erschien ein leuchtender Punkt. Gleichzeitig wurde das Geknatter zu einem klopfenden Motorgeräusch.

Der Hubschrauber! Tara stand nun aufrecht auf ihrem Felsen und sah ihn näher kommen.

»Tara«, schrie Hector, »komm da runter!« Es begann zu regnen. Tara achtete nicht darauf und schien seine Rufe nicht einmal zu hören.

Man konnte die Umrisse der Maschine kaum erkennen, aber ihren Scheinwerfer, dessen Lichtbündel dem Fluss folgte. Hector war sicher, dass es die Chinesen waren. Von Herrn Tenzins Bauernhof gingen nicht so viele begehbare Täler ab. Sie mussten beschlossen haben, eins nach dem anderen abzusuchen.

Und wenn sie nun auch von dem Kloster wussten?

»Tara!« Erneut zuckten Blitze auf, jetzt schon näher bei ihnen. Das Donnergrollen übertönte seine Stimme. Er rannte auf sie zu.

Jeder Blitz blendete ihn für ein, zwei Sekunden so sehr, dass er nichts mehr sehen konnte. Wenn er dann genug sah, um weiterrennen zu können, war der Hubschrauber schon wieder ein Stück näher gekommen. Man konnte bereits den grauen Umriss des Rumpfs erkennen.

Er blickte zu Tara. Direkt neben ihnen zuckte ein Blitz auf. Und in diesem blendenden Licht sah er auf dem Felsen plötzlich nicht Tara stehen, sondern eine Göttin mit schrecklichen Augen, blitzenden Raubtierzähnen und Gliedmaßen, um die sich Schlangen wanden.

Hector war wie gelähmt.

Der nächste Blitz blendete ihn. Kaum konnte er wieder sehen, erschrak er noch mehr: Ein weiterer Blitz ließ den Hubschrauber grell aufleuchten. Die Maschine trudelte plötzlich, verlor rasend schnell an Höhe, konnte dem Fluss gerade noch ausweichen und verwandelte sich, als sie auf den Boden aufschlug, in einen großen Feuerball.

Zitternd wandte Hector sich der Göttin zu, aber jetzt war es wieder Tara, und sie hatte sich nicht von der Stelle gerührt. Sie starrte auf den Feuerball, der sich in einen großen Pilz aus Rauch und Flammen verwandelte.

»Tara!«

Sie wandte sich ihm mit abwesendem Blick zu.

»Tara!«

Jetzt schien sie aufzuwachen. Sie sprang von ihrem Felsen.

»Die werden uns nicht mehr bekommen! Los, lass uns aufbrechen!« In ihrer Stimme lag Zufriedenheit.

Nicht gerade pazifistisch für eine Buddhistin, dachte er. Aber dann erinnerte er sich daran, was andere chinesische Soldaten ihrem Land und ihrer Familie angetan hatten.

Ihr Weg führte jetzt steiler bergan, und sogar Tara musste sich abmühen. Schade, dachte Hector, sie konnte sich offenbar doch nicht – oder nicht schon wieder – in eine Gottheit verwandeln. Die hätte ihn in ihre Arme nehmen und mit einem Flügelschlag zum Kloster bringen können.

Zudem schien sie ihm wieder genauso schroff zu sein wie vor ihrer gemeinsamen Nacht. Er spürte keine neue Nähe zwischen ihnen. Beim Aufbruch von der Hütte hatte er sie in die Arme nehmen wollen, aber sie hatte sich entzogen und so getan, als müsste sie sich um ihren Rucksack kümmern. Immerhin passte es zu dem, was er schon verstanden hatte: Die Vereinigung von Yoni und Lingam erlaubte es Tara, zu einer besseren Wahrnehmung der höchsten Realität in ihrer Einheit und Leere zu gelangen. Das durfte man nicht mit einer persönlichen Bindung verderben, die ganz sicher ein Hemmnis auf dem Weg zur Erleuchtung war.

Taras Ideal lag darin, zu *universellem* Mitgefühl zu gelangen, nicht aber zu speziellem Mitgefühl mit einem gewissen Hector.

Während er trotz der Kälte schwitzte, stellte sich Hector auch Fragen zu seiner Vision im Schein des Blitzes. War Tara wirklich für eine Sekunde zur Inkarnation dieser schrecklichen Göttin geworden, oder hatte er nach seinem plötzlichen Erwachen eine kleine Halluzination gehabt?

Hypnopompe Halluzinationen. Ihm fiel sogar wieder ein, dass es für dieses Phänomen in der Psychiatrie einen Fachbegriff gab. Es konnte bei ganz normalen Menschen auftreten – ganz abgesehen davon, dass es seinem Gehirn auf dieser Höhe an Sauerstoff mangeln musste.

Nach einer Weile unterbrachen sie ihren Marsch, um sich

auszuruhen, und ließen sich nebeneinander auf einem Felsen nieder.

»Letzte Nacht …«, begann Hector.

»Lass uns lieber nicht darüber reden«, sagte Tara.

»Auf dem Felsen am Fluss …«

Er sah die Überraschung in ihrem Gesicht. Sie hatte geglaubt, er wolle von ihrer Nacht in der Hütte sprechen. »Auf dem Felsen habe ich … dich als eine andere gesehen.«

»Als eine andere?« Tara schien erstaunt zu sein. War sie eine gute Schauspielerin, oder hatte sie ihre Verwandlung gar nicht bemerkt?

»Wenn du es genau wissen willst – für eine Sekunde habe ich nicht dich gesehen, sondern die Göttin.«

»Welche Göttin?«

»Shri Devi.«

Tara sprang auf. »Was sagst du da?!«

Hector wiederholte seine Worte.

Tara war verstummt. Gedankenverloren schaute sie auf den Boden. Obwohl sie ganz still dastand, wirkte sie sehr erregt.

Hoffentlich verwandelt sie sich nicht noch einmal, dachte Hector. Er war nicht sicher, so etwas bei hellem Tageslicht ertragen zu können.

Schließlich sagte sie: »Versprich mir, es zu vergessen und keinem je davon zu erzählen.«

Hector lächelte. »Keinem davon zu erzählen ist leicht, aber es zu vergessen, das scheint mir schwierig.«

Tara verstummte erneut, als müsste sie über den Sinn seiner Antwort nachdenken.

»Und wenn du mir lieber sagst, was da geschehen ist?«, meinte Hector.

Sie blickte ihn an, als würde sie sich fragen, ob sie ihm vertrauen könne.

Hector ärgerte das langsam. Nach all den zusammen erlebten Abenteuern und sogar einer gemeinsamen Nacht fragte sie sich noch, ob er ihr Vertrauen verdiente?

Schließlich sagte Tara: »Ich habe zur Göttin gebetet, das

stimmt. Ich sah den Hubschrauber und rief die Göttin an, damit er nicht bis zu uns kommt.«

»Nun ja«, sagte Hector, »es hat funktioniert.«

»Aber ich wusste nicht, dass …«

»Jetzt weißt du es«, sagte Hector. Und er wusste es ebenfalls.

Und trotzdem kann es eine kleine hypnopompe Halluzination gewesen sein, dachte er, als sie den Marsch fortsetzten. Nachdem er aus dem Schlaf gefahren war, musste er eine Halluzination gehabt haben, inspiriert von der finsteren Statue der Göttin, die er bei seinem mehrmaligen Aufwachen während der Nacht erblickt hatte. Und natürlich war es reiner Zufall, dass die Halluzination gerade in dem Moment aufgetreten war, als Tara Shri Devi um Hilfe angerufen hatte. Somit ist es kein klarer Beweis dafür, dass es Dinge gibt, die außerhalb unserer materiellen Welt liegen!, dachte er.

Er hätte mit Tara auch gern über das gesprochen, was in der ersten Hälfte der Nacht geschehen war. Aber gerade darüber wollte sie nicht reden.

Und wenn nicht nur seine tantrische Deutung ihrer heißen Nacht zutraf, sondern Tara in den Jahren in Oxford auch zu einer freizügigen jungen Frau geworden war? Die jungen Engländerinnen hatten damals einen solchen Ruf. War vielleicht auch das die Erklärung dafür, dass die Annäherung ihrer Körper für Tara nicht in eine Liebesbeziehung münden musste, eine Beziehung, die in ihrem Fall sofort auf unüberwindliche geografische und religiöse Hindernisse gestoßen wäre?

Erst Noémie, jetzt Tara. Hector sagte sich, dass er da auf Frauen stieß, die nicht so romantisch veranlagt waren wie er. War das der Beginn einer neuen Ära? Und schon musste er wieder an den anderen Engel denken.

Später kamen sie über einen verschneiten Pass, und vor dieser Landschaft konnte Hector zum ersten Mal das Eine erfühlen. Nicht lange allerdings, denn plötzlich löste sich eine gewaltige Lawine, und während er mit Tara losrannte, um Schutz zu suchen, war er einige Sekunden lang sicher, dass dieses Leben für ihn gleich zu Ende wäre. Doch dann standen sie beide ganz still hinter einem Felsen, während um sie herum die Sturzflut der Lawine niederging, die sie am Ende doch verschütten würde. Aber die Schneefluten ebbten ab, und es kehrte wieder Frieden ein.

Tara wirkte überhaupt nicht aufgeregt; man hätte meinen können, sie hätte keine Angst gehabt. »Ich spürte, dass der Moment noch nicht gekommen war«, sagte sie.

»Hast du deine Göttin angerufen?«

Sie antwortete nicht, und dann setzten sie ihren Marsch fort.

An den Berg geklammert« – das war der Ausdruck, der Hector sofort in den Sinn gekommen war, als er das Kloster entdeckt hatte. Man konnte sich kaum vorstellen, wie Menschen ein solches Bauwerk hatten errichten können, diese Mauern, die über einer schwindelerregenden Steilwand hingen, und diese vergoldeten Dächer, über die sich eine Felswölbung erhob.

Und doch trank er dort jetzt einen wohlverdienten Tee und versuchte, auf einem herrlichen tibetischen Teppich den Lotussitz durchzuhalten, während ihm Doktor Chin und der Großlama gegenübersaßen. Einige rangniedere Mönche saßen um sie herum, und alle hörten zu, wie Tara von ihrem Fußmarsch berichtete. Hector fragte sich, ob sie wohl etwas von seiner Vision der Göttin auf dem Felsen sagen würde, aber er hätte gewettet, dass sie es nicht tat.

»Sie erzählt uns gerade das mit den Chinesen«, sagte Doktor Chin, der Hector hin und wieder etwas übersetzte.

»Vom Hubschrauber?«

»Ja … Eine wirklich tragische Geschichte.« Doktor Chin wirkte ehrlich betrübt, als fühlte er sich verantwortlich für den Tod seiner Landsleute. Dabei waren die doch von einer Regierung geschickt worden, die ihm nicht wohlgesinnt war. Einige Mönche unter den Zuhörern – die jüngsten, wie Hector bemerkte – schienen sich eher darüber zu freuen, was mit den chinesischen Soldaten passiert war.

Aber plötzlich ergriff der Großlama das Wort und redete ihnen mit strengem Blick ins Gewissen. Doktor Chin übersetzte: »Der Großlama sagt, dass man sich am Tod anderer Menschen nicht erfreuen soll. Es waren Väter, es waren Söhne, sagt er. Man muss eine Zeremonie vorbereiten, um ihnen zu helfen, zu einer besseren Existenz zu gelangen, und um das Leid ihrer Familien zu lindern …«

Mit einem Mal erinnerte sich Hector vage an einen Satz, den er vor langer Zeit im Religionsunterricht gehört hatte: *»Man hat euch gesagt, ihr sollt eure Nächsten lieben; ich aber sage euch: Liebet eure Feinde, bittet für die, so euch beleidigen und verfolgen.«*

Und dann zogen sich die Mönche zurück. Tara hatte ihren Bericht beendet, und Doktor Chin gab Hector zu verstehen, dass die Mönche nicht zu lange in der Nähe einer jungen Frau bleiben sollten, denn das könnte sie auf dem Weg der Ablösung von allem Irdischen behindern.

Am Nachmittag durften er und Tara dennoch der Zeremonie für die chinesischen Soldaten beiwohnen.

Die Mönche saßen in einer Reihe auf einem Podest. Auf einem Wandteppich in ihrem Rücken waren herrliche Mandalas zu sehen (diesmal waren sie eingewebt und nicht aus Sand gemacht). Einige Mönche psalmodierten, während andere in regelmäßigen Abständen in lange Hörner bliesen und wieder andere kleine Tamburine schlugen, hin und wieder unterbrochen von einem alten Mönch, der einen großen Gong erschallen ließ.

Es war wundervoll und bezaubernd, aber nach einer Viertelstunde langweilte sich Hector beinahe so wie einst in der Messe, und nur seine vom Lotussitz schmerzenden Knie hinderten ihn am Einschlafen. Einmal, als er gerade zur Seite zu sinken begann, musste ihn Tara mit dem Ellenbogen anstoßen.

Na ja, immerhin wieder Körperkontakt, dachte er. Aber dann schämte er sich für seine umherschweifenden Gedanken und begann, sich auf die jungen Chinesen aus dem Helikopter zu konzentrieren, die nur ihre Pflicht erfüllt hatten und überzeugt gewesen waren, im Namen des Guten zu handeln. Bestimmt hatten sie schreckliche Sekunden durchlebt, als sie gemerkt hatten, dass es keine Rettung für sie gab. Und seine Meditation schloss nach und nach auch ihre Eltern ein, ihre Frauen und Kinder, und er verspürte Liebe für sie, und gleichzeitig fühlte er keine Schmerzen mehr.

Ein zweiter Rippenstoß von Tara weckte ihn, und genau in diesem Moment ertönten alle Hörner im Verein.

Ein Maultier verlieh weniger Prestige als ein Pferd, und Hectors Füße schleiften fast über die Steine auf dem Weg, und doch war es bequem auf diesem guten Tier, das sich damit begnügte, den anderen zu folgen, ohne auch nur ein einziges Mal auszuscheren oder plötzlich schneller zu werden. Es war eine richtige Karawane aus Maultieren mit ihren Reitern: allen voran zwei junge Mönche, dann Herrn Tenzins Sohn, Doktor Chin, Tara und schließlich Hector. Die Tiere kamen aus einem Dorf, das in einem anderen Tal lag und Hectors erstes Etappenziel auf dem Rückweg nach Namjang sein sollte.

Sein Traum in der vergangenen Nacht hatte ihn daran erinnert, dass man in seiner Religion gerade die Karwoche beging. Auf dem Maultier, das vor ihm lief, sah er manchmal statt des Mönchs mit seinem roten Umhang einen jungen, langhaarigen Mann in einem weißen Gewand. Er wusste, dass es eine Nachwirkung des Tees war, genau wie die singenden Frauen am Wegesrand, die ihnen Palmzweige entgegenstreckten. Und die sich, als Hector wieder völlig klar wurde, in Dorfbewohnerinnen verwandelten, die den Mönchen Lebensmittel gaben.

Am Abend zuvor hatte Doktor Chin beschlossen, mit ihnen nach Namjang zurückzukehren. »Sie werden bestimmt nicht gleich die nächste Expedition losschicken, um mich zu holen«, hatte er gesagt. »Nicht, nachdem die erste so krachend fehlgeschlagen ist.«

Diese Hochgebirgsregionen waren sehr dünn besiedelt, aber doch nicht so menschenleer, dass sich die Nachricht vom Absturz des Helikopters nicht von einem Dorf zum anderen verbreitet hätte. Die nepalesischen Behörden waren über die Verletzung ihres Staatsgebiets bereits informiert, und auch wenn Nepal ein kleines Land war, konnte es größere Länder zu Hilfe rufen. Und weil ein ungefragtes Eindringen fremden Militärs natürlich nicht hinnehmbar war, fand die Sache international einige Beachtung.

»Aber womit hat das alles begonnen?«, hatte Hector gefragt. »Wie haben die Chinesen von der Existenz des Tees erfahren?«

Doktor Chin hatte ihm erklärt, dass die Chinesen vor einigen Jahren ein tibetisches Kloster geplündert und die Mönche festgenommen hatten. Es gehörte zu den drei Orten, wo jener Tee hergestellt wurde. Die Mönche hatten noch Zeit gehabt, das geheime Rezept zu vernichten, nicht aber die Manuskripte, in denen von den Visionen der frommen Männer berichtet wurde, die davon getrunken hatten. Und nach einer gründlicheren Durchsuchung hatten die Chinesen bei einem Mönch sogar noch eine kleine Menge des Tees gefunden. Er hatte ihn für sich behalten wollen – ein Fall von ganz abwegiger Bindung, wie Doktor Chin hinzugefügt hatte. Der Politkommissar des Regiments hatte sich daraufhin erlaubt, den Tee aufbrühen zu lassen und ihn selbst zu trinken.

»Und ist er davon wieder zum Buddhisten geworden?«, fragte Hector.

»Das weiß keiner so genau. Auf jeden Fall hat er seine Uniform zurückgelassen und ist in den Bergen verschwunden. Den Tee hat er mitgenommen.«

»Letztendlich eine gute Tat«, meinte Hector.

»Und nun sind sie wahrscheinlich schon seit Jahren auf der Suche nach dem Rezept«, sagte Doktor Chin.

Tara hatte sich diesen ihr unbekannten Teil der Geschichte mit angehört. Dann fragte sie: »Und dürfen wir den Tee auch probieren?«

»Sie haben viel Geduld bewiesen«, sagte Doktor Chin. Er hatte es gern gehört, dass Tara jenen Tee den beiden Amerikanern verabreicht hatte, ohne selbst etwas davon genommen zu haben. »Hier entscheidet der Großlama darüber, wer rein ist und wer nicht. Aber ich habe schon mit ihm gesprochen, und er ist einverstanden – unter der Bedingung, dass Sie den Tee dort unten trinken. Das ist kein Teil des Klosters.«

Und Doktor Chin zeigte durch das Fenster auf ein kleines Haus, das hangabwärts lag und schon halb über dem Abgrund errichtet zu sein schien, sodass man befürchten musste, dass es ins Rutschen kam und in die Tiefe stürzte, wenn seine Bewohner ein bisschen zu heftig feierten. Es war wie eine Aufforderung zum Maßhalten, das der Erleuchtete ja sowieso empfahl.

Tara hätte den Tee lieber im Rahmen einer religiösen Zeremonie eingenommen, inmitten der Mönche, aber der Großlama hatte das kategorisch abgelehnt. Es war bereits ein Regelverstoß, dass eine Frau diesen geheiligten Tee trank, vor allem, wenn sie noch nicht einmal Nonne war. In Sichtweite der Mönche durfte sie das aber auf keinen Fall tun.

Daraufhin hatte Tara vorgeschlagen, sie könne sich ja den Kopf scheren lassen und ihr Gelübde als Nonne ablegen. Aber der Großlama hatte ihr geantwortet, dass er das nicht akzeptieren dürfe, wenn sie nicht von anderen Nonnen dafür vorgeschlagen worden war, und das nächstgelegene Frauenkloster war vier Tage Fußmarsch und Maultierritt entfernt.

So hatten Tara und Hector also in dem kleinen Haus gestanden, das eine unvergessliche Aussicht auf den Himalaja bot. Sie sahen Doktor Chin zu, der sich hingehockt hatte und das Getränk in einer kleinen gusseisernen Teekanne zubereitete, die sehr schlicht wirkte, wenn man bedachte, dass ihr Inhalt den Lauf der Weltgeschichte ändern konnte.

Der Boden war ganz mit Teppichen bedeckt, und Hector begriff, dass sie dort schlafen sollten. Es war eine schöne Vorstellung, wieder mit Tara allein zu sein, aber zugleich hatte er erneut das Gefühl, das in ihm aufgekommen war, als er mit Clotilde den *honeymoon room* betreten hatte: Er ahnte, dass zwischen ihm und Tara nichts passieren würde, und wahrscheinlich würde nie wieder etwas zwischen ihnen sein.

Draußen ging der Tag zur Neige, auf den verschneiten

Bergspitzen siegte ein bläulicher Ton allmählich übers Rosa, und die ersten Sterne wurden sichtbar.

»Ich denke, jeder sollte sich von Bildern inspirieren lassen, die mit seinem eigenen Glauben übereinstimmen«, sagte Doktor Chin, ehe er sie verließ. »Schauen Sie mal, ich habe Ihnen dies hier mitgebracht.« Und er reichte Hector ein altes Buch, dessen Umschlag eine merkwürdige Figur schmückte: Im Zentrum eines ganz und gar christlichen Kreuzes erkannte Hector den Tao-Kreis mit seinen ineinander verschlungenen Symbolen des Yin und des Yang.

»Die Nestorianer«, erklärte ihm Doktor Chin. »Ihre Missionare sind einst aus Antiochia gekommen und in China bis an den Kaiserhof vorgedrungen. Das war zur Zeit Dschingis Khans. Mehrere Mongolenfürsten haben sich bekehren lassen. Wussten Sie, dass die Mongolen, als sie zwei Jahrhunderte später Bagdad plünderten, die christlichen Kirchen unversehrt ließen? Einige mongolische Generäle waren nämlich Nestorianer.«

Nein, davon hatte Hector noch nie etwas gehört.

Die Seiten waren mit chinesischen Zeichen überzogen, aber die Illustrationen stellten in hellen und leichten Aquarelltönen Szenen aus dem Leben Christi dar, die Hector mühelos wiedererkannte, auch wenn alle Personen mandelförmige Augen hatten und wie im alten China gekleidet waren.

Später saß Tara in Meditationshaltung vor einer Buddha-Statue aus vergoldetem Holz, die man für diesen besonderen Anlass hergebracht hatte. Sie kehrte Hector den Rücken zu, und es war klar, dass jeder Dialog vorerst ausgeschlossen war.

Hector ergriff seine Teetasse, die eigentlich ein kleiner Kupferbecher war. Und plötzlich bekam er es mit der Angst zu tun. Was, wenn diese Erfahrung ihn grundlegend verwandelte?

Für Tara und Clotilde war der Tee nur ein Mittel, um auf dem Weg, für den sie sich bereits entschieden hatten, noch weiter voranzukommen. Aber für ihn? Er hatte ja kaum religiöse Überzeugungen, einmal abgesehen von seiner Bewunderung für Jesus und Buddha und auch für einige Menschen, die deren Gebote des universellen Mitgefühls wirklich zu befolgen schienen, selbst ihren Feinden gegenüber.

Aber wenn kein Glauben in ihm war – wen oder was würde er nach dem Genuss dieses Tees anbeten? Würde er, beeinflusst von den Bildern der letzten Tage, vielleicht zur Anbetung Ganeshas hingerissen oder gar Shri Devi in die Arme geworfen? Oder sich nach einigen Tassen plötzlich der Erleuchtung so nahe fühlen, dass er beschloss, für immer in diesem Kloster zu bleiben, um in der Kälte zu psalmodieren und sich von Graupenbrei und Yakbutter zu nähren?

Wenn er durch den Tee ein anderer werden würde, wäre dieser andere natürlich bestimmt froh, ein anderer zu sein, aber der, der er heute Abend noch war, nämlich Hector, fürchtete sich ein bisschen beim Gedanken an den anderen, der er vielleicht werden würde.

Hector war nicht gerade froh darüber, Angst zu haben, und noch weniger freute es ihn, dass ihn seine Angst vielleicht davon abhalten würde, eine außergewöhnliche Erfahrung zu machen. Du bist wirklich ein Waschlappen, sagte er sich.

Und als Tara damit begann, auf Sanskrit Mantras zu murmeln, musste er schon wieder an Clotilde denken. Er stellte sich vor, sie würde ihm zuschauen. In gewisser Weise hatte doch er den Engel in die ganze Geschichte hineingezogen; seinetwegen hatte Clotilde den Tee getrunken und sich mit ihm auf die Suche nach Doktor Chin begeben.

War es nicht unlauter, die Erfahrung des Tees nun mit einer anderen Frau zu machen? Einer anderen Frau, mit der er sogar … Statt der Angst hatte Hector jetzt einen besseren Grund, den restlichen Tee nicht in seinen Becher zu gießen: Es war eine Art von Treue.

Und so nahm er wie beim ersten Mal nur einen Löffel voll Tee, einen einzigen.

Es war eine trockene und karge Landschaft: Steinfelder, wohin man auch sah. Nur hier und dort Gruppen von Dattelpalmen und, nicht weit entfernt, ein Saum aus Bäumen, Pappeln vielleicht, entlang eines Flussufers. Vor ihm erhob sich ein großes, rundbuckliges Gebirge, das die Zeit abgeschliffen hatte. Das Bild dieser Berge zitterte in der heißen Luft.

Er hatte schrecklichen Durst. In der Ferne erblickte er ein Dorf, eine Handvoll kalkgeweißte Häuschen. Kein lebendes Wesen war zu sehen; Menschen und Tiere mussten sich in den Schatten zurückgezogen haben. Vielleicht konnte er dort etwas zu trinken finden?

Vor den ersten Häusern, im Schatten eines Ölbaums, der Mauerrand eines Brunnens. Aus einem der Häuser trat eine Frau und ging zum Brunnen hinüber. Sie war in eine Tunika gehüllt, und ein Schleier verbarg ihr Haar. Sie war groß gewachsen und bewegte sich mit einer Art von majestätischem Schaukeln. Es hätte eine Königin sein können, sagte sich Hector. Aber sie trug einen Henkelkrug, und eine Königin hätte nicht in so einem ärmlichen Dorf gewohnt.

Am Brunnen blieb sie stehen und setzte sich auf den Rand, in den Schatten des Baums.

Vielleicht würde sie ihm etwas zu trinken geben? Hector legte einen Schritt zu.

Die Frau blickte ihm entgegen, und zuerst glaubte er Clotilde in ihr zu erkennen. Aber nein, sie hatte einen matteren Teint, und die Haarlocken, die unter dem Schleier hervorschauten, waren schwarz, denn diese Frau war Tara ... Aber nein, auch Tara konnte es nicht sein, ihre Haut war blasser, und sie hatte hellbraune Augen und Noémies warmen Blick. Jetzt war er sicher, ihr nie zuvor begegnet zu sein.

»Guten Tag«, sagte er. »Kann ich bei Ihnen Wasser bekommen?«

Sie blickte ihn aufmerksam an. »Sind Sie ein Fremder?«

Da erst wurde Hector bewusst, dass er seine übliche Reisebekleidung trug und sogar noch die Bergwanderschuhe, auf welche die Frau neugierig schaute.

»Ähm«, sagte er, »ich bin römischer Bürger.« Er erinnerte sich dunkel, dass man sich in dieser Weltgegend viele Scherereien ersparen konnte, wenn man römischer Bürger war. Dieser Status hatte es auch dem heiligen Paulus erlaubt, trotz seiner revolutionären Predigten ziemlich lange zu überleben.

Die Frau nickte, als würde sie Hectors Auskunft akzeptieren, doch ihr Blick ließ erkennen, dass sie ihm nicht glaubte. Trotzdem lächelte sie ihm zu. »Ich werde Ihnen Wasser geben«, sagte sie.

Sie ließ den Krug an einem Seil hinab; ihre Arme, die sich dabei aus dem Umhang schoben, waren dünn, aber kräftig. Dann zog sie den vollen Krug wieder hoch und stellte ihn auf den Brunnenrand. Sie kippte das schwere Gefäß ein wenig zur Seite, bis das Wasser kurz vor dem Überlaufen war.

Hector musste sich auf ein Bein knien, um den Kopf auf die passende Höhe zu bringen. Er trank aus dem Krug, als hätte ihm die Frau ein riesiges Glas hingehalten. Beim Trinken sah er, dass sie ihm in die Augen schaute, voll Neugier und ohne alle Furcht. Er spürte, dass sie sich für ihn, den Neuankömmling, interessierte. In diesem kleinen Dorf gab es wohl nicht sehr oft etwas Neues. Sie hatte hübsche goldene Flimmer in den Pupillen.

»Danke«, sagte er und erhob sich wieder. »Ich glaube, es war das beste Wasser, das ich je getrunken habe.«

Die Frau lächelte. »Alles ist wunderbar, wenn man lange darauf gewartet hat«, sagte sie.

»Ja«, meinte Hector, »da haben Sie recht.«

Er sah ihren offenen, fast lachenden Blick; es war, als erwartete sie etwas von ihm.

»Wie heißen denn diese Berge?«, fragte er.

Sie lächelte von Neuem, als würde dieses Ablenkungsmanöver sie amüsieren.

»Es ist der Berg Garizim.«

Das erinnerte Hector vage an etwas, aber er stellte lieber keine weiteren Fragen; er wollte an diesem Ort nicht allzu fremd wirken.

»Schau an, noch ein Besucher«, sagte die Frau. »Was für ein Verkehr.«

Hector sah, wie ein junger Mann auf sie zukam. Er wanderte im Staub des Wegs, den Hector selbst gerade gekommen war. Er war groß, und als er nahe genug bei ihnen war, konnte Hector sein Gesicht sehen. Es war ein schrecklich schöner Mann. Auch er kam Hector irgendwie bekannt vor.

Der Unbekannte war zu ihnen getreten, grüßte Hector mit einem kleinen Nicken und wandte sich dann der Frau zu. »Gib mir zu trinken, Frau.«

Die Frau war überrascht, beinahe eingeschüchtert. Sie zeigte eine ganz andere Haltung als Hector gegenüber. »Bist du Jude?«, fragte sie.

»Das bin ich.«

Die Frau wies mit einer Kopfbewegung auf Hector. »Der dort sagt, er sei römischer Bürger ... und nun sagst du mir, du wärest Jude?«

Der junge Mann lächelte. »Rom ist ewig ... und ich, ja, ich bin Jude.«

»Aber wenn du Jude bist, wie kannst du dann von mir zu trinken verlangen – von einer Samariterin?«

Mein Gott, dachte Hector.

Irgendwann sagte der junge Mann zu der Frau: »Geh deinen Mann rufen, und dann komm wieder her.«

»Ich habe keinen Mann«, sagte die Frau lächelnd und schaute ihn so an, wie sie Hector angeschaut hatte.

Auch der junge Mann lächelte, aber wie in sich selbst hinein. »Du hast zu Recht gesagt: ›Ich habe keinen Mann.‹ Fünf Männer hast du gehabt, und der, den du jetzt hast, der ist nicht dein Mann. Du hast es ganz richtig gesagt.«

Das Lächeln der Frau erlosch, und sie starrte den jungen

Mann fassungslos an. Und plötzlich verneigte sie sich vor ihm. »Herr«, sprach sie, »ich sehe, dass du ein Prophet bist.«

Hector spürte mit einem Mal, wie ihn die Müdigkeit übermannte. Die Hitze, der Durst – er hatte das Gefühl, gleich ohnmächtig zu werden.

»Herr!«, sagte er.

Der junge Mann drehte sich zu ihm. »Ich werde fortgehen«, sagte Hector, »ich spüre es.«

»Ja«, sagte der junge Mann, »so ist es wohl.«

»Aber sag mir, ist das hier nur ein Traum?«

»Was siehst du?«

»Ich weiß, was ich sehe, aber ich weiß nicht, ob ich träume oder ob ich dich sehe.«

Der junge Mann lächelte wieder. »Selig sind, die da sehen und glauben. Aber noch seliger sind, die nicht sehen und doch glauben.«

»Ich weiß«, sagte Hector, »ich weiß, aber sag mir doch ... Ich spüre, dass ich nun fortmuss ...«

»Vielleicht wirst du zurückkehren«, sagte der junge Mann.

Und jetzt saß er immer noch auf seinem Maultier und sah, wie sich vor ihnen allmählich ein Tal öffnete und in der Ferne endlich der Bauernhof der Tenzins erschien. Als sie sich dem Anwesen näherten, kam Clotilde ihnen entgegengerannt. Kaum hatte Hector die Füße auf den Boden gesetzt, schloss sie ihn zu seiner Überraschung fest in die Arme.

»Ich hatte solche Angst, dass du nicht zurückkommst«, flüsterte sie ihm ins Ohr. »Im Traum … habe ich dich mit meinem Bruder gesehen …« Und sie begann zu weinen, und er spürte ihre Tränen an der Wange.

War es ein Traum oder eine Vision?, fragte sich Hector. Es machte ihn so glücklich, mit Clotilde Arm in Arm dazustehen, auch wenn er wusste, dass sie unerreichbar für ihn war.

Und dann machte sie sich plötzlich von ihm los, wischte sich die Tränen ab und sagte lächelnd: »Ich bin wirklich zu empfindsam! An diese Reise werden wir uns wohl noch lange erinnern …«

Es war eine seltsame Stadt; viele Straßen waren bis heute einfach nur Khlongs – Kanäle, die von Häusern auf Pfählen gesäumt wurden. In den Wohnzimmern, die sich direkt zum Wasser hin öffneten, sah man Familien auf ihren Matten beim Abendessen sitzen. Man nannte Bangkok auch das »Venedig Asiens«. Aber an anderer Stelle erhoben sich moderne Wohnhäuser, und es gab Fast-Food-Restaurants und Tankstellen mit den gleichen Leuchtreklamen wie in Amerika.

Trotzdem riecht es hier wie in Asien, dachte Hector, während der Bug des Motorboots das schwarze Wasser durchschnitt, in dem verfaultes Obst und sicher auch tote Ratten schwammen.

Von hier aus wollten sie ihren Rückflug nach Europa antreten; auf der Hinreise hatten sie nur den Flughafen gesehen, aber diesmal blieb ihnen Zeit für ein paar Besichtigungen. Es waren ihre letzten gemeinsamen Tage mit Karsten, Noémie und auch mit Tara – bald würden sich ihre Wege trennen.

Tara wollte nach London fliegen, wo ihr Vater sie erwartete. Sie hatte sie zunächst auf den Goldenen Berg geführt, einen künstlichen Hügel mitten in der Stadt, auf dem sich ein großer vergoldeter Stupa erhebt.

Tara machte ihre Andachtsübungen auf Knien, und auch Noémie kniete nieder. Hector hatte verstanden, dass sie glaubte, dasselbe Eine manifestiere sich in nahezu allen Religionen der Welt (außer vielleicht in einigen Kannibalenkulten). Und so hätte sie in einer Kirche genauso gebetet wie hier.

Am Fuß des Hügels erblickten sie die Klostergebäude mit ihren geschwungenen Dächern. Tara erklärte ihnen, dass die Mönche, die man in ihren orangefarbenen Gewändern im Hof sitzen sah, zwar einem anderen Fahrzeug angehörten als die tibetischen Mönche, aber die Priesterweihe für Nonnen ebenso wenig akzeptierten.

Danach waren sie mit Clotilde in die Mariä-Himmelfahrt-Kathedrale gegangen, welche die Jesuiten vor zwei Jahrhunderten am Flussufer errichtet hatten. Jetzt war Clotilde mit Beten dran, und Noémie schloss sich auch ihr an, während sich Karsten und Hector vorsichtigerweise im Hintergrund hielten, weil ihr Glaube nicht gerade makellos war und sie Gott nicht beleidigen wollten. Tara war gleich vor der Kirche geblieben und meditierte am Fluss.

Als der Abend dämmerte, hätten sie noch den Hindutempel und die große Pagode im chinesischen Viertel besichtigen können, aber Karsten und Hector sagten, dass sie jetzt lieber etwas unter Männern bereden wollten, und so überließen sie es den Frauen, die verschiedenen Manifestationen des Einen weiter zu erkunden.

Der Fahrer des Tuk-Tuk fand natürlich mühelos das Viertel, von dem sie schon so viel gehört hatten, und berechnete ihnen den dreifachen Fahrpreis. Und dann saßen Hector und Karsten jeder vor einem Bierkrug und vor allem vor einer hell erleuchteten Tanzfläche, auf der junge Frauen unter einer Glitzerkugel die Hüften schwenkten. An ihren Bikinis waren Nummern angebracht. Das Publikum bestand aus westlichen Männern, von denen manche still und verzaubert dasaßen, während andere betrunken herumgrölten. Die meisten waren jung – amerikanische Militärs beispielsweise –, aber es gab auch Kunden, die offenbar Ausgang von ihrem Seniorenheim bekommen hatten. Manche der jungen Frauen waren sehr hübsch, und sie lächelten Karsten und Hector zu, zwei Neuankömmlingen, über die sie sich noch ein paar Illusionen machen durften.

Hector und Karsten aber lächelten nicht. Sie waren es nicht gewohnt, die Gesetze des freien Marktes auf den Sexualakt angewendet zu sehen, und wenn sie sich die übrigen Kunden anschauten, hatten sie auch gar keine Lust, zu dieser Truppe zu gehören – auch ein paar Bier mehr hätten nicht ausgereicht, um in ihnen ein Gefühl allgemeiner Kumpanei unter Männern aufkommen zu lassen.

Hector war aufgefallen, dass in einem Winkel der Bar eine Buddha-Statue stand, die die jungen Frauen mit gefalteten Händen und geneigtem Kopf gegrüßt hatten, ehe sie auf die Bühne gestiegen waren. Wahrscheinlich beteten sie zum Erleuchteten in der Hoffnung, dass sich ein begeisterter Kunde entschließen möge, einen Beitrag zur Ernährung ihrer Familie zu leisten.

Hector und Karsten gingen nach draußen.

»Und einige waren wirklich hübsch!«, sagte Karsten traurig.

Hector wusste, was er damit sagen wollte. Karsten bedauerte es nicht, die Bar verlassen zu haben, obwohl einige Mädchen so hübsch waren – er fand es nur doppelt traurig, dass so hübsche junge Frauen zu diesem Beruf gezwungen waren. Aber für die weniger hübschen war es eigentlich genauso betrüblich. Und so hatte der wohlmeinende Karsten, ohne es zu wollen, gerade eine sexistische Bemerkung gemacht, aber diese Denkkategorie sollte glücklicherweise erst einige Jahrzehnte später erfunden werden.

Um ins Hotel zurückzukommen, nahmen sie wieder ein Tuk-Tuk. Hector war nicht gerade gut gelaunt. Als er vom Maultier gestiegen war und Clotilde für ein paar Sekunden in den Armen gehalten hatte, hatte das all seine Bemühungen um innere Ruhe und Akzeptanz ihrer religiösen Berufung durcheinandergebracht. Empfand sie vielleicht doch mehr für ihn, als er gedacht hatte? Aber selbst wenn – das würde sie vermutlich nicht von ihrem Weg abbringen können.

Natürlich hätte er bei Noémie oder Tara Trost suchen können – obwohl er bezweifelte, dass Letztere ihm noch einmal die Gelegenheit geboten hätte –, aber er fühlte, dass es Clotilde war, die er wirklich liebte, auch wenn er ihr vielleicht nie wieder so nah kommen würde. Außerdem hatte er den Eindruck, dass er im Lauf der Reise bei ihr an Ansehen verloren hatte.

Soweit man es nach den misstrauischen Blicken beurteilen

konnte, die ihm der Engel seit seiner Rückkehr aus den Bergen bisweilen zuwarf, ahnte Clotilde wohl, dass dort oben zwischen Tara und ihm »etwas passiert war«, wie man so schön sagt. War sie etwa eifersüchtig?

Einmal hatte er beobachtet, wie die beiden Frauen sich unterhielten. Er hatte sich gefragt, ob es dabei nicht vielleicht um ihn ging. Aber nein, sie hatten ganz andere Gesprächsthemen, und Tara war eine Frau, die ein Geheimnis für sich behalten konnte.

Sie weiß von nichts, redete Hector sich ein, als er Clotilde seine Version von der Reise mit Tara erzählt und dabei die dramatischen und spektakulären Aspekte betont hatte – den Hubschrauberabsturz und die Zeremonie im Kloster.

»Und ich habe von dem Tee fast nichts getrunken, ganz wie beim ersten Mal. Ich wollte es nicht ohne dich tun«, hatte Hector gesagt und versucht, dabei ein bisschen feierlich zu klingen.

»Aber einen Löffel voll hast du trotzdem genommen ... Tara und du, ihr wart also zwei Nächte zu zweit?«

»Ja, aber im Kloster hat sie die ganze Nacht im Lotussitz verbracht.«

»Und was war unterwegs?«

»Ach, da hatten wir minus zehn Grad, und dann sind auch noch die Chinesen gekommen.«

Clotilde hatte nur geseufzt und die Schultern gezuckt. Dann war sie aufgestanden und hatte Hector allein vor seiner Tasse Kaffee sitzen lassen.

Das Tuk-Tuk hielt vor der Eingangshalle des Hotels, eines großen, modernen Gebäudes, dessen Preise aber recht erschwinglich waren. Die Vorderseite und die meisten Zimmer gingen auf einen Khlong hinaus. Hector und Karsten ließen sich vom Rezeptionisten, der sehr erstaunt war, zwei junge Westler so früh und vor allem ohne Frauen heimkehren zu sehen, gerade ihre Schlüssel aushändigen, als sie plötzlich merkten, dass sie umstellt waren. Thailändische Polizisten mit schönen Uniformmützen – und mitten unter ihnen Ron und Jeffrey.

»Kommen Sie einfach mit«, sagte Ron und lächelte ihnen freundschaftlich zu.

»Wir wollen uns nur mit Ihnen unterhalten«, ergänzte Jeffrey in konspirativem Ton.

»Oh« – Hector versuchte es mit einem Scherz – »und ich hatte geglaubt, Sie hätten inzwischen den richtigen Weg gefunden …«

Das war keine gute Idee, denn Ron und Jeffrey legten sofort ihre freundlichen Mienen ab, und die thailändischen Polizisten hatten von Anfang an nicht besonders milde dreingeschaut. Also folgten Hector und Karsten ihnen zu einem langen amerikanischen Schlitten.

Während der Fahrt sprach niemand ein Wort. Der Wagen rollte eine breite, von Bäumen gesäumte Straße entlang, aber plötzlich wurde er langsamer und hielt vor einem schmiedeeisernen Tor, das von Soldaten bewacht wurde. Auf einem großen Wappen las Hector *Embassy of the United States of America*, und darunter war ein Adler, der Pfeile in den Fängen hielt. Hector sagte sich, dass dieses Tier den Bewohnern des Königreichs wie eine Gottheit vorkommen musste. Ihr eigenes Staatssymbol war ja auch ein göttlicher Vogel, der aus Indien stammende Garuda.

Langsam hatte sich Hector daran gewöhnt, auf dieser Reise den verschiedensten Göttern zu begegnen, aber mit einem hätte er gewiss nicht gerechnet: plötzlich dem Weihnachtsmann gegenüberzusitzen.

»Ich wäre froh, wenn Sie einsähen, dass wir die besten Absichten verfolgen«, sagte der Weihnachtsmann.

Natürlich war es nicht der richtige Weihnachtsmann, aber mit seinen glatten rosigen Wangen, seinem makellos weißen Bart, seinen treuen blauen Augen und seinem Auftreten à la liebevoller Großvater hätte William (»Sagen Sie doch Will zu mir!«) den berühmten Rentierschlittenlenker besser verkörpern können als jede andere Person, der Hector jemals begegnet war.

Die Unterredung fand in einem großen, edelholzgetäfelten Raum statt, der das Büro des Botschafters war. Natürlich fehlte hier das Sternenbanner nicht, und an der Wand hing ein weiteres Wappen mit dem amerikanischen Adler.

Karsten war auf dem Korridor geblieben, wo er gut bewacht wurde, und Hector fühlte sich ein bisschen allein, wie er da William, Ron und Jeffrey gegenüberstand und auch dem Botschafter persönlich (»Nennen Sie mich einfach Bob!«), einem groß gewachsenen, würdigen Herrn mit dem ruhigen und bedächtigen Gebaren eines Universitätsprofessors, den alle Studentinnen anhimmeln.

Jeffrey und Ron waren neben dem Botschafter stehen geblieben, und es gab nicht mehr den geringsten Zweifel, dass sie für die Regierung arbeiteten. Tara und Clotilde wurden irgendwo in einem anderen Zimmer der Botschaft festgehalten; sie hatten sie schon früher am Tag im Hotel aufgegriffen, nur Noémie, die ihre Besichtigung des Hindutempels noch ein wenig verlängert hatte, hatten sie nicht erwischt.

Der Botschafter stellte William vor: Er war der Vorstandsvorsitzende von Armands Lieblingspharmakonzern, der nicht nur Medikamente herstellte, sondern auch jede Menge chemische Wundermittel für die Landwirtschaft und diverse Industriezweige. Dadurch war er zu einer der größten Firmen der Welt geworden.

»Aber Bob, sagen Sie dem Herrn doch bitte, dass ich vor allem als Patriot hier bin.«

Wie der Botschafter erklärte, gehörte William zu den großzügigsten Spendern für eine der beiden großen Parteien des Landes. Es war die Partei, die zufällig gerade den Präsidenten stellte, dessen lächelndes (und, wie Hector fand, etwas einfältig wirkendes) Porträt auch an der Wand hing. Zudem gehörte William der gleichen Baptistenkirche an wie dieser Präsident.

Außer für Medizin hatte sich Hector schon immer für internationale Politik interessiert, und so wusste er, dass dieser sehr wohlmeinende und fromme Präsident einige Friedensabkommen und Abrüstungsvereinbarungen zustande gebracht hatte, aber dass seine Popularität sank.

Hector hatte kaum seinen Augen getraut, als er gelesen hatte, dass dieser nette Präsident eines Tages vor der Presse erklärt hatte, seiner Gattin zwar stets treu gewesen zu sein, aber dennoch im Herzen manchmal Ehebruch begangen zu haben; er hoffe, Gott werde ihm das vergeben. Ein andermal hatte er einem Journalisten enthüllt, eines Tages beim Angeln an einem See von einem unbekannten Kaninchen angefallen worden zu sein. Seine Gegenspieler hatten über diese Geschichte sehr gelacht. Hector aber hatte sich gefragt, ob so ein Mann der richtige war, um eine Supermacht zu führen, wenn man bedachte, dass die Supermacht auf der anderen Seite von den Musterschülern Josef Stalins angeführt wurde – jedenfalls von denen, die dessen Ära überlebt hatten.

»Ich weiß, dass auch Sie Christ und Patriot sind«, sagte William.

Hector hatte seine Zweifel, ob diese beiden Bezeichnungen auf ihn passten, aber er zog es vor zu schweigen.

»Wir werden von dunklen Mächten bedroht, die die Welt unterjochen wollen«, fuhr William fort. »Die freie Welt kämpft um ihr Überleben. Aber mit Gottes Hilfe werden wir triumphieren. *Wer siegt und bis zum Ende an den Werken festhält, dem werde ich Macht über die Völker geben.*«

William hielt inne, als wollte er die dramatische Wirkung des letzten Satzes unterstreichen. Hector hatte das Zitat erkannt, es war aus der Offenbarung des Johannes. Er wusste, dass die weltweite Führungsrolle, die sich die Amerikaner zuschrieben, viele Leute wütend machte, Leute wie Raphaël und Karsten beispielsweise. Ihm selbst ging es anders. Sein Vater, der den Krieg miterlebt hatte, hatte ihm eines Tages gesagt, dass der kleine Hector, wenn die Amerikaner diese bisweilen nervige Überzeugung von ihrer weltweiten Mission nicht gehabt hätten, wahrscheinlich in eine faschistische oder kommunistische Diktatur hineingeboren worden wäre und dort seine ganze Jugend verbracht hätte. Er und Millionen andere Menschen. Seitdem hatte sich Hector ein bisschen in Geschichte schlau gemacht und war zu der Meinung gelangt, dass sein Vater wohl recht hatte.

William heftete seinen gütigen Weihnachtsmannblick auf ihn. »Wir werden siegen – und zwar mit Ihrer Hilfe, lieber Hector. Denken Sie an unsere vielen Soldaten, die in jedem Augenblick von Glaube und Hoffnung erfüllt sind. Sie sind so zahlreich in unserem schönen Land. *In God we trust.* Unsere Heerscharen werden unbezwingbar sein; Gerechtigkeit, Freiheit und Wahrheit werden sich über die Welt verbreiten …«

Hector hätte ihn gern mit Roger bekannt gemacht. William hätte ihn bestimmt gemocht und einen Job für ihn gefunden. Vielleicht hätte er ihm ja sogar die Mittel in die Hand gegeben, um Konstantinopel von der Osmanenherrschaft zu befreien.

»Jetzt sind sie gewiss schrecklich enttäuscht«, sagte Clotilde, als sie ein wenig später ins Hotel zurückkehrten – nicht in der schönen Limousine, die sie zur Botschaft befördert hatte, sondern in einem Minibus, was ein Zeichen für ihren Bedeutungsverlust war.

»Ja, bestimmt«, sagte Hector, »aber weil sie gute Christen sind, werden sie uns schon verzeihen.« Gleich darauf bereute er diese scherzhafte Bemerkung, denn der Engel zog eine verärgerte Miene.

Auch Clotilde und Tara waren befragt worden. Weil sie die gleiche Version von der Geschichte erzählt hatten, waren der Botschafter, William und wahrscheinlich auch Ron und Jeffrey inzwischen davon überzeugt, dass es diesmal nichts werden würde mit dem Zugriff auf jenen Tee, der den Lauf der Geschichte verändern konnte. Hector hatte ihnen nämlich erklärt, dass Doktor Chin und der Großlama nach dem Hubschraubereinsatz der Chinesen beschlossen hatten, dass die Sache mit diesem Tee zu gefährlich wurde, weil er leicht in falsche Hände fallen konnte.

Die letzten Käselaibe, die noch Teepäckchen enthielten, waren auf dem Bauernhof der Tenzins ausgeräumt worden. Den Tee hatte man vernichtet. Nun gab es nur noch zwei oder drei alte Mönche, die das Geheimnis seiner Herstellung kannten und künftig erst vor jeder Zeremonie die dafür benötigte Menge neu mischen wollten.

Schließlich trafen sie alle im Hotel ein, wo Noémie höchst beunruhigt auf sie gewartet hatte. Sie warf sich in Karstens Arme, und er tröstete sie, indem er ihr zärtliche Worte ins Ohr flüsterte.

Hector war erstaunt und zugleich erleichtert. Seine Nacht mit Noémie schien keinerlei Folgen für ihre Partnerschaft mit Karsten zu haben. Die beiden mussten dem inneren Frieden wirklich schon recht nahe gekommen sein.

Alle fanden, dass man über ihr Abenteuer »Ende gut, alles gut« sagen konnte, und dann ging jeder auf sein Zimmer.

Vor dem Fahrstuhl begegnete Taras Blick dem von Hector, woraufhin Hectors Blick dem von Clotilde begegnete, woraufhin Clotildes Blick dem von Tara begegnete, woraufhin Taras Blick erneut dem von Hector begegnete, und am Ende war Hector auch nicht schlauer als vorher.

Auf dem Korridor ihrer Etage strebte Clotilde mit energischen Schritten ihrem Zimmer entgegen.

Als Hector in seinem Zimmer angekommen war, schaltete er den Fernseher ein. Er stieß auf eine Folge jener amerikanischen Serie, in der Männer mit Cowboyhüten immens lange Autos lenkten und miteinander um Frauen mit Dauerwellenfrisuren rivalisierten oder um Erdölvorkommen. Hector sagte sich, dass die Amerikaner zwar gerade einen Krieg verloren hatten (Vietnam war gar nicht so weit entfernt von diesem Hotel), aber dass sie vielleicht im Begriff waren, einen anderen zu gewinnen, wenn man bedachte, dass diese texanische Familiensaga schon bis nach Asien vorgedrungen war.

Er hätte gern gewusst, wie es mit Sue-Ellen ausging, aber er hatte etwas Dringenderes vor.

Es war vielleicht die letzte Gelegenheit für ein vertrauliches Zusammensein mit dem Engel.

Er verließ sein Zimmer und klopfte an Clotildes Tür. Sie öffnete ihm die Tür, blickte ihn an und ließ ihn wortlos eintreten.

»Was hältst du von einem bisschen Tee?«, fragte Hector.

Clotilde schaute ihm dabei zu, wie er das Futter aus seinem Parka trennte und den Tee herausnahm – das Äquivalent von zwei gehäuften Löffeln. »Unglaublich! Seit wann schleppst du den mit dir herum?« Sie war hingerissen. Als sie den elektrischen Wasserkessel einschalten ging, hüpfte sie beinahe vor Freude.

Hector aber war wirklich überrascht. Als ihm Clotilde die Tür geöffnet hatte, war es ihm für einen flüchtigen Moment so vorgekommen, als würde sie von ihm einen anderen Vorschlag erwarten als den, gemeinsam Tee zu trinken. Aber nein, da hatte er sich wohl etwas vorgegaukelt. Das ging ihm oft so – er nahm seine Wünsche gern für die Wirklichkeit.

Aber wenn es nun wahr wäre? Wenn Clotilde wirklich etwas anderes von ihm wollte? In diesem Fall wäre er, wenn er so weitermachte mit seinem Plan, Clotilde eine letzte Gelegenheit für eine neuerliche Ekstase zu verschaffen, doch genauso ein Schlaumeier wie jener amerikanische Präsident, der nur so von guten Absichten strotzte.

Andererseits hatte Hector auf dem Maultier genügend Zeit zum Nachdenken gehabt, und am Ende hatte er beschlossen, dass es gut und richtig war, wenn sich an der Beziehung zwischen ihm und Clotilde nichts änderte. Wer war er denn, dass er sie von ihrer geistlichen Berufung abbringen wollte?

Er hatte sich gesagt, dass die einzige Sache, die Clotildes Berufung aufwiegen könnte, eine andere Verpflichtung war und ein anderes Sakrament vor Gott – das der Ehe. Aber Hector fühlte sich noch viel zu jung zum Heiraten; er wusste aus Erfahrung, dass seine Liebesgefühle veränderlich waren, und war sich seiner Beständigkeit nicht sicher genug, um Clotilde einen Heiratsantrag zu machen. Außerdem, wer wusste schon, ob so ein Antrag ihren Entschluss überhaupt ins Wanken bringen konnte!

Daher hatte sich Hector bei seiner Rückkehr aus den Bergen erneut dazu durchgerungen, sie ihren Weg gehen zu lassen, und auch als er dann die weinende Clotilde in den Armen gehalten hatte, war er nur vorübergehend durcheinandergeraten.

Der elektrische Kessel begann zu pfeifen, und Clotilde gab die Teemischung ins siedende Wasser. Dann saßen sie nebeneinander auf dem Bett und blickten auf den Kessel, in dem die Ekstase gerade zog.

»Hector«, sagte Clotilde und nahm seine Hand.

»Aber Clotilde …«, sagte Hector.

Und die Lippen des Engels näherten sich ihm.

Sie schliefen. Halb im Schlummer sagte sich Hector, dass der Tee, wenn er zu lange zog, vielleicht allzu stark wirken würde – oder dass er im Gegenteil seine wundersamen Eigenschaften verlieren könnte.

Aber es machte ihn viel zu glücklich, neben Clotilde zu liegen, die im Schlaf den Arm um seinen Hals gelegt hatte. Nachdem er mit ihr ein solches Glück erlebt hatte, war die mystische Ekstase gleich nicht mehr so verlockend für ihn.

Plötzlich hörte er, wie die Zimmertür aufging. Geflüster in einer fremden Sprache ... Das musste Chinesisch sein. Mehrere Männer standen im Gegenlicht der Flurleuchten. Hector sprang aus seinem Bett, wich einem der Chinesen aus, schnappte sich den Wasserkessel, wich dem nächsten Chinesen aus und schleuderte den Kessel aus dem Fenster. Er hörte es platschen, als der Kessel in den Kanal fiel.

Und dann hatte schon jemand, der wusste, wie man einen Polizeigriff ansetzt, Hector unter Kontrolle gebracht, und dem blieb nichts anderes übrig, als sich ruhig zu verhalten. Das Licht wurde eingeschaltet.

Hectors erster Blick galt Clotilde. Sie zog sich das Laken vor die Brüste und funkelte die Eindringlinge empört an. Zwei Chinesen waren indessen ans Fenster gestürzt, inspizierten die Wasseroberfläche des Khlongs und schrieen sich gegenseitig an. Die anderen standen längs der Wand wie Soldaten in Habachtstellung.

Ein kleiner Mann hatte sich auf den einzigen Sessel im Zimmer gesetzt. Er befahl dem Chinesen, der Hector festhielt, den Griff zu lockern.

Die beiden Männer vom Fenster gingen zu dem sitzenden Chinesen hinüber und redeten auf ihn ein; wahrscheinlich erklärten sie ihm, dass der Kessel verschwunden war und der Tee sich gerade irgendwo in der Tiefe mit Khlongwasser vermischte.

»Was für ein Verlust!«, rief der kleine Mann und setzte, an Hector gewandt, hinzu: »Wir hätten schon eher miteinander sprechen sollen.«

Hector war sehr überrascht; es hatte einen Moment gedauert, ehe ihm richtig bewusst geworden war, dass ihn der Chinese auf Französisch angesprochen hatte. Es war ein älterer Herr mit traurigem Gesicht und etwas herabhängenden Augenlidern. Seine Miene erinnerte Hector an eine Comicfigur namens Droopy. Und doch ging eine große Autorität von ihm aus, und sein graues Bürstenhaar verlieh ihm ein militärisches Aussehen.

»Haben Sie noch etwas von diesem Tee?«

»Nein«, sagte Hector. »Sie können gern alles durchsuchen, bis die Polizei kommt …«

Der kleine Mann lächelte. Er erklärte Hector, dass dieses Hotel einem Landsmann gehörte und niemand die Polizei rufen würde. »Aber was den Tee betrifft, will ich Ihnen glauben. Die Sache mit dem Hubschrauber hat uns alle erschreckt und uns bewiesen, dass Gewalt oft nicht das beste Mittel ist … Ich war von Anfang an dagegen, aber nicht immer habe ich das letzte Wort.«

»Wird es noch mehr derartige Missionen geben?«, fragte Hector.

Der kleine Mann lächelte bedauernd. »Jetzt ist es zu spät. Ich bin sicher, die Mönche haben inzwischen ihre Vorkehrungen getroffen. Und dann ist es auch nicht gut, wenn sich herumspricht, dass wir die Grenzen verletzen. Wie Sie wissen, versuchen wir mittlerweile ja, freundschaftliche Beziehungen zu allen Ländern zu etablieren.«

Das stimmte sogar. Nachdem die chinesische Staatsführung den Rest der Welt über Jahre hinweg als »Imperialisten« und »Papiertiger« beschimpft hatte, schien sie neuerdings zu einer ganz normalen Diktatur der guten alten Art zurückkehren zu wollen.

»Aber warum sind Sie auf diesen Tee derart versessen?«, fragte Clotilde.

»Soweit mir bekannt ist, waren Sie heute auch schon in der amerikanischen Botschaft. Da sollten Sie eigentlich verstehen, weshalb wir uns für den Tee interessieren.«

»Möchten Sie denn auch, dass Ihre Soldaten von einer mystischen Erfahrung in den Bann gezogen werden?«

»Im Gegenteil«, sagte der kleine Mann. »Bloß das nicht! Das wäre die nächste Katastrophe.« Und er erklärte Hector und Clotilde, dass China seit fast einem Jahrhundert zahlreiche Tragödien erlebt hatte und dass sie alle aus dem Ausland gekommen waren.

»Bis zu den Mongoleneinfällen und der Mandschu-Invasion will ich ja gar nicht zurückgehen. Beginnen wir bei den britischen Imperialisten, die uns zweimal angegriffen haben, um uns ihr dreckiges Opium aufzudrängen. Ihre französischen Truppen haben sie dabei ja schön unterstützt. Sie haben unseren Sommerpalast geplündert und angezündet ... China war geschwächt und gedemütigt, was dem Bürgerkrieg den Boden bereitet hat und der furchtbaren japanischen Invasion. Und dann gab es einen weiteren Bürgerkrieg, in dem das Ausland unsere Feinde unterstützt hat. Vielleicht verstehen Sie jetzt, dass wir gern ein wenig Frieden hätten.«

Hector nickte. Er sagte sich, dass diese Sicht auf die chinesische Geschichte der Wahrheit ziemlich nahekam, und noch näher kam sie der Wahrheit, wenn man sich eingestand, dass auch der Kommunismus eine aus dem Ausland gekommene Tragödie war. Aber diesen Gedanken behielt Hector lieber für sich.

»Stellen Sie sich doch mal vor, was mit diesem Tee passieren würde«, sagte der kleine Mann. »Wenn die Leute wieder ihre Götter anbeteten, den Himmelskaiser oder Buddha, von unseren Christen gar nicht erst zu reden! Wie sollten sie da noch die Autorität der Partei akzeptieren?«

»Aber Sie haben die Mönche und die Priester verfolgt!«, rief Clotilde im Ton einer Anklägerin.

Hector wäre es lieber gewesen, wenn sie geschwiegen hätte,

aber der kleine Mann hob die Hand, als wollte er sagen, dass er Clotilde verstand. »Wir haben Fehler gemacht, auf die wir nicht gerade stolz sein dürfen«, sagte er. »Aber Sie ahnen ja nicht, was es bedeutet, seit über einem Jahrhundert mit Krieg und Gewalt zu leben. Das bringt einen anderen Menschenschlag hervor. Sie können sich das nicht vorstellen …«

Hector sagte dazu nichts, aber er wusste, dass der kleine Mann recht hatte. Seit frühester Kindheit kannten Clotilde und Hector nur den Frieden, dieses Glück, das wir uns selten bewusst machen: Jeden Morgen wachen wir auf und wissen, dass sich die Welt um uns herum in der Nacht nicht verändert hat, dass unser Stadtviertel nicht zerbombt daliegt, unsere Nachbarn nicht erschossen wurden und unsere Kinder nicht zu verhungern drohen.

»Damit dieses Land wiederaufgebaut werden kann, muss die Macht in einer einzigen Hand liegen«, sagte der kleine Mann. »Ansonsten wird es bei uns wieder Krieg geben. Es ist nicht der richtige Moment für eine Rückkehr zum Religiösen. Vielleicht später einmal … Ich habe nichts dagegen, dass die Leute ihre Sitten und Gebräuche wiederaufnehmen, aber bitte schön unter der Führung der Partei. Sie verstehen jetzt, weshalb der Tee eine Gefahr für uns ist?«

»Aber die Mönche wollen doch gar nicht, dass er sich überall verbreitet.«

»Möge Gott Sie erhören«, sagte der kleine Mann mit dem Lächeln eines Pfarrers, der einen etwas gewagten Scherz macht.

Die Chinesen längs der Wand standen ohne die geringste Bewegung und ohne den kleinsten Ton da, was ihnen bestimmt umso leichter fiel, als sie von der Unterhaltung nichts verstanden.

Der kleine Mann erklärte Hector und Clotilde, dass er in jungen Jahren von seiner Familie zum Studium nach Frankreich geschickt worden war. Aber dort war ihm das Geld ausgegangen, und er hatte sich einige Jahre als Fabrikarbeiter durchschlagen müssen. Durch den Umgang mit älteren chinesischen Freunden hatte er den Kommunismus für sich entdeckt.

»Und wie sieht es heute bei Ihnen aus?«, wollte er wissen. »Gehen die Leute immer noch in die Messe?«

»Nein«, sagte Hector, »es sind viel weniger als damals.«

»Du übertreibst«, sagte Clotilde.

»Nein, es stimmt, jedes Jahr werden es ein paar weniger.«

»Man hat mir auch berichtet, dass sich immer weniger Menschen der Kommunistischen Partei anschließen.«

»Ja, auch das stimmt«, sagte Hector. »Aber im Unterschied zum Sowjetstaat hat Ihrer bei uns viele Bewunderer. Studenten, Intellektuelle ...«

»Ach, die Intellektuellen ...«, sagte der kleine Mann mit einem Seufzer. »Aber woran liegt es Ihrer Meinung nach, dass Kirche und Partei immer weniger Anhänger haben?«

»Am Wohlstand«, sagte Hector.

»Am Wohlstand?!«

Und Hector erläuterte seinen Standpunkt. Er hatte schon lange vor seiner Reise über diese Zusammenhänge nachgedacht. Wenn die Leute ein hartes und unsicheres Leben haben, wenn sie von Armut und Krankheit bedroht sind, dann finden sie Zuflucht in der Religion und dem Glauben an einen Gott, der sie liebt und der ihnen helfen kann.

Aber als sich der Wohlstand verbreitete und allen Menschen genug zu essen, medizinische Versorgung und Wohnraum bescherte, wurde das Leben sicherer und angenehmer. Das lenkte die Leute davon ab, ihr Heil in einer anderen Welt zu suchen oder eine große Weltrevolution herbeizusehnen – jene Form der Apokalypse, von der viele Unglückliche und Unterdrückte auf der ganzen Welt geträumt hatten.

»In unserer eigenen Revolution wurden zwar viele Priester und Nonnen massakriert«, sagte Hector, »aber der Katholizismus wurde für die nächsten hundert Jahre kaum geschwächt. Der wirtschaftliche Aufschwung hat das in wenigen Jahrzehnten geschafft.«

»Ach«, sagte der kleine Mann mit träumerischer Miene, »Aufschwung und Wohlstand ...«

Persönliche Bindungen sind eine Quelle des Leidens«, spricht Buddha. Dem konnte Hector nur zustimmen. Seit seiner Rückkehr verstand er diese Botschaft jeden Tag ein bisschen besser.

Als sie wieder in ihrer Heimat waren, hatte Clotilde ihm erklärt, dass sie in jenem Hotelzimmer am Ufer des Khlongs und dann noch einmal nach ihrer Rückkehr in ihrer kleinen Dachkammer sehr glücklich mit ihm gewesen war, aber es nicht die Art von Glück war, die sie sich wünschte, und dass man es also nicht noch einmal herbeiführen sollte.

»Lass uns einfach ein wenig Zeit«, hatte Hector gesagt.

Er hoffte, diese gemeinsamen Glücksmomente würden Clotilde überzeugen, dass er, Hector, ihre wahre Berufung war. Denn was ihn betraf, so fühlte er sich hundertprozentig verliebt und war sich inzwischen auch sicher, dass sie die Frau seines Lebens war. Es führte zu nichts, wenn man neue Begegnungen und neue Abenteuer anhäufte (obwohl genau das sein Plan gewesen war, ehe er Clotilde kennengelernt hatte). Den Engel zu heiraten wäre die Erfüllung seines Schicksals.

Aber Clotilde spürte wohl, dass auch sie Gefahr lief, sich zu diesem Weg hingezogen zu fühlen, und weil er nicht ihr Ideal darstellte, ging sie auf Distanz.

»Aber letztlich hast du dein Keuschheitsgelübde ja schon gebrochen«, meinte Hector. »Bist du denn noch ehrlich überzeugt von deiner Berufung?« Es war ein letzter Versuch, Clotilde zum Zweifeln zu bringen.

»Zunächst mal habe ich noch gar kein endgültiges Gelübde abgelegt. Außerdem habe ich mit der Schwester gesprochen, die sich um mich kümmert.«

»Und wie hat sie es aufgenommen?«

Clotilde lächelte. »Sie hat gesagt: ›Von einmal hinfallen stirbt man nicht gleich.‹«

»Kein schlechtes Bild.«

»Im Grunde hat sie mir gesagt, dass es in meinem Stadium noch keine so große Bedeutung hat und ihr meine Berufung nun umso stichhaltiger vorkommt, nachdem mir klar ist, worauf ich verzichte. Weißt du, heutzutage gibt es viele Priester und Nonnen, die am Anfang genauso ein Leben geführt haben wie die anderen Leute in ihrem Alter und erst dann ihrer Berufung gefolgt sind.«

»Nein«, sagte Hector, »das wusste ich nicht.«

»Nun ja, die Zeiten ändern sich, sogar für die Kirche.«

Und Hector musste sich fortan damit begnügen, Clotilde in der Klinik zu treffen, sie anzuschauen, ohne sie berühren zu können, was eine echte Marter war. So ging es mehrere Wochen, und dann reiste der Engel nach Afrika ab, um in einem von Nonnen geführten Krankenhaus Kinder zu behandeln. Nach einiger Zeit bekam Hector einen Brief von ihr. Clotilde erklärte darin, dass sie nun ganz sicher sei, ihren Weg gefunden zu haben.

»Jeder Augenblick ist wunderbar«, schrieb sie. »Es ist ein ganz anderes Leben. Ich wünsche dir, dass auch du eines Tages ein solches Glück erfahren wirst.« Sie beschrieb ihren Tagesablauf, die Gebete mit den Ordensschwestern, die gemeinsamen Mahlzeiten und die Therapien für die Kinder, und dann fügte sie hinzu: »Hier spüre ich, dass mein Bruder ganz in meiner Nähe ist.«

Um Hector aber machte sie sich Sorgen. »Beunruhige dich nicht«, schrieb sie ihm, »und stelle dir nicht zu viele Fragen. Weißt du, den Glauben können wir nicht beschließen; er kommt, wenn es der Herr für richtig hält, sich uns zu offenbaren. Also quäle dich nicht damit.«

Das war lieb gemeint von ihr, aber eigentlich quälte sich Hector weniger mit seinem Glauben herum als vielmehr mit der Tatsache, dass er den Engel nicht an seiner Seite hatte halten können.

Hector hätte natürlich versuchen können, Tara wiederzubegegnen, auch wenn er sicher war, dass sie die Wunde, die Clotildes Fortgang ihm gerissen hatte, nicht würde heilen können. Aber es hätte ohnehin nicht geklappt, denn Tara war nach Taiwan gegangen, um dort ihr Gelübde als Nonne abzulegen, und sie schrieb ihm nicht einmal eine Ansichtskarte. Doch eines Nachts träumte er von ihr, und es war ein sehr eindringlicher Traum, in dem sie ihm lächelnd und mit geschorenem Schädel lange die Hand hielt. Er sagte sich, dass dies ihre Postkarte gewesen sein musste.

Er hätte auch darauf hoffen können, noch ein paar glückliche Momente mit Noémie zu verbringen. Aber er wusste ja nicht einmal, wo sie steckte. In Bangkok hatten sie und Karsten plötzlich beschlossen, auf dem Landweg nach Europa zurückzukehren, über Kabul, Teheran, Bagdad und Damaskus, friedliche Städte, in denen es sich gut leben ließ und wo man das beste Hasch der Welt rauchen konnte.

Denn Karsten war nun vom Sufismus fasziniert, von dessen Selbst- und Weltentrücktheit, dem Gedanken der Einheit mit dem Göttlichen. Zu all dem konnte man finden, indem man sich durch Sich-im-Kreis-Drehen in Trance versetzte. Karsten suchte immer noch nach dem spirituellen Weg, und der Sufismus schien ihm Antworten bereitzuhalten. Aber dann hatte Noémie ihn darauf aufmerksam gemacht, dass er, um Sufi zu werden, erst einmal zum Islam übertreten müsse – ein Detail, dem Karsten in seiner Begeisterung noch keine Beachtung geschenkt hatte.

Noémie hatte jedoch Einwände erhoben: Ihr Idol, Cat Stevens, der unsterbliche Barde von »Where Do the Children Play« und »Wild World« (Hector hatte es sie auf ihrer gemeinsamen Reise immer wieder trällern hören), war im Vorjahr Muslim geworden und hatte daraufhin aufgehört zu singen und Lieder zu schreiben. Noémie machte den Islam für das Schweigen ihres Lieblingssängers direkt verantwortlich.

Vielleicht war ihre Heimreise auch deshalb kürzer ausgefallen als geplant. Sie zogen beide nach Norwegen, wo Karsten seine Dissertation in Nuklearphysik weiterschrieb. Es ging darin um irgendwelche Teilchen, von denen Hector noch nie gehört hatte. Und inzwischen erwartete Noémie ihr erstes Kind.

All dies erfuhr Hector aus einem Brief, an dessen Ende anstelle ihres Namens ein kleines lächelndes Herz stand, unter das Noémie einfach nur »Danke« geschrieben hatte.

Hector bildete sich in der Wissenschaft der Psychiatrie fort; er absolvierte in der Abteilung des Chefs ein weiteres Semester. Jeden Morgen erlebte er die Wortgefechte zwischen Armand (der immer noch sauer auf ihn war) und Raphaël (der anscheinend ebenfalls sauer auf ihn war – vielleicht ahnte er ja, was zwischen Hector und Clotilde passiert war), und von Zeit zu Zeit musste der Chef ihre Debatten bändigen.

Aber insgesamt hatte Raphaël sich verändert. Er wirkte jetzt ruhiger, nicht mehr so fest davon überzeugt, das Gute zu verkörpern, und Hector stellte überrascht fest, dass er nicht mehr versuchte, die neuen Assistenzärztinnen herumzukriegen. Eines Tages sagte er zu ihm: »Raphaël, ich finde, du bist irgendwie anders.«

Raphaël schaute ihn an, weil er den Verdacht hatte, Hector könnte das ironisch gemeint haben, aber er sah, dass es ihm ernst damit war. »Ich werde bald heiraten«, sagte er.

Hector war beinahe genauso perplex wie damals, als ihm Clotilde von ihrer religiösen Berufung erzählt hatte. »Du willst heiraten? Aber wen denn?« Welcher Frau war es gelungen, Raphaëls Karriere als Schürzenjäger zu beenden?

»Sie ist Chinesin«, sagte Raphaël.

Und Hector erinnerte sich an die beiden eingeschüchterten Chinesinnen, die auf der Gartenparty neben der Bowleschüssel gestanden hatten. Damals waren sie ihm ganz harmlos vorgekommen.

»Nur wenn sie heiratet, darf sie hierbleiben«, sagte Raphaël.

»Will sie denn nicht zurück nach China?«

»Nein, und auch ich will nicht, dass sie dorthin zurückgeht.«

Hector schwieg dazu; er wartete auf weitere Erklärungen.

»Sie ist schwanger«, sagte Raphaël. »Wenn sie in ihr Land zurückkehrt, kann ihr das große Scherereien einbringen – und auch, dass sie etwas mit mir gehabt hat.«

Hector fand Raphaël zum ersten Mal sympathisch. Er schien jetzt nicht mehr von einer Ideologie angetrieben oder vom Frauenanbaggern, sondern von der Liebe, diesem kleinbürgerlichen Gefühl.

»Weißt du, dort herrscht wirklich ein furchtbares Regime«, sagte Raphaël in vertraulichem Ton. »Und zu Zeiten der Kulturrevolution war es noch schlimmer …«

Obwohl diese chinesische Studentin gewiss als Musterschülerin der Partei ausgewählt worden war, hatte sie Raphaël vom Leben in China offenbar eine Vorstellung vermittelt, die seinen revolutionären Glauben untergraben hatte.

»Ach weißt du, Raphaël, man muss auch bedenken, von wo sie gestartet sind. Es wird dort bestimmt aufwärtsgehen.«

Raphaël machte große Augen: Hector als Verteidiger des kommunistischen China?!

»Auf jeden Fall finde ich, dass du genau das Richtige tust«, sagte Hector. »Meine besten Wünsche für euch beide!«

Raphaël sagte, er werde ihn zur Hochzeit einladen.

Danach sagte Hector sich, dass Raphaël wirklich Glück hatte, durfte er doch mit der Frau zusammen sein, die er liebte.

Hin und wieder speiste Hector mit Doktor Chin im chinesischen Viertel zu Abend. Denn so reizvoll ein mönchisches Leben mitten im Gebirge auch sein mochte, irgendwann hatte der alte Herr Lust verspürt, das Land wiederzusehen, das inzwischen seine Heimat geworden war; er hatte sich nach seinen Gesprächen mit dem Chef gesehnt, nach seinen Sprechstunden und Qigong-Kursen.

Dann trank Hector ein paar Bier mit ihm, und Doktor Chin erzählte ihm die Geschichte Chinas und des Nestorianismus, und manchmal stellte er erhellende Vergleiche zwischen Buddhismus, Christentum und Taoismus an. Weil Hector aber damit aufgehört hatte, sich Notizen zu machen, hatte er am nächsten Morgen die Hälfte vergessen.

Seit Clotilde fort war, brachte Hector nämlich nur noch das Allernotwendigste zustande. Er konnte sich nicht mehr dazu zwingen, regelmäßig das schmutzige Geschirr abzuwaschen, sich um seine Papiere zu kümmern oder Briefe zu beantworten, und Notizen machte er sich erst recht keine mehr. Alles, was ihm an Willenskraft geblieben war, sparte er sich für die Arbeit im Krankenhaus auf. Wenn er in der Stadt unterwegs war, blieb er manchmal vor den Schaufenstern von Reisebüros stehen, in denen schöne Fotos von Afrika hingen.

Einige Monate später, als Hector gerade die Fernsehnachrichten schaute, um nicht immerzu an den Engel denken zu müssen, erblickte er auf dem Bildschirm zu seiner großen Überraschung den Chinesen, der wie Droopy aussah, und neben ihm den Präsidenten der Vereinigten Staaten – immer noch den, dessen Porträt das Büro des Botschafters geziert hatte. Die beiden Männer hatten gerade beschlossen, dass ihre Staaten wieder diplomatische Beziehungen aufnehmen sollten.

Herr Droopy war inzwischen eine sehr wichtige Person geworden. Er hatte die Welt mit der Aussage überrascht, dass sich China künftig dem wirtschaftlichen Vorankommen widmen solle. Verglichen mit der üblichen Parteilinie war das eine unerhörte Kursänderung gewesen. Sein Satz von der Katze, deren Farbe egal ist, wenn sie nur Mäuse fängt, war um die ganze Welt gegangen. Später erfuhr Hector auch, dass Herr Droopy damit angefangen hatte, den Chinesen ihre Religionsfreiheit wiederzugeben.

Im selben Jahr fiel die Sowjetunion in Afghanistan ein, und der nette amerikanische Präsident, der niemandem Furcht einflößte, verlor erst sein Lächeln auf den Fotos und dann die nächsten Wahlen, was einmal mehr bewies, dass sich gute Absichten in dieser Welt nicht immer auszahlen – wenn auch in der anderen Welt, wie Clotilde und Tara gesagt hätten.

Hector hatte eine Zeit lang gebraucht, um das neue Medikament richtig einzustellen, aber inzwischen ging es Roger deutlich besser. Als Weihnachten näher kam, fragte er Hector erneut, ob er gläubig sei. Er musste sich daran erinnert haben, dass Hectors erste Antwort – »Ich bin getauft« – ein bisschen ausweichend gewesen war.

Seit seiner Rückkehr hatte Hector oft an die drei Träume gedacht, die ihm unter dem Einfluss des Tees gekommen waren, vor allem an den letzten, was womöglich daran lag, dass der mit Hectors angestammter Religion zu tun gehabt hatte. »Vielleicht wirst du zurückkehren …«

Manchmal fragte er sich, ob es Träume oder Visionen gewesen waren, und die Antwort darauf schwankte je nach Tag und Wetterlage.

Eigentlich aber war er ziemlich enttäuscht, weil er fast wieder da stand, wo er losgegangen war.

Einerseits schaffte er es nicht, an die wunderbare Harmonie des Kosmos zu glauben und damit die pantheistische Weltsicht zu teilen, zu der Tara gelangt war und die vielleicht auch Noémie und Karsten für sich entdeckt hatten. Dabei hatte er einen Moment lang eine Ahnung von dieser göttlichen Einheit gehabt – mitten im Hochgebirge, kurz bevor die Lawine abgegangen war.

Aber so, wie Noémie und Karsten ihre innere Ruhe verloren hatten, sobald sie aus der Stille ihres Aschrams hinaus waren und wieder das ganze Elend der Straße sahen, war auch Hector nach seiner Reise allzu oft von den Bildern der Schrecken der Welt eingeholt worden, als dass er die Idee eines harmonischen und notwendigen großen Ganzen hätte teilen können.

Andererseits fiel es ihm auch schwer, an einen Gott der Liebe zu glauben, der sich um ihn, Hector, kümmerte, obgleich ihm vor lauter Bewegtheit immer noch die Tränen kamen, wenn er manche Seiten der Evangelien las. Und mit dem Beistand mancher Theodizeen war er bisweilen sogar bereit, das Geheimnis des Bösen, das die Unschuldigen trifft, zu akzeptieren.

Hector dachte nach, und dann antwortete er Roger: »Ich weiß immer noch nicht, ob ich gläubig bin …«

»Ah«, sagte Roger voller Interesse.

»… aber wenn ich einige bemerkenswerte Menschen sehe, die vom Glauben durchdrungen sind …« – und Hector dachte an Clotilde, an Tara und an andere gläubige Menschen, denen er im Lauf seines Lebens begegnet war – »dann könnte mich das schon zum Zweifeln bringen.«

»Sie meinen, dann könnte Sie das zum Glauben bringen?«

»Ah, ja, Pardon … zum Glauben!«

»Der Herr segne Sie!«, sagte Roger mit einem breiten Lächeln.

Und Hector sagte sich, dass die Medizin wirklich seine Berufung war, denn nun hatte er für sein Dasein endlich einen Sinn gefunden, zumindest in dieser Lebensphase: Auch wenn manche meinten, alles Leid werde dereinst aufgewogen oder getilgt, wollte er doch einen Teil davon schon jetzt lindern, und es machte ihn glücklich, wenn er sah, wie einige seiner Patienten ihr Lächeln wiederfanden – Roger beispielsweise.

Danksagung

Dieser Roman ist in mir durch die Begegnung mit unterschiedlichen Personen gereift – oft ohne dass diese darum wissen, welchen Anteil sie an seinem Entstehen haben.

Unter denen, die diesen Anteil kennen, möchte ich meinen Dank jenen treuen Freunden und Lesern aussprechen, die mich so zuverlässig mit ihren wertvollen Hinweisen versorgt haben: Lucy Macintosh, Aude Debarle, Jean-Charles Belliol, Éric Poupart und Patrick Kouzmine. Besonders verdient auch Trung Hieu Do, hier genannt zu werden – er kennt die Religion, mit der ich aufgewachsen bin, besser als ich selbst –, sowie Bruno Philip, der große Nepal-Kenner. Und natürlich mein Vater Gilles Lelord; die Gespräche mit ihm waren wie immer erhellend und eine große Unterstützung.

Mein Dank gilt selbstverständlich auch meiner Lektorin Eva-Marie v. Hippel, die mich unerschütterlich die Entstehung des ganzen Romans über begleitet hat und deren Kommentare ihn besser gemacht haben, als er ohne ihren aufmerksamen Blick gewesen wäre. Danke schön, Eva-Marie.

Und schließlich möchte ich mich noch herzlich bei meinem Übersetzer Ralf Pannowitsch bedanken. Ich weiß um sein großes Können, das er seit Jahren dafür einsetzt, meine Bücher den deutschsprachigen Leserinnen und Lesern zugänglich zu machen.